btb

BILLY O'CALLAGHAN

WAS DAS LEBEN UNS GIBT

Roman

Aus dem irischen Englisch
von Klaus Berr

btb

STAMMBAUM

Dixie (Richard) Martin — Mary Ellen Sweeney (-1868)

Jeremiah Egan

Nancy Martin (1852–1924) — Michael Egan (1838–1910)

Ned Spillane — Mamie (Mary) Martin (1872–1920)

- William Spillane
- Daniel Spillane
- Mary Anne Spillane

Jer (Jeremiah) Martin (1874–1958) — Mary Carty (-1934)

- Mata (Michael) Martin (1909–1958)
- Annie Martin (1911–1941)
- May Martin (1912–1990)
- Dixie (Richard) Martin (1913–1977)
- Jimmy (James) Martin (1917–1930)
- **Nellie Martin** (1918–1982)

Dinsy Murphy (1909–1963) — **Nellie Martin** (1918–1982)

Liam O'Callaghan (1948–) — Gina Murphy (1952–)

Für Nan,
mit der größten Bewunderung

I

JER
(1920)

Ich war seit sechs Uhr in Barrett's Pub und habe schnell und viel getrunken. Die wenigen anderen Männer an der Bar hatten genug mitgekriegt, um mir aus dem Weg zu gehen. Obwohl ich direkt von den Feldern, auf denen ich seit dem Morgengrauen Gras für die Silage gemäht hatte, hier gelandet und bereits nach dem zweiten Pint pleite war, stand stets ein volles Glas vor mir, das ich stets hinunterkippte. Nach den paar Stunden wartete ich noch auf die Wirkung, und so lag es schließlich an der Erschöpfung und vielleicht auch an dem Bedürfnis, allein zu sein, dass ich meinen Platz am Tresen aufgab und auf die Bank im Dunkeln am Ende der Lounge umzog, mit einem Tisch für mein Glas und einer Wand im Rücken zum Anlehnen.

Die Polizisten waren gegen neun da. Auf der Suche nach mir.

Ich versuchte, ihnen klarzumachen, dass alles, was ich zuvor an der Bar gesagt hatte, leeres Geschwätz war, und dass einfach nur das Porter aus mir gesprochen hatte, doch Tom Canniffe war mit mir bei den Munster Fusiliers gewesen, und die beiden anderen waren alte RGA-Männer, Kanoniere, und sie wussten Bescheid.

Sie kannten mich, aber sie kannten auch sich selbst, wussten, wozu sie fähig waren und was sie getan hätten, wären sie an meiner Stelle gewesen, und es war Tom, der Beste von ihnen und der am wenigsten Aufgeblasene, wenn auch nur ein winziges bisschen weniger, der sich mir gegenübersetzte, die Handschellen auf den Tisch legte und mit leiser Stimme fragte, ob so etwas nötig sei, oder ob ich mich anständig benehmen und ohne jedes Aufheben mitkommen würde. Und inmitten dieses Raunens, das so klang, als wäre er irgendwo weit weg, sah er mich an, jedoch ohne meinen Blick zu erwidern. Stattdessen fixierte er eine Stelle neben meinem Herzen, während die beiden anderen, Larry Regan und Pat Hegarty, ein paar Schritte hinter und links und rechts von ihm standen, entspannt, aber bereit. Beides große, kräftige Männer, meine Statur oder fast, zum Teufel noch mal, Regan mit Schultern so breit wie ein Bulle, Hegarty nicht ganz so ausladend, aber mit Knochen wie aus Eisen. Es war immer angenehm gewesen, in ihrer Gesellschaft ein Pint zu schlürfen oder eine Runde Karten oder Billard in der Hall zu spielen. Aber Tom und ich hatten bei den Munster Fusiliers gemeinsam in den Schützengräben gelegen und nebeneinander in Flandern oder vor Loos gezittert und geblutet, und weil sie ähnliche Verbindungen zu anderen Männern hatten, verstanden sie, dass es zwischen uns beiden zwangsläufig anders war.

»Ist nur der Fusel, ich sag's euch, Jungs. Das hier ist doch gar nicht nötig.«

»Na klar, was sollst du auch sonst sagen«, seufzte Tom und schüttelte den Kopf. »Biergelaber ist meistens nur die Kehrseite von Dünnpfiff. Aber hin und wieder kommt dabei etwas heraus, auf das man besser hört. Das Problem ist, woher sollen wir wissen, was was ist?«

»Du kannst mich nicht vom Begräbnis meiner eigenen Schwester fernhalten, Tom«, sagte ich. »Das ist nicht richtig. Dieses Recht hat niemand.«

»Sergeant.«

»Was?«

»Ab jetzt Sergeant. Du darfst mich nicht Tom nennen. Nicht, wenn ich im Dienst bin. Die Uniform. Du weißt, wie es ablaufen muss.«

Ich musterte ihn und die anderen. So groß und freundlich diese drei auch waren, noch vor fünf Jahren hätte ich versucht, mir meinen Weg aus dem Pub freizuprügeln, und sie hätten mich schon in Stücke schlagen müssen, um mich davon abzuhalten. Aber nach dem Krieg war ich dicker und langsamer geworden, und wie ich so an diesem hinteren Tisch in der Lounge vom Barrett's saß, ausgerechnet an diesem Abend, fühlte ich mich, als wäre ich von einer Granate umgenietet worden. Schätze, es gibt Zeiten, da einem Mann die Kraft zum Kämpfen fehlt.

»Ist nur zu deinem Besten«, fuhr er fort, noch immer ohne meinen Blick zu erwidern, ohne die Stimme zu erheben. »Wir reißen uns da nicht drum. So was darfst du nicht über uns denken, Jer. Allmächtiger, Mann. Ich an deiner Stelle würd's genauso machen. Aber wenn wir dich laufen lassen, was dann? Du gehst nach Hause und schnappst dir ein Messer oder eine Axt.«

Ich hätte fast gelächelt, obwohl mir wahrlich nichts Fröhliches auf der Zunge lag.

»Eine Klinge hätte ich gar nicht nötig«, sagte ich. Meine Hände, die zu beiden Seiten meines fast leeren

Glases flach auf dem Tisch lagen, ballten sich zu Fäusten. »Nicht für einen Kerl wie Ned Spillane. Stell uns beide auf eine stille Straße, und ich schlag ihn in Grund und Boden. Schmier die Pflastersteine mit ihm.«

»Ja«, sagte Tom. »Genau das meine ich. Das ist's, worüber ich hier rede.«

Plötzlich wich die Luft aus meinem Körper, und ich spürte, wie meine Schultern nach unten sackten. »Nur, dass ich es nicht tun würde«, sagte ich ihnen. »Auch wenn er jedes Wort verdient hat und er es eines Tages höchstwahrscheinlich auch bekommt. Von jemand anderem, wenn nicht von mir. Aber der morgige Tag ist für andere Dinge da. An dem Tag geht's nicht um ihn. Mamie muss anständig begraben werden.«

»Mach es nicht schlimmer, als es sein muss«, sagte einer der Männer hinter Tom. Ich schaute von einem zum anderen, konnte mich aber aus irgendeinem Grund nicht entscheiden, welcher der beiden gesprochen hatte, bis Regan sich räusperte und in anderem Timbre ergänzte: »Der Sergeant hat recht, Jer. Deine Worte haben bei uns Gewicht. Das weißt du. Und wir akzeptieren, dass du meinst, was du sagst. Aber dieser Kerl muss nur was Falsches sagen oder am Grab flennen oder Mitleid heischen, und dir platzt der Kragen. Keiner würde es dir verdenken, wenn es so wäre, aber wenn du ihn dir vorknöpfst, kommst du in den Knast, so ist es eben. Vielleicht fünf Jahre, vielleicht länger, je nachdem, wie weit du gehst oder ob du dich wieder einkriegst, wenn du erst mal angefangen hast. Und das will keiner, wir nicht, du nicht und deine Frau und deine Kinder erst recht nicht. Die Zelle ist nur für eine Nacht, und natürlich bleiben wir da und quatschen mit dir, wenn du das willst, und wir füllen dich mit Tee ab, bis du das Zeug nicht mehr sehen kannst. Es ist am besten so.«

»Und wenn ich mich weigere?«

Tom beugte sich vor, und jetzt traf sein Blick den meinen. Einen Augenblick lang waren wir wieder im Krieg versunken, wir kauerten beide im Schutt eines zerstörten Viehstalls, und alles schmeckte und roch nach Frankreich. Unter dem Krachen erinnerten Geschützfeuers erkannten wir noch einmal die Wahrheit im anderen, und wir klammerten uns von beiden Seiten daran wie an eine Rettungsleine.

»Sei vernünftig, Jer«, sagte er. »Du warst nie der Mann, der Streit anfängt, wenn es sich vermeiden lässt. Und dumm warst du auch nie.«

»Du weißt nicht, was du mir antust, Tom. Was du mir nimmst. Für lange Zeit gab es nur Mamie und mich. Ich kann dir gar nicht sagen, was wir alles durchgemacht haben. Und wenn sie morgen beerdigt wird, dann legen sie auch einen Teil von mir in dieses Grab. Den besten Teil. Mein Gott, die Kriege, die ich gekämpft habe, hätten für sie sein sollen. Ich hätte Spillane ausnehmen sollen wie eine Forelle, als er das erste Mal in ihre Richtung geglotzt hat. Stattdessen habe ich es so weit kommen lassen.«

»Immer mit der Ruhe, Jer. Er hat sie nicht umgebracht. Rippenfellentzündung, heißt es. Daran sind schon viele gestorben.«

»Er *hat* sie umgebracht. Er hat ihr vielleicht nicht den Stuhl weggetreten, aber mit seiner Sauferei hat er ihr die Schlinge um den Hals gelegt. Er hat sie jahrelang getötet. Und jetzt ist sie nicht mehr da.«

Über den Tisch hinweg betrachtete mich Tom noch

immer. Dann wirkte er plötzlich viel lockerer. Er griff nach den Handschellen und gab sie Regan. »Ist ja noch früh«, sagte er, ohne den Kopf zu drehen. »Zeit genug für ein Pint, würde ich sagen, bevor wir zurückgehen. Hol doch mal 'ne Runde, Larry.«

*

Manchmal, wenn ich allein bin oder ein bisschen Zeit zum Sinnieren habe, denke ich darüber nach, wer ich eigentlich bin. Nicht, wer ich sein sollte oder zu sein versuche oder vorgebe, sondern über mein wahres Ich. Meistens sperre ich mich gegen diese Sachen oder halte sie tief vergraben, weil das kein sehr gesunder Gedankengang ist, aber ab und zu, wenn ich in nachdenklicher Stimmung bin, öffne ich mich ihm.

Vielleicht schlendere ich über die Felder oben auf der Spitze von Hilltown an einem dieser langsam anbrechenden, bleichen Frühlingsmorgen, lausche dem Wind in den Hainbuchen und schaue Snowy, meinem Terrierwelpen, zu, der kopfüber in den Stechginster stürzt, zu knurrender Jagd verleitet von einem vorbeihoppelnden Hasen oder Karnickel, um dann Minuten später wimmernd wiederaufzutauchen, an tausend Stellen aufgeritzt von den grünen Klauen des Strauchs. Oder ich liege im Bett mit meiner Frau Mary im Tiefschlaf neben mir und den leise atmenden Kindern, ausgestreckt auf Strohsäcken, in ihrem Teil des Zimmers, und dann spüre ich die Nacht vom Kopf bis zu den Füßen wie einen Sargdeckel über mir, und ich atme so langsam, wie ich nur kann, und dieser Atem schmeckt in Mund und Kehle immer nach Staub, Stahl und verbrannten Bäumen und darunter nach verfaultem Fleisch und ganz unten nach Schreien. Es ist 1920, fast vier Jahre nach der Somme, aber die Aromen dieser Schlacht haben mich noch nicht verlassen.

Tage, die voller Arbeit sind, begrenzen die Zeit zum Nachdenken, deshalb passiert es nur oben auf diesen hohen Hilltown-Feldern, oder wenn ich wach liege unter der ganzen Leere der Nacht, dass meine Gedanken Auslauf bekommen. Es hat etwas mit den sanften Wogen des Landes zu tun und mit dem Strömen des Himmels darüber. Und es hat etwas zu tun mit dem tiefen, ziehenden Klaffen der Luft der frühen Morgenstunden. Wenn nichts erledigt werden muss und niemand auf Worte wartet, füllt sich der Kopf eines Mannes, und all das, worüber man niemals reden kann, flutet das Hirn, bis es überläuft. Wie zum Beispiel, wer ich bin. Wie zum Beispiel, wohin ich eigentlich gehöre.

Das beste Wasser kommt von ganz weit unten und wird gereinigt von den Steinen unter uns; je tiefer die Quelle, desto sicherer können wir uns seiner Reinheit sein. Und auf ähnliche Weise erkennen wir Leute zuerst an ihrem Namen, an ihrer Abstammung. Als Menschen schätzen wir Herkunft. Und wenn der Name nur ein Name ist, wie der meine etwa, ohne Verwurzelung und Tiefe, können wir denjenigen nicht richtig identifizieren. Ohne zu wissen, von wem und woher er kommt, bleibt ein Mann sich selbst ein Rätsel.

Irgendwann in den frühen Morgenstunden sitze ich in der Zelle des Polizeireviers nach vorne gebeugt da, die Ellbogen auf den Knien und die Hände locker gefaltet auf eine Art, die man bei einem anderen Mann als betend betrachten könnte. Diese Räume wurden für Stille und

Restriktionen gebaut, die nackten Ziegelwände rücken von allen Seiten dicht heran, das einzelne Fenster dient mit seiner Offenbarung eines sternenlosen Himmels nur dazu, einen zu verspotten, wobei die Scheibe aus Drahtglas Erinnerungen an einen Beichtstuhl hervorruft. Doch ich sitze mit dem Rücken dazu, von alldem entschlossen abgewandt. Das einzige Licht kommt von der Kerosinlampe, die einen matten Schein aus dem Büro am anderen Ende des Gangs wirft, und schließlich erstickt mich die Erschöpfung, lässt mein Bewusstsein langsam von dem Mann, der ich zu sein scheine, hinabsinken zu dem Fremden, der einen halben Zoll unter der Oberfläche meiner Haut liegt.

*

Als ich noch ein kleiner Junge war, lauschte ich gern dem Wind. Die Zeit hat das zu *dem* Geräusch meiner Kindheit erhöht. Da ich seine Gestalt nicht so recht bestimmen konnte, gab ich ihm meine eigene Gestalt, machte aus dem Wind eine Identität, die wie meine eigene war, nur älter, und versuchte auf jede nur erdenkliche Weise zu begreifen, was das bedeutete, woher es kam. Ich webte einen Wiedergänger aus den vielen anonymen Fäden meines Ichs, vermutlich in dem Bemühen, das Gefühl einer Geschichte, einer Abstammungslinie zu erzeugen. Die Stimme, die für mich den Wind füllte, war nie stark, aber in gewisser Weise vertraut wie die alten Lieder, die ich gehört hatte und irgendwie kannte. Und da ich auf der Suche war, redete ich mir ein, sie sei irgendwie der fehlende Teil von mir, der Teil, der mir ansonsten verweigert worden war.

Sogar jetzt sehe ich mich in Glasscherben und finde in diesen Splittern mehr Identität als im Rasierspiegel. Wenn ich in der Kälte eines frühen Morgens in unserem Hinterhof stehe und mein Spiegelbild anschaue, ist das Gesicht, das ich im rostfleckigen Glas sehe, ein fremdes: Fleisch, bleischwer vom mittleren Alter, die Augen aufgerissen vor Angst, mich, wer ich auch sein mag, diesen müden Zügen anpassen zu müssen; die Haut gefurcht von den Jahren und vom Gerüst der Knochen hängend. Das Problem ist, weil ich kaum etwas über meine Abstammungslinie weiß, bin ich mir weitgehend selbst fremd.

Im Kopf habe ich einen Namen, der schon sehr lange nicht mehr ausgesprochen wurde: Michael Egan. Ich habe auch ein Gesicht im Sinn, dünn und ausgezehrt, mit alten Augen, das Kinn wie die Kanten eines Grabsteins, das ich seit meiner Kindheit mit mir schleppe, eins, das ich vielleicht ein halbes Dutzend Mal in ebenso vielen Jahren gesehen habe und irgendwie immer aus einer Meile Entfernung, auch wenn er und ich im selben Zimmer waren, kaum eine Armeslänge auseinander. Ein Gesicht, das zu lieben ich in der Lage sein wollte, das ich in meinem Leben haben und kennen wollte, ohne Angst. Augen von der wächsern grauen Farbe von Wolken vor starkem Regen, die mich scheinbar nur zufällig betrachten, und eine Stimme, wenn sie sich denn erhob, einem Lufthauch gleich, so vage wie etwas nur halb Erinnertes oder das gewohnte Seufzen des Winds, die sagte: *Du bist also Jer*, jedes Mal, jedes einzelne Mal, als wäre eine Bestätigung nötig, für uns beide, um als Tatsache zu gelten. *Du bist also Jer. Und wie groß du schon bist. Ich hoffte, du bist deiner Mutter ein guter Junge. Und steh gerade, Junge. Mit Buckel wird die Armee dich nicht nehmen.*

Auch andere Worte, und sie sind alle in mir, weil ich sie mir aufgespart habe, wie ein verhungernder Vogel erbeutete Krumen hortet, und wenn ich kann, krame ich sie hervor und wiederhole sie, mache das Beste aus ihnen, weil sie das Einzige sind, was ich habe. Genau das habe ich auch in den Schützengräben getan und in den flachen, grasbewachsenen Ebenen von Bloemfontein, auf denen unser Bataillon mit letzter Kraft aus den verbrannten Tagen in den rötesten Sonnenuntergang marschierte, den ich je gesehen habe. Einige wenige Worte, immer dieselben, immer und immer wieder, und die Züge eines Gesichts, das ich mir eingeprägt habe, sodass es immer bei mir ist. Und dieser Name. Michael Egan. Inzwischen tot, schon lange, doch damals und heute die Hälfte von mir und noch immer. Ich existiere wegen dieses Mannes, aber seinetwegen bin ich auch wurzellos. Ich habe mich selbst stark gemacht, trotz ihm.

Das Leben hat mir gegeben, was es fast allen gegeben hat, die ich kenne: gelegentliche Ruhephasen, die nur dazu dienen, die Zeiten des Aufruhrs zu verbinden und zu verstärken. Die Schattierungen mögen sich unterscheiden, aber das ist schon alles. Ich kam in einem Armenhaus zur Welt, wie schon Mamie. Im Union an der Douglas Road, einem Ort, wo alle weinten, bis die Tränen versiegt waren, und wo wir alle Gefangene der Umstände waren, bis jemand es für angebracht hielt, uns freizusetzen. Später schliefen wir dann auf Stroh, Mamie und ich, an unsere Mutter gekuschelt in Winkeln von rattenverseuchten, gemieteten Zimmern, und aßen, was uns zur Hand kam. Solche wie uns gab es viele, wir waren keine Ausnahme, und wir taten, was nötig war, um zu überleben. Mamie war nur zwei Jahre älter als ich, und auch wenn wir uns als Kinder sehr nahegestanden hatten, landet man am Ende dort, wohin die Straße einen führt. Als ich die Armee verließ – zum ersten Mal im Jahr 1908, denn ich ging wieder hin, als der Große Krieg begann –, war sie bereits mit Ned Spillane verheiratet, mit einem Baby in den Armen und einem zweiten unterwegs. Dass sie zusammen waren, wusste ich aus den Briefen, die sie mir geschickt hatte, aber auch aus dem, was Mary mir schrieb, Mary, der ich zu der Zeit den Hof machte, und jeden Shilling sparte, um sie später heiraten zu können. Die Briefe, die ich von den beiden erhielt, waren in ähnlicher Handschrift verfasst, schwerfällig und spröde, und versuchten, mich auf dem Laufenden zu halten über das, was im Dorf passierte, Klatschfetzen, die mir nicht das Gefühl gaben, irgendwohin zu gehören, wie es beabsichtigt war, sondern nur unterstrichen, wie weit weg ich war, in jeder Hinsicht, von denen, die ich liebte. Meine arme Mutter hätte mir auch geschrieben, jeden Tag, an dem sie Zeit hatte, wenn sie je Schreiben gelernt hätte, doch einige Male erkannte ich glücklich ihr Zeichen, ein schiefes X, hingekritzelt an den unteren Rand von Mamies Briefen, auf eine Art, die ich immer, ohne Logik oder Verstand, als hoffnungsvoll betrachtete.

Ned Spillane war in meinem Alter, und während einiger Jahre unserer Kindheit lebten wir nur drei Türen voneinander entfernt, in der unteren Häuserreihe am Bog's View, am Rand des Dorfkerns von Douglas. Ich kann mich noch gut an seine Mutter erinnern, Mrs Spillane, eine nette, harmlose Frau, die Brot mit Butter und, wenn sie welche hatte, auch mit Marmelade an die Kinder verteilte, die mit den ihren tatsächlich spielten und sie nicht zur Zielscheibe machten. Seine Familie gehörte damals zu den Verwurzelten, Fabrikarbeiter, diejenigen, die richtig dazugehörten, während wir nur Hereingeschneite waren, die jede Woche einen Hungerlohn zusammenkratzten, um im Haus einer anderen Familie ein wenig Platz belegen zu dürfen. Damals mochte ich Spillane recht gern, auf die Art, wie Kinder eben diejenigen mögen, mit denen sie aufwachsen und auf einer Wiese Fußball spielen oder sich als Jungs die Zeit beim Fischen, Klettern und Raufen vertreiben. Später dann, in unseren Teenagerjahren, tranken wir zusammen ein paar Pints in Barrett's Pub und dachten zurück an die Jahre, die wir in Bog View verbracht hatten, und an die Streiche, die wir ausgeheckt hatten, nicht nur wir beide, sondern unsere ganze Bande, die Jungs aus unserer Siedlung. Und ein- oder zweimal hatte ich im Barrett's seine hässliche Seite gesehen, im Suff, wenn er auf Streit aus und doch auf seine Art nett war, denn Streit suchte er nur mit solchen, gegen die er gewinnen konnte. Aber mit sechzehn, siebzehn gab es einige wie ihn, und er tat auch nie etwas, was man ihm wirklich vorwerfen konnte. Die Nachricht von der Hochzeit war kein Schock für mich, und weil ich schon so lange weg war, erinnerte ich mich an Spillane als recht ordentlichen Kerl, keiner von denen, die mir besonders nahestanden, aber doch einigermaßen anständig. Seinen Namen zu lesen, während ich auf meiner niedrigen Koje in der Kaserne von Aldershot saß, brachte alte Gefühle in mir hervor, wobei ich die gemäßigteren bevorzugte, und obwohl ich wahrscheinlich anders reagiert hätte, wäre ich im Dorf gewesen und hätte seinen Appetit auf Alkohol miterlebt, gesehen, zu welchem Verhalten er ihn verleitete, war mir die Nachricht, als ich sie auf Papier sah, irgendwie richtig vorgekommen, als eine natürliche Entwicklung, und sie weckte in mir sogar ein paar Glücksgefühle.

Doch das war damals. Als ich dann wieder in Cork stationiert war, abkommandiert in die Fermoy-Kaserne für die wenigen Monate vor meiner Entlassung, hatten die beiden längst vor dem Altar gestanden, und Mamie war wieder hochschwanger. Wenn ich Heimaturlaub hatte oder ein freies Wochenende nach drei Nächten Wachdienst, fuhr ich die zwanzig Meilen nach Cork City mit dem Zug und die drei Meilen nach Douglas dann noch mit der Tram. Meine eigentliche Absicht war immer, das gebe ich zu, Mary zu besuchen und sie, wenn das Wetter schön und sie nicht zu müde von der Arbeit in der Wollweberei war, zu einem Spaziergang zu überreden, vorbei am Finger Post und die Carrigaline Road entlang, wo die Erlen und Moosbirken über uns zusammenwuchsen wie die Decke einer alten Kapelle, und es so einsam war, dass ich es wagte, ihre Hand zu nehmen, ohne die Peinlichkeit einer Entdeckung fürchten zu müssen. Um die Zeit totzuschlagen, bis die Werkssirene der Weberei das Ende von Marys Arbeitstag verkündete, ging ich zum Haus der Spillanes an der Bog Street, um Mamie und meine Mutter zu besuchen, bestückt mit einem kleinen Geschenk aus Zucker, einem Kuchen oder einer Dose goldenen Sirups und den wenigen Schillingen, die ich für sie hatte beiseitelegen können. Wir saßen dann ungefähr eine Stunde beisammen an dem kleinen Tisch, tranken Tee, und wir drei unterhielten uns, während William, Mamies erster kleiner Sohn, schlief. So sehe ich sie immer noch vor mir: Mamie lächelnd oder bei dem

Versuch zu lächeln, denn die Belastung der Schwangerschaft saugte ihr die Farbe aus dem Gesicht; und unsere Mutter dicht bei mir, der Hals zwischen die Schultern gesunken, meine Hand haltend und sich an die kurzen Augenblicke unserer Wiedervereinigung klammernd, und immer, wenn es eine Flaute in unserer Unterhaltung gab, wiederholte sie den einen Satz: *Mein guter Mann, mein guter, großer, starker Sohn.*

Ich war froh, hier zu sein, zurück zu sein, obwohl ich nicht sagen kann, dass mir gefiel, was ich da sah. Mamie sah müde aus, auf eine Art zermürbt, die man nicht nur mit ihrer Schwangerschaft oder dem Kleinkind in ihrer Obhut erklären konnte. Ihre Augen, die immer so strahlend und lebendig gewesen waren, waren jetzt verschattet. Meine Mutter bemerkte, dass ich Mamie beobachtete, und quittierte mein Verhalten mit dem ihr eigenen stummen Blick, eine Warnung, die ich von ihr seit frühester Kindheit kannte, und wenn Mamie aufgestanden war, um nach dem Baby zu sehen oder den Restekuchen aufzuschneiden, den ich manchmal aus Thompsons Bäckerei mitbrachte, beugte sie sich zu mir und wies mich in meine Schranken.

»Sie kommen zurecht, so wie es ist, Jer«, und das Kratzen in ihrer Stimme gab ihr eine Eindringlichkeit, über die ich mich nicht hinwegsetzen konnte. »Misch dich nicht ein. Hast du mich verstanden, Junge? Stell dich nicht zwischen einen Ehemann und seine Frau. Das geht dich nichts an.«

Sie glaubte tatsächlich daran, dass so der Lauf der Dinge war, ein grausames, ungeschriebenes Gesetz, das allgemein als unantastbar galt. Und mit der Zeit, als ich das Militär verließ und nach Douglas zurückkehrte, heiratete und meine eigene Familie gründete, tat ich, was von mir erwartet wurde. Ich hielt mich zurück und schaute nur zu, während die Worte meiner Mutter sich als schrecklich falsch erwiesen und Mamie immer apathischer wurde vom Leben mit einem Säufer und dem Kampf, Kinder aufzuziehen mit dem Wenigen, was nicht für Porter ausgegeben werden konnte. Und sie anfing, aus der Welt zu schwinden. Wenn ich Spillane zufällig begegnete, nickte ich ein Hallo als Erwiderung seines Grußes, ich wahrte den Frieden, verweigerte mich aber jeder größeren Nähe. Und an den gelegentlichen Nachmittagen, wenn das Wetter der Arbeit ein frühes Ende setzte und ich ins Barrett's ging und ihn als einzigen Gast an der Bar sitzen sah, lehnte ich mit einem Kopfschütteln seine Einladung auf ein Pint ab, auch wenn es mehr als deutlich war, dass er, durch Glück beim Kartenspiel oder einem Gewinn aus den Hunderennen, die Mittel hatte und ich nicht. Ich war höflich, blieb aber meistens stumm und strengte mich an, während seiner Prahlereien nicht zu lauschen oder in seine Richtung zu schauen. Falls er noch nüchtern war, verstand er den Hinweis und beruhigte sich, er hütete sich, mich herauszufordern, und nach ein oder zwei Pints, also ungefähr so lange, dass er nicht das Gefühl hatte, sein Gesicht zu verlieren, stieß er sich von der Theke ab und murmelte irgendeinen halb verständlichen Abschied, und ich nickte dann und sah ihm nach, wie er sich in die nächste Spelunke aufmachte, um sein Geld in irgendeinem Hafenpub in Cork City loszuwerden.

Die anderen wussten, wie es zwischen uns stand, aber niemand traute sich, etwas zu sagen, wahrscheinlich weil sie erkannten, dass ich stark angespannt war und bei einem falschen Wort explodieren würde. Und während alle in meiner Lage genauso empfunden hätten, wären mir nur wenige beigesprungen, wenn ich so auf ihn losgegangen wäre, wie er es verdient hatte. Wie gesagt, so war der Lauf der Dinge.

Inmitten dieses Durcheinanders ließ ich mich irgendwann mit Mary ein, einer der Cartys, die an der Passage Road lebten, etwa eine halbe Meile vom Finger Post entfernt. Als Schwester von einem unserer Nachbarn, die ich zudem seit meiner Kindheit kannte, war sie um ein Vielfaches besser, als ich es jemals hätte für mich erträumen können, und ich geriet jedes Mal in Hochstimmung, wenn sie nur meinen Namen aussprach. Wir heirateten 1908, nachdem ich ihr drei Jahre den Hof gemacht hatte, und sie zog zu mir und meiner Mutter nach Forge View. In den folgenden Jahren zog sie eine Familie auf, die mich endlos stolz machte, auch wenn die Kinder nicht immer brav waren. Das Leben war ein Kampf, aber wir bestanden ihn auf eine Art, wie unseresgleichen es immer tat. Ich könnte behaupten, ich hätte das in den Schützengräben gelernt, aber schon lange vor Frankreich oder Afrika hatte ich meinen Anteil an Kämpfen gehabt, man sollte es also zutreffender einen Überlebensinstinkt nennen.

Mit Krieg kenne ich mich aus. Vielleicht ist es das Einzige, womit ich mich gut auskenne. In Frankreich lagen wir von Anfang an auf der Schlachtbank, und doch war Étreux, unser Teil Rückzugs aus Mons, nur ein Vorspiel zu Schlimmerem, das uns noch bevorstand: in Givenchy, wo wir in den ersten zehn Minuten zweihundert Männer verloren; und dann wieder bei der Schlacht von Aubers, wo wir zerstückelt und zwei Drittel unserer Einheit ausgelöscht wurden; und all das noch vor der Somme. Ich war damals bereits vierzig Jahre alt, und vor allem in diesem Herbst und dem Winter bei Loos 1915 war ich starr vor Kälte. Uns allen ging es so. Der Regen fiel, als wüsste er nicht mehr, wie er aufhören konnte, und wir marschierten, um den Wahnsinn in Schach zu halten, und weil man es uns befohlen hatte. Zwei Gründe, so gut wie viele andere, und um einiges besser als die meisten. Ich denke oft an diese Zeit, wie es dort war, an eine Grabenwand gepresst, bis zu den Schienbeinen in grauem Wasser, die Augen fest zugekniffen, dem tiefen und merkwürdig sanften Grollen der Geschütze lauschend, die die Frontlinie keine hundert Meter vor uns mit großen Granaten bedrängten, und wie wir die ganze Nacht die Ratten wegtreten mussten, einige größer als Kätzchen, die das Wasser heftig aufwirbelten und an unsere Beine stießen, völlig verwirrt, wie wenig uns, die wir noch am Leben waren, von den Toten unterschied. Und ich erinnere mich an ihr Quieken, ein piepsiges, irres Schlachtgeheul, sobald ich einer von ihnen im Dunkeln einen Tritt verpasst hatte oder draufgetreten war. In diesen Tagen und Nächten in Loos, als die Schlacht heftig tobte, hörte das Leben, wie es sein sollte, auf zu sein, sodass nur noch eins da war: eine zerbombte Stadt und eine zerfetzte Landschaft, alles nach Schießpulver und Senfgas stinkend, wir auf der einen Seite der Trümmer und der Feind aufgefächert auf der anderen, wir alle keine Männer mehr, keine Menschen mehr, wir dachten nicht mehr an Zuhause und die Gesichter unserer Lieben und an glücklichere Tage, sondern waren stattdessen voll der Dinge, die wir gesehen und getan hatten und immer noch taten. Wir hatten uns eingegraben und häuften die Toten schneller an, als wir sie begraben konnten, und nach einer Nacht, als der Morgen kalt und aschfarben dämmerte, ging der Truppensanitäter durch die Reihen, um nach den Verwundeten zu sehen, und stellte fest, dass die Ratten einem Verwundeten, den ein Schrapnell in die Brust getroffen hatte, das halbe Gesicht weggefressen hatten. Wir alle hatten das Stöhnen gehört, aber es war zum Klang unserer Nächte geworden, und wenn wir nichts mehr für sie tun konnten, hatten wir gelernt, es zu ignorieren. Ich ging mit ein paar anderen hin, um es mir selbst anzusehen, obwohl mir klar war, dass ich es besser sein lassen sollte, weil ich gehört hatte, dass solche Dinge passierten, sie aber nie so recht geglaubt hatte, und der Soldat auf der Pritsche lebte noch und würde nach Aussage des Sanitäters auch überleben, vorausgesetzt, er würde es in ein Lazarett schaffen, bevor die Infektion einsetzte. Doch die hohen Dosen Morphium hielten ihn in einem Dämmerzustand, er tagträumte, sodass er sowohl hier war als auch tausend Meilen entfernt, zu Hause in Limerick oder Tipperary oder wo auch immer er herkam, und da spätnachts niemand verfügbar war, um die Krankenstation des Grabens zu bewachen, waren die Ratten über ihn hergefallen und hatten sich an ihm gütlich getan. Sie hatten ihm die Lippen weggenagt und sich über den breiigen Schatz seiner Augen hergemacht. Eine Stunde nach Tagesanbruch, im geronnenen Licht, ließ die Wirkung des Betäubungsmittels nach, und der Soldat fing an zu stöhnen und bald darauf zu brüllen, aus zerstörter Brust zu klagen wie ein in einer Schlinge gefangenes Tier. Und ich starrte, zum Schweigen erbleicht, zusammen mit den anderen, die zum Glotzen gekommen waren, denn so schlimm die Geräusche des Soldaten waren – erst sein Anblick setzte uns wirklich zu. Einige Männer weinten, und die Tränen wuschen saubere Spuren in ihre Gesichter, ich aber nicht, weil ich zu diesem Zeitpunkt bereits kapiert hatte, dass das einem Soldaten nie hilft. Doch dass ich nicht weinte, bedeutete nicht, dass ich nichts fühlte, wobei das hier nur ein weiterer dieser Anblicke war, die nie ganz vertrieben werden konnten, hatte man sie erst einmal in sich aufgenommen. Ich habe gesehen, wie Nonnen von Maschinengewehrfeuer niedergemäht und Kinder angezündet wurden, sodass sie niederbrannten wie Kerzen, und ich schaute in die Augen von Männern und Jungen, während ich aus eineinhalb Metern Entfernung auf sie schoss, und anderen in Afrika, während ich sie aufschlitzte und bei unseren Bajonettangriffen niedertrampelte. Ich habe den Krieg aus der Nähe gesehen, haben seinen heißen, blutigen Sprühnebel auf meinem Gesicht und meinen Händen gespürt, und jeder, der in der Schlacht war, weiß, dass wir alle die Konsequenzen tragen. Die Spuren, die wir tragen, entschuldigen uns nicht.

Das stählerne Läuten der nahen Kirchenglocke reißt mich aus meinem Tagtraum, langsame Schläge, die das Ende des Tages verkünden. Der letzte Ton scheint zu verweilen, die Stille danach irgendwie weniger leer zu machen. Nachdem ich lange gelauscht habe, ob noch etwas kommt, ziehe ich meine Stiefel aus und strecke mich auf der schmalen Pritsche aus, bestürzt von der Wendung, die meine Gedanken genommen haben. Ein paar Stunden Haft werden mich nicht brechen, aber länger sollte es nicht dauern, dieses Weggesperrtsein mit nichts zu tun außer zu denken. Die Dunkelheit macht alles zu klar, und Erinnerung ist nur Nahrung für den Schmerz. Doch wenn mein Verstand nicht in der Vergangenheit wühlt, dann tobt er vor Gedanken an Spillane und dem elenden Leben, das er Mamie bereitet hat. Die Abscheu, die ich für meinen Schwager empfinde, ist zu einem Gutteil Wut auf mich selbst, befeuert von Schuldgefühlen, weil ich mich zu gesittet verhalten habe, weil ich auf meine Mutter und meine Frau gehört habe, als sie mir auftrugen und mich geradezu anflehten, ich solle mich nicht einmischen. Doch während sie mit ihren eigenen Ängsten zu kämpfen hatten, hätte ich stärker sein müssen. Mein Verhalten hätte Konsequenzen gehabt, aber nichts, was ich nicht hätte aushalten können, denn das Leben meiner armen Schwester war es wert, gerettet zu werden, und ich hätte es wenigstens versuchen müssen. Spillane wurde im Suff zum Tier, aber er war nicht völlig dumm, und vielleicht hätte er auf eine Warnung reagiert, auf eine Drohung in angemessenem Ton. So oder so, ich hätte handeln müssen. Und jetzt ist es zu spät.

Meine Frau Mary ist fromm, aber das ist eine Haltung, die für Frauen, glaube ich, einfacher ist als für Männer. Die Frauen, die ich kenne, haben eher belastbarere Herzen, vielleicht weil sie auf Schmerz auf eine Art eingestimmt sind, wie Männer es nie sein können. Oder vielleicht ist ihr Schmerz auch ein anderer. Frauen sind, meiner Erfahrung nach, nachsichtiger, und ich glaube auch, hoffnungsvoller, was sie allerdings in Gefahr bringt, das immergleiche Schicksal zu erleiden. Die meisten Männer, die ich kenne, sind beschädigte Wesen, und Frauen nehmen das hin und haben Mittel und Wege gefunden, auch unsere schärfsten Kanten mit Vorsicht zu behandeln und sie mit Zärtlichkeit abzurunden. Die widersprüchlichen Eigenschaften eines solchen Wesens, die Stärke und das Flehen, die Fähigkeit, den chaotischen Chor eines Familientages behutsam zu leiten, sind genau die Eigenschaften, die es ihnen erlauben, den Glauben zu bewahren. Und der Glaube stählt sie wiederum, wenn der Schmerz sie zu überwältigen droht.

Meine eigenen Widersprüche bringen mich zu einer anderen Weltsicht. Zwar bete auch ich gelegentlich, aber nur zum Trost, denn so sehr ich es mir auch anders wünschen würde, läuft die Religion durch mich hindurch wie die Jahresringe, die das Innere eines Baums streifen. Aber heute Nacht hier auf dieser Pritsche liegend, habe ich gelernt, dass es möglich ist zu beten – falls es Beten ist – und ein wenig Trost in den Worten zu finden, ohne glauben zu müssen. Man kommt an diesen Punkt, begleitet von Zweifeln als eine Art sich langsam ausbreitende Fäulnis, bis man eines Nachts mit dem Gesicht nach unten auf einer Wiese liegt, oder, wie jetzt, in einer Gefängniszelle sitzt, und man merkt, dass die Fürbitten, die einem flehend von den Lippen triefen, durchflutet sind von verbrauchter Luft, denn ob Gott nun existiert oder nicht, ist es doch offensichtlich, dass Er nicht hören kann, nicht fähig ist, einzuschreiten, oder man ihm einfach scheißegal ist. Diese Lektion hätte man mir mit Worten nicht beibringen können; es ist eine Erkenntnis, zu der ich in meinem eigenen Tempo gelangen musste. Die Vorstellung von einem allmächtigen, allsehenden Gott riecht zu sehr nach bedeutenden Plänen und umfassender Strategie, nach Gründen, die mein Verständnis übersteigen; und wenn ich zu sehr darüber nachdenke, warum Gräuel geschehen und geschehen dürfen, würde ich, wenn ich es zuließe, immer stärker von Hass erfüllt werden, bis ich nichts anderes mehr bin. Und ich habe das Gefühl, dass ich mir diese Last, wenn ich weitermachen will, besser erspare.

Ich habe einmal kurz mit einem Priester darüber gesprochen, einem Mann, der an einigen der Orte gewesen war, an denen ich gewesen war, und er hat mir gestanden, dass auch er nicht mehr glaubt, zumindest nicht auf konventionelle Art. Und doch blieb er in der Kirche, ließ sich von den Ritualen leiten und fand Trost in der Routine, und er konnte den Gedanken an Gott noch ertragen und bewahrte ihn in sich als etwas von Wert, weil es in seinen Augen darum ging zu wählen, was man brauchte, um durchzukommen. Ich weiß noch, wie er sagte, wenn die Nacht uns still macht, sind die Dinge, die uns wachhalten, die uns quälen, weniger die, die uns angetan wurden, als die, die wir getan haben.

Das war 1916, als der November in den Dezember überging und ich unterwegs war nach Fishguard, nachdem ich Aldershot verlassen und in Basingstoke einen Zug bestiegen hatte. Ich versuchte, nach Hause zu kommen, und war aus irgendeinem Grund deswegen nervös. Im Krieg war noch immer kein Ende in Sicht, aber nachdem ich Mitte Juli an der Somme verletzt worden war, hatte ich meine Pflicht erfüllt. Ich hatte bereits zuvor einen Treffer abgekommen, bei Givenchy, in der ersten Woche von 1915, einen Granatsplitter, der die Außenseite meines linken Oberschenkels traf – einen knappen Zentimeter weiter rechts und ich hätte das Bein verloren, hatte einer der Sanitäter gesagt –,was mich für ein paar Wochen an die Pritsche fesselte, bevor ich vor Aubers wieder an die Front ging. Doch hier handelte es sich um Gas, eine ganz andere Art von Schädigung, eine Flut, die durch mich hindurch brandete und mich für neun Tage blind machte. Im Feldlazarett und später, nachdem sie mich durch die Frontlinien nach Abbeville geschafft hatten, war ich nur einer von Hunderten. Auf die Seite gedreht, damit ich nicht in meinen eigenen Säften ertrank, aller Geräusche beraubt bis auf ein schwaches Stöhnen, war ich mir sicher, dass ich in die Hölle gestürzt war. Aber alles vergeht, und als ich dann wieder sehen konnte, wusste ich, dass ich weitermachen würde, auch wenn ein Teil von mir nicht sicher war, ob ich es konnte.

Der Priester war in London zugestiegen und mit dem Zug unterwegs nach Swansea, wo er eine Schwester hatte. Es war früh, noch eine ganze Weile vom Tageslicht entfernt, und ich war fast die ganze Nacht auf gewesen, hatte gepackt und mich vorbereitet, mir ausgemalt, was das Leben für mich als Nächstes bereithielt. Die Vorstellung, wieder hinaus in die Welt zu gehen, war beängstigend, die Angst auf ihre Art so real wie jene, die man fühlt, wenn man in die Schlacht zieht. Die Liebe für die Menschen, die einen erwarten, Frau, Mutter, Kinder, vergeht nicht, aber man fragt sich doch, ob sie sich vielleicht verändert haben, oder ob man selbst sich verändert hat, und einem graut vor der Möglichkeit, dass man sich in ihrer Nähe fremd und unbehaglich fühlen wird. Ich setzte mich zu dem Priester, weil ich den Soldaten in ihm erkannte. Der Krieg lastet schwer auf einigen Männern, und es hat zu tun mit der Stille, an die sie sich klammern, und mit den Wunden, die zu tragen sie gezwungen sind. Ich saß ihm schon eine Weile gegenüber, bevor ich erkannte, dass er von sehr viel sichtbareren Beweisen seines Konflikts gezeichnet war, doch da war es bereits zu spät, um den Platz zu wechseln, selbst wenn ich gewollt hätte. Sein rechter Arm war auf Kindergröße geschrumpft – von einer deutschen Kugel acht Zentimeter über dem Ellbogen zerfetzt, wie er mir sagte. Bei Loos, Ende September des vergangenen Jahres, am 27., achttausend Briten tot in vier Stunden und zweieinhalbmal so viele in den drei Tagen der Offensive. Ich hatte die Verletzung anfangs nicht bemerkt, weil er mit dieser Schulter am Fenster lehnte und eine Zeitung aufgeschlagen auf seinem Schoß lag. Als sein Arm dann in meinem Blickfeld auftauchte, starrte ich nur hin, ich konnte nicht anders, und er beobachtete mich mit einer Gelassenheit, die zu behaglich war. Die Sanitäter hätten amputieren wollen, sagte er, seine Stimme ging fast unter im Dröhnen unseres Waggons auf dem alten, unebenen Gleis. Abgestumpft von der Unbarmherzigkeit ihrer Arbeit erklärten sie ihm auf Französisch und in brüchigem Englisch, dass die Wunde nie heilen und für immer schmerzen würde. Wäre er weniger klar gewesen, hätten sie einfach drauflos geschnitten, ohne Diskussion, und nach dem Aufwachen wäre er wohl besser dran gewesen. Aber seine Sturheit setzte sich durch, und am Ende hatten sie sogar gegrinst, über die einfältige Lockerheit, mit der er argumentierte, wie er so dasaß in einem schmuddeligen Zelt, den Uniformärmel an der Schulter abgeschnitten, aber sein Kragen noch an der Kehle und der Rosenkranz fest in seiner guten Faust. Der Arm sei jetzt seine Buße, sagte er. Auch eine

Warnung vor zukünftigen Dummheiten und Eitelkeiten und eine Erinnerung daran, dass seine gegenteilige Meinung gegenüber Expertenüberzeugungen überhaupt etwas zählte.

Als das Gespräch auf den Glauben kam, irgendwo in der Gegend von Bristol, sagte er, dass er seine Verletzung nicht Gott zur Last lege, zumindest nicht auf die Art, wie ich oder sonst jemand vielleicht annehmen würde, denn in seiner Vorstellung war Gott für so etwas nicht mehr zuständig. Nachdem er so viel von Frankreich durchwatet hatte, sah er nun den Allmächtigen in einem neuen Licht. Er seufzte, betrachtete den Geist seines eigenen Spiegelbilds kalkig im Zugfenster und murmelte, dass es immer noch einige gebe, die glaubten, dass Gott jeden Morgen die Sonne in den Himmel hochziehe und den Absturz der Spatzen vorzeichne. Aber das waren vorwiegend diejenigen, die nicht die Somme oder Ypern oder Gallipoli hatten durchleiden müssen. Für ihn war Gott, oder wie man es auch nennen mochte, eine Methode der Entlastung, ein Werkzeug, um sich selbst zu überzeugen, dass ihm die Sünden, die zu schrecklich waren, um über sie zu sprechen, vergeben worden waren. Das Leben, sagte er zu seinem Geist im Glas ebenso sehr wie zu mir, sei eine tägliche Zermürbung, für Männer, Frauen und Kinder ebenso sehr wie für die Vögel in den Bäumen und die Ratten in den Gräben. Das Höchste, worum man bitten könne, sei Überleben, und ob diejenigen, die das schafften, als glücklich oder als verflucht zählten, sei eine Entscheidung, die jeder für sich treffen müsse.

Ich hörte zu und dachte bei mir, dass in seinen Worten eine gewisse Wahrheit lag, obwohl die Angelegenheit sich für mich nicht so einfach darstellte. Mein

Leben würde zu neuer Leichtigkeit finden, wenn auch ich alle meine Sünden auf Gottes starkem Rücken abladen würde. Aber so bin ich nicht. Ich kann den schrecklichen Dingen, die ich weiß, weder entrinnen noch sie leugnen. Was ich im Krieg gesehen habe und die Art, wie der Schlafsaal im Armenhaus aus meiner frühesten Kindheit – gleichermaßen erinnert wie ausgemalt, aber deshalb nicht weniger real – in Schwärze versinkt, nachdem die Lampen ausgeblasen sind, all das ist tief in mir verankert. Und ich habe nicht das Gefühl, dass solche Erfahrungen vergessen werden sollten. Es wäre mir lieber, sie hätten nicht stattgefunden, aber ich suche keine Absolution für die Dinge, die ich gesehen, getan und erlitten habe. Nächte, in denen mich Schlaflosigkeit plagt, kommen nur hin und wieder vor, und so erdrückend sie auch sein mögen, sehe ich sie als Preis für die Reise des Lebens. Im Ganzen betrachtet, vom Tag meiner Geburt an bis zu dieser Nacht auf dem Polizeirevier, erscheint die Vorstellung von Gott ohne Belang im Zusammenhang mit allem, was ich erlebt habe. Ob er existiert oder nicht, ist bedeutungslos und ändert nichts.

Um mir nicht zu viele Sorgen über diese Dinge zu machen, konzentriere ich mich auf die Tageszeiten. Beim Aufwachen von frischem Atem erregt zu werden und die schlechten Träume zum Schweigen zu bringen, all das zu überwinden, was geschehen ist. Früh aufzustehen, um sich im Hinterhof zu waschen und zu rasieren, den Schmerz in Armen und Rücken auf dem langsamen Heimweg zu genießen, nachdem das Dreschen und Pflügen des Tages getan ist; und das Beste, abends mit den eigenen Leuten ums eigene Feuer zu sitzen. Denn weil die Kinder noch jung sind, ist immer so viel Leben im

Haus, jede Menge Trubel und schnell schlagende Herzen. Ich liebe den Krach, wenn alles in Aufruhr ist, und komme mir dann vor wie ein Fels in einem Fluss. Ein Trittstein. Nichts macht mir mehr Freude, als mit dem einen oder anderen meiner Kleinen am Feuer zu sitzen, mit Nellie oder Jimmy auf dem Schoß, und zuzusehen, wie die anderen Jungs, Mata und Dixie, nach dem Spielen ins Haus stürmen, hungrig nach einem Ranken Brot und Marmelade, aber noch immer so aufgeregt, dass sie schreien; und wenn sie zufällig einen Freund mitbringen, zu sehen, wie meine neunjährige Annie plötzlich schüchtern wird, weil sie eben anfängt – wenn auch auf die unschuldigste Art –, sich jener Unterschiede bewusst zu werden, die wahrzunehmen sich lohnt. Und ich liebe es, morgens unser jüngeres Mädchen May singen zu hören, die Worte nur ein Murmeln auf ihren Lippen, aber die Melodie rein wie Vogelgesang, nach einem oder zwei Takten leicht erkennbar als »The Minstrel Boy« oder vielleicht »Silver Threads Among the Gold«. In diesen Augenblicken finde ich meinen Glauben, denn sie kommen für mich Gebeten gleich.

Kurz nach sechs höre ich Schritte im Gang. Ich liege rücklings auf der einzelnen Pritsche der Zelle, und von dieser Position aus kann ich sehen, dass die Tür ein paar Zentimeter offen steht. Niemand will diese Geschichte offiziell werden lassen, daher hat man sich nicht die Mühe gemacht, mich einzuschließen, aber es ist klar, dass eine Wache einsatzbereit ist, sollte ich probieren, ohne die nötige Erlaubnis von hier wegzukommen. Das Bett, das ich unter mir habe, ist wie Eisen, und mein Kopf ist zu ruhelos für den trägen Gedanken an Schlaf, aber ich bewege mich erst, als die Tür nach innen aufschwingt und Hegarty den Rahmen füllt, erkennbar nur an seinem Umriss, bis er den Mund aufmacht.

»Jer«, sagt er, und seine Stimme zerreißt die Stille. »Bist du wach?«

Als Antwort setze ich mich auf, drücke die nackten Füße auf den Boden und genieße die kalte Bestrafung der Granitplatten. Meine Zehen spreizen sich, und nur einen Augenblick lang überwältigt mich die Erinnerung, wie ich mit Mamie im Pond Bank spiele, dem Fluss, der das Dorf in der Mitte durchschneidet; ich bin fünf oder sechs, sie ein kleines bisschen älter. Bis zu den Oberschenkeln im schnell dahinfließenden kalten Wasser, richten wir lachend Holzstücke für einen Damm auf, und ich mache genau das Gleiche: Im Schlick des Flussbetts wackle ich mit den Zehen.

»Dachte, du könntest eine Tasse Tee vertragen.« Hegarty betritt die Zelle, gibt mir einen Becher, setzt sich neben mich auf die Pritsche und trinkt schlürfend einen Schluck aus seinem. Ich koste den Tee vorsichtig und finde ihn zu süß für meinen Geschmack. Trotzdem bin ich dankbar dafür, und der Zucker überdeckt den sauren Nachgeschmack des Porters vom gestrigen Abend. Ich nehme einen zweiten Schluck und drücke mir den Becher dann für ein wenig Wärme an die Brust.

»Wir haben fast die ganze Nacht darüber geredet, und Tom, soll heißen der Sergeant, ist der Meinung, wir würden dir Unrecht zufügen, wenn wir dich von der Beerdigung fernhalten.«

Ich schaue ihn an. »Ihr lasst mich raus?«

»Es gibt eine Bedingung. Wir kommen auch zum Begräbnis. Unsere Schicht ist in ein paar Stunden vorbei, wir werden also keine Uniform tragen, außerdem wären wir sowieso hingegangen, als Zeichen des Respekts. Du kannst bei deiner Familie sein, und wir werden uns im Hintergrund halten. Aber wir werden da sein. Wir wissen, dass du zu deinem Wort stehst, das haben wir dir gestern Abend schon gesagt, aber die Trauer kann mit einem Mann merkwürdige Dinge anstellen. Wenn irgendwas passiert, können wir einschreiten.«

Einige Sekunden lang scheint die Nacht kurz vor der Dämmerung noch tiefer zu werden, und die Last, die sich auf meine Schultern senkt, droht, mich aus dem Gleichgewicht zu bringen. Ich stelle den Becher neben mich auf die Pritsche, aus Angst, dass er mir aus den Fingern gleitet und auf dem kalten Boden zerschellt. Meine Schwester ist tot. Mein eigen Fleisch und Blut. Ich hatte in meinem Leben schon viel mit dem Tod zu tun, aber das hier ist anders. Ich habe das merkwürdige, aber sehr lebhafte Gefühl, dass ich dahinschwinde. Ich trinke noch einen Schluck Tee, verziehe wegen der süßen Wärme den Mund und danke Hegarty für die Aufmerksamkeit.

Nachdem ich zum ersten Mal aus der Armee entlassen worden war, kam ich eines Tages von der Arbeit nach Hause und sah meine Mutter am Tisch sitzen, den gesenkten Kopf in die Hände gestützt. Mary stand hilflos neben ihr, das Gewicht auf eine Hüfte verlagert, ohne recht zu wissen, was sie sagen oder wohin sie sich wenden sollte. Als ich das Cottage betrat, schrak sie hoch, schaute mich flehend an und fing ebenfalls an zu weinen. Im ersten Augenblick dachte ich, Mata, unserem Baby, wäre etwas passiert, und mir wurde kalt, aber dann hörte ich das Kind in der Wiege unter dem kleinen Fenster des Zimmers brabbeln, und der Klumpen in meiner Kehle löste sich. Mit wenigen ruhigen Schritten ging ich durchs Zimmer, ohne dass Mutter auch nur den Kopf hob, und nach einem kaum wahrnehmbaren Zögern schob ich mich an Mary vorbei und ging durch die Hintertür hinaus ins Hall Field, öffnete die Knöpfe meines Hemds und fing an, mich mit dem kalten Wasser aus der halb vollen Regentonne zu waschen. Es lag viel Feuchtigkeit in der Luft, die Eichen hinter unserem Haus rauschten im Oktoberwind, und während Mary, die mir gefolgt war, aufmerksam zusah, wusch ich mich methodisch mit einem Stück Karbolseife. Als ich die Seife weggespült hatte, gab sie mir ein Handtuch und erzählte mir, warum meine Mutter bekümmert war. Aus der Stadt sei die Nachricht gekommen, dass Michael Egan tot sei. So formulierte sie es und schaute mich dabei an, suchte vermutlich nach einem Zeichen, dass ich gleich zusammenbrechen würde. *Ist er?* war alles, was ich sagte. Und: *Wie ist er gestorben?* Als ich mir das Regenwasser aus dem Gesicht wischte, spürte ich, wie die Kehle mir eng wurde, doch ich war entschlossen, mir meine Bestürzung nicht anmerken lassen. Ich hatte den alten Mann seit fast fünfundzwanzig Jahren weder gesehen noch gesprochen. Nicht am Anfang vom Ende meiner Jugend und noch einige Jahre, bevor ich mich mit den Munster Fusiliers nach Afrika einschiffte. Während dieser ganzen Zeit hatte ich kein einziges Wort von ihm gehört, aber ich wusste aus den Briefen, die Mamie mir schrieb, dass er sich hin und wieder bei ihr gemeldet hatte und, über sie, auch bei meiner Mutter. Mamie brauchte ihn gelegentlich, und das konnte ich auch noch verstehen, aber meine Mutter hätte eigentlich einen großen Bogen um ihn machen sollen, wenn man bedenkt, wie übel er sie im Stich gelassen hatte. Doch auf eine schlichte, grausame, kopflose Art liebte sie ihn. Das Herz will, was es will, nehme ich an, und soweit ich wusste, hatte sie nie mehr einen anderen Mann angesehen. Wobei sie nicht gerade bei ihr Schlange gestanden hätten, war sie doch eine gefallene Frau, zumindest nichts für mehr als einen spätabendlichen Spaziergang auf einer einsamen Straße, weit weg von neugierigen Blicken. Wir sind alle mit Sünde beladen, aber die Scham zeigt sich bei einigen anders als bei anderen.

Michael Egan trug seine Sünden diskreter. Vielleicht kümmerte es aber einfach niemanden. Männern lässt man Dinge durchgehen, die man Frauen nicht gestattet, und aus den Augen ist wirklich aus dem Sinn. Und er war in der Lage, fast sein gesamtes Erwachsenenleben als verheirateter Mann zu leben, ein Stand der Gnade, wie besudelt auch immer, den man meiner Mutter nie zugebilligt hätte. Zu der Zeit, als meine Schwester und ich geboren wurden, war er bereits verheiratet, mit einer Frau aus Glanmire. Vielleicht war es aber auch er, der aus Glanmire stammte, und sie war ein Mädchen aus der Stadt; ich erinnere mich nicht mehr so recht. Wie auch immer, er war verheiratet, und ich glaube, bereits auch Vater. Ich habe mir oft Gedanken über seine Ehefrau gemacht – wer sie war, wie sie aussah, und ob das, was sie mit ihm hatte, Liebe war oder lediglich eine praktische Übereinkunft, in der er nur jemand war, mit dem man einen Hausstand gründete und der für den Lebensunterhalt sorgte, während sie eine Familie aufzog, ein Körper, der ihr dabei half, die Einsamkeit in Schach zu halten. War es Liebe, oder hatte er sie in Schwierigkeiten gebracht wie meine Mutter, mit dem Unterschied, dass diese Frau eine Familie hatte, die ihn zum Richtigen drängte, indem sie ihm eine doppelläufige Schrotflinte an den Hinterkopf drückte? Es hätte nicht viel gekostet, das herauszufinden: ein paar Pints in ein oder zwei der richtigen Pubs, ein bisschen Geplauder an der Theke, bis die richtigen Namen fielen. Aber wozu das Ganze? Ich hatte gelernt, meine Mutter nicht zu sehr nach ihm auszufragen oder danach, welche Wendungen zu Mamie und mir führten, denn diese Fragen hätten ihr zu viel Schmerz bereitet.

Ich weiß, dass er mit seiner Frau Kinder hatte, zwei Jungs und zwei oder drei Mädchen, obwohl es natürlich auch noch andere hätte geben können. Von seiner legitimen Familie war das älteste Mädchen nur wenige Monate älter als Mamie, und als Michael Egan starb – 1910, wenn ich mich recht erinnere –, war der jüngste Sohn noch ein Halbwüchsiger. Es waren also Brüder und Schwestern von Mamie und mir, doch ohne von unserer Existenz zu wissen, und auch wir wussten kaum etwas von ihnen. Ich fragte mich oft, ob seine Frau von uns wusste, über unsere Lebensumstände, unseren Start im Armenhaus und über das Leben, das wir anschließend führen mussten, die Kämpfe und die endlose Angst, das wenige an Normalität zu verlieren, das wir uns mühsam zusammengeklaubt hatten, und ich schätze, ich hielt es für selbstverständlich, dass sie genug gewusst haben musste, da die Nachricht von seinem Tod aus der Stadt zu uns kam.

An diesem Abend, als die Neuigkeit über Michael Egan noch frisch für uns war, saßen wir vor dem Kamin und sahen zu, wie das Anfeuerholz um die Torfsoden herum niederbrannte. Das Wimmern von Mutters Schluchzen nahm dem Abend jede Ungezwungenheit. Als es dann spät wurde, fing sie an zu singen, was sie in meiner Anwesenheit noch nie getan hatte, wenigstens nicht, soweit ich mich erinnern konnte. Sie rückte vom Feuer weg, sodass sie in Nacht gehüllt war, räusperte sich und stimmte eine Melodie an, die sich nur langsam bildete. Es dauerte lange, bis ich die Worte ihres Lieds als Irisch erkannte, und dann konnte ich nur den Kopf senken und, weil ich vom Text kaum etwas verstand, mich vom Fluss seiner Melodie mitnehmen lassen. Mary und ich saßen Schulter an Schulter am Feuer, sie bei mir untergehakt, und das Lied, das den Raum füllte, war ein melancholisches, wie die Klage eines Sturms, der über die Felsen eines kahlen Hügels fegt. Minutenlang sang meine Mutter, das Gefühl des Sehnens oder der Trauer verstärkt vom getragenen Rhythmus, bis sie schließlich verstummte und wieder in Schweigen versank. Zurück blieb nur die strömende Stille ihres Atmens.

»Das war wunderschön«, sagte Mary und verstärkte ihren Griff um meinen Arm, als Mata sich hinter uns in der Wiege rührte und im Schlaf etwas Flüchtiges krähte.

»Ich weiß gar nicht mehr, seit wann ich nicht mehr gesungen habe.« Meine Mutter klang verlegen. »Nicht richtig. Und das ist ein altes Lied. Meine arme, alte Mutter mochte diese Melodie sehr. Merkwürdig, nicht? Was wir so mit uns herumschleppen, meine ich. Jesus Christus im Himmel, ist es ein Wunder, dass ich einen Buckel habe? »An Droimeann Dílis«. Ich glaube, ich habe fünfzig Jahre lang nicht mehr an dieses Lied gedacht, und bis eben habe ich gar nicht gewusst, dass ich es immer noch kann.«

Meine Mutter erzählte nur selten aus ihrem Leben, und, soweit ich mich erinnern konnte, noch nie auf eine so freimütige Art. Während sie redete, hatte ich das Gefühl, die Vergangenheit sei ihr so nahe, dass sie alle ihre Toten in einer Reihe aufstellen könnte.

»Auf Clear Island«, fuhr sie fort, »als ich noch ein junges Mädchen war, drängten wir uns in Winternächten, wenn das Wetter uns im Haus hielt, alle um ein Feuer, das womit auch immer brannte. Wenn es ein Schlückchen zu trinken im Haus gab, griff immer irgendjemand schon bei der geringsten Andeutung nach der Fiedel, ein anderer schnappte sich die Flöte, und wir alle sangen abwechselnd, um uns die Zeit zu vertreiben. Meine Mutter erzählte entweder so etwas oder Geschichten, bei denen wir Gänsehaut bekamen, oder sie erinnerte sich an gewaltige Stürme, die Fischerboote verschlangen und alles taten, um den ganze Westen Corks einzuebnen, und wir alle, vor allem die Kinder, genossen das Frösteln angesichts eines Grauens, bei dem wir erschaudern konnten, ohne uns zu sehr bedroht zu fühlen.«

Mary bewegte sich auf ihrem Stuhl, »Dann bist du also eine Frau aus West Cork. Hast du das gewusst, Jer?«

»Habe ich nicht, Liebling.« Es tat mir weh, es zuzugeben. »Oder wenn ich es wusste, habe ich es vergessen.«

»Westen ist richtig«, sagte meine Mutter, mit einem Schwung in ihrer Stimme, den ich aus ihren jüngeren Tagen kannte. »So weit im Westen, wie es nur geht, seit man denken kann. Für meine Mutter und die alten Leute ging es in diesen Nächten darum, sich an die alten Gepflogenheiten zu erinnern. Damals hatte niemand irgendwas; niemand außerhalb der wenigen großen Häuser drüben auf der Hauptinsel; und in den Jahren zuvor waren eine Menge von uns gestorben, und noch mehr waren weggegangen, froh um das Schiff nach England oder Amerika, und ich weiß noch genau, dass wir alle die ganze Zeit Angst hatten.«

»Kannst du das Lied für uns übersetzen, Mam? Nur damit wir ein Gefühl dafür bekommen.«

Ich schämte mich, sie darum bitten zu müssen, aber für mich hatte Irisch das dumpfe Gewicht einer Fremdsprache. Unter meinen Bekanntschaften waren die Zugezogenen aus den Gaeltacht-Gegenden auf dem Land oder den Inseln die einzigen Menschen, die ihre Muttersprache am Leben hielten und sie noch immer solche betrachteten, ebenso wie diejenigen, die in Häusern mit demselben Hintergrund gedient hatten und ebenfalls hierhergezogen waren. Meine Mutter hatte die Sprache längst aus ihrem Leben gleiten lassen, sie existierte jetzt in ihr als Unterströmung, stark und stetig, aber kaum die Oberfläche durchbrechend. Englisch war die Sprache der Arbeit und der sich drehenden Welt geworden und die Waffe, um den Hunger in Schach zu halten.

Sie ließ sich Zeit mit der Antwort. Ich sah Schemen ihres Gesichts, wenn sie sich in ihrem Sessel nach vorne beugte, und nahm wahr, wie sie ihre Gedanken von dort zurückzerrte, wo sie gewesen waren.

»Es geht um eine gute braune Kuh. Treu ist, glaube ich, das bessere Wort. Eine Droimeann ist eine einheimische Rinderrasse. Aber ich glaube, eigentlich geht es in diesem Lied um die Dinge, die wir beweinen, wenn sie uns genommen werden. Und darum, wie wir danach weitermachen. Das ist in der Melodie, wenn schon nicht in den Worten. Und ich glaube, es geht darum, wie wir uns fühlen, wenn etwas aus der Vergangenheit, von dem wir glaubten, dass es verschwunden ist, an die Oberfläche steigt, ohne dass wir damit rechnen.«

Auch jetzt noch, da ich mit Hegarty herumsitze und Tee trinke, spüre ich den damaligen Abend um mich herum, so wie er war, die traurige Zufriedenheit und den süßlichen Gestank schwelender Torfasche. Vor mir meine Mutter in Dunkelheit, hinter mir Mata in seiner Krippe, das erste von sechs Kindern, die wir haben sollten, und neben mir, ihre Hand in meiner, Mary, die einzige Frau, die ich je gewollt hatte. In meiner Erinnerung sehe ich mich umgeben von meiner Familie, denn wer sonst achtet auf uns in der Welt? Und jetzt sind sie zu Hause, fragen sich sicher, wo ich bin, und haben Angst davor, was ich tun könnte. Ausgerechnet heute Morgen sitze ich hinter Gittern, und ich hasse mich dafür, dass ich so idiotisch war zu vergessen, wie viel ich noch immer zu verlieren habe. Meine Wut über das frühe Ende der armen Mamie ist noch nicht verraucht, und ich giere darauf, Spillane einen Besuch abzustatten und ihn auf die Straße zu zerren. Aber momentan würde mich diese Abrechnung einen viel zu hohen Preis kosten. Alles, was ich mir unter großen Mühen aufgebaut habe, würde ich so wieder einreißen.

Sobald es draußen hell ist, gibt Tom Canniffe mir meinen Mantel und bringt mich zur Vordertür des Reviers. Mir kommt der Gedanke, dass er mich begleiten will, da es aber nur knapp hundert Meter bis zum Cottage sind, hat er anscheinend das Gefühl, dass er mir trauen kann. Nebel ist aufgekommen und macht den Morgen unscharf, er verhüllt die Straße und den Graben gegenüber. Es ist noch nicht einmal acht Uhr, und bis jetzt regt sich noch nichts.

»Geh direkt nach Hause, Jer«, sagt er, und obwohl er im Schutz der Tür steht, zieht er die Schultern gegen die schneidende Luft hoch. »Ich lege nur schnell die Uniform ab, und dann sehen wir uns vor der Kirche. Pass ab jetzt gut auf dich auf.«

Er streckt mir seine Hand hin, und nach einem leichten Zögern erwidere ich die Geste. Dann drücke ich mir die Kappe auf den Kopf, ziehe den Schild tief in die Stirn und wende mich ab. Ich gehe langsam, zum Teil, um der Grimmigkeit der frühen Stunde die Stirn zu bieten, aber auch, weil ich mich allein fühlen will. Anfangs spüre ich, wie Tom mir von der Tür des Reviers aus nachschaut, aber der Nebel schließt sich um mich, und wir verlieren einander. Ich ziehe die kalte Luft ein und versuche, nicht zu denken, aber Mamie ist sofort bei mir, ihr Gesicht so klar, wie ich es je gesehen habe. Die Augen glasig, die Knochen durch ihre dünne Haut gedrückt und diese Art, wie sie lächelt, immer leicht schief, wie so oft bei zarten Menschen, die sich vorsichtig durch die Welt bewegen. Die Angst vor so vielen Dingen hat das Gesicht abrutschen lassen – Schulden, die nicht beglichen werden können, Gedanken an die Kinder, die ohne Essen das Haus verlassen müssen, Streit, wenn Alkohol im Spiel ist, oder, im schlimmsten Fall, die erhobene Hand, nicht als leere Drohung, sondern mit Absicht. Da der Nebel aus allem Geister macht, sehe ich nur sie. Und ich fühle mich wie ausgehöhlt.

Mary stürzt auf mich zu, als ich das Cottage betrete, hält sich aber im letzten Augenblick zurück, und wir stehen uns verlegen im Halbdunkel unseres unterteilten Hausflurs gegenüber. Als sie fragt, ob es mir gut geht, nicke ich und sage ihr, dass es so ist, aber sie inspiziert mich trotzdem, mustert mich vom Gesicht bis zur Taille und wieder zurück, sucht nach blauen Flecken oder sonstigen Spuren, nach Hinweisen, dass ich Schmerzen habe. Sie hat nicht viel übrig für die Polizei, doch Tom Canniffe kennt sie schon ihr ganzes Leben und hält ihn für einen recht anständigen Kerl. Es hat mit der Uniform zu tun, die sich von der eines Soldaten aufgrund der Macht, die sie verleiht, unterscheidet, doch noch mehr hat es damit zu tun, dass diese Männer sich immer im Dienst fühlen, immer alles und jeden beobachten. Für Mary sind Polizisten Männer, die in der Hoffnung leben, Menschen bei einem Fehltritt zu erwischen. Sie reden und verhalten sich locker, aber jede ihrer Fragen hat auch eine Kehrseite, und sie sind nie einfach nur sie selber.

»Mir geht's gut«, wiederhole ich und schiebe mich, so sanft es geht, an ihr vorbei und setze mich auf einen der Stühle vor dem Feuer, das trotz der frühen Stunde schon nicht mehr stark lodert. Der Hund Snowy ist hinter mir durch die Tür geschlüpft und lässt sich neben mir nieder. Ich lasse die Hand von der Lehne gleiten und kraule das struppige Fell in seinem Nacken und die weiche Stelle hinter dem Ohr. Ich lehne mich zurück, schließe die Augen und lausche dem alten, geschwärzten Eisenkessel an seinem Haken, der sich mit einem leisen Pfeifen gemächlich dem Siedepunkt nähert. Aus dem Schlafzimmer kommt die leise Stimme meiner Mutter, die die Kinder zur Eile antreibt, und obwohl die geschlossene Tür die Geräusche dämpft, spüre ich, dass sie verzehrt ist von Trauer. Als ich die Augen wieder öffne, hat Mary unsere Jüngste, Nellie, in den Armen, sitzt auf dem Hocker mir gegenüber und mustert mich erneut.

»Ist nichts passiert, Liebling.« Das Lachen, das meine Worte färbt, fühlt sich falsch in meinem Mund an, und nach einer Weile lasse ich es verebben. Das Baby ist still, aber wach und aufmerksam. Ich beuge mich vor und strecke die Arme aus, und Mary, die ebenfalls müde ist und froh, die Last für einen Augenblick abgenommen zu bekommen, gibt mir die Kleine. »Ich hatte bei Barrett's ein paar Gläser zu viel und habe mir vielleicht über Spillane ein bisschen zu sehr das Maul zerrissen. Mit Porter passiert das schon mal.«

»Ich dachte, du hättest vielleicht was Dummes angestellt.«

Ich schüttle den Kopf. »Hat nur jemand was in den falschen Hals bekommen, das ist alles.«

»Pat Hegarty war da, um mich wissen zu lassen, wo du bist. Hat aber nicht gesagt, warum, außer, dass sie dich festhalten, aber gleich in der Früh zu mir zurückschicken würden.«

»Das tut mir leid, Mary. Sie haben es nur gut gemeint, und um ehrlich zu sein, mir hat diese Nacht hinter Gittern Gelegenheit gegeben, in meinem Kopf ein paar Dinge zurechtzurücken. Trotzdem kann ich nicht an Mamie denken, ohne einen Kloß in den Hals zu bekommen. Sie war so ein liebenswertes Wesen.«

»Mehr als das.«

»Und sie war in ihrem ganzen Leben, so kurz es war, keinen Augenblick lang glücklich. Mein Gott, aber dieser Kerl wird sich verantworten müssen.«

»Nicht, Jer«, sagt Mary. »Nicht jetzt. Nicht heute.«

Ich trinke den Tee, den sie macht, und kaue mich ohne

Appetit durch ein Butterbrot. Dann gehe ich hinaus in den Hof, um mich zu waschen und zu rasieren, und danach lege ich den einzigen Anzug an, den ich besitze, einen schlaffen grauen Kammgarn-Zweireiher, den ich nach meiner ersten Entlassung aus der Armee von meiner Abfindung gekauft hatte und der mich in manchen Jahren besser kleidet als in anderen. Es ist der Anzug, in dem ich geheiratet habe und den ich seitdem bei jeder wichtigen Gelegenheit getragen habe, zumindest bei den Gelegenheiten, wenn die Uniform nicht angebracht war.

Das Cottage ist an diesem Morgen voll, aber es fühlt sich nicht so an. Jeder scheint sich klein zu machen, und abgesehen vom gelegentlichen feuchten Seufzen meiner Mutter ist der Nieselregen auf dem dünnen Glas des Fensters das vorherrschende Geräusch im Wohnzimmer. Nachdem Mary den Kindern Porridge aufgetischt hat, vergräbt sie sich in Hausarbeit, bis meine Mutter die Jungen um sich schart und verkündet, dass sie mit den Kindern vorausgeht, weil sie gerne eine Kerze anzünden und vielleicht ein paar Gebete sprechen möchte, bevor die übrigen Trauergäste eintreffen. Und so still unser Zuhause bereits gewesen war, erschafft ihr Abgang eine noch tiefere Stille als vorher. Einmal höre ich Mary sich räuspern, und dann kommt sie ins Schlafzimmer und zieht ihr gutes Kleid an. Es ist aus Baumwolle, in der Farbe von Pfeffer, eine Hinterlassenschaft aus einem der Häuser an der Passage Road, in denen sie putzt, und für die Jahreszeit zu dünn. Sie streicht es sich am Körper glatt, während ich am anderen Ende des Betts sitze und das abgewetzte Leder meiner Stiefel mit einer Bürste bearbeite und versuche, sie zum Glänzen zu bringen. Ihr Blick fällt auf mich, vermutlich angezogen von der Bewegung meiner Hände, aber zwischen uns hängt Schweigen, und als sie bemerkt, dass ich sie ansehe, nickt sie auf eine Art und Weise, die man nur an der Veränderung der Schatten auf ihrem Gesicht erkennen kann. Sie zieht ihren marineblauen Kutschermantel über und steckt den Dorn des breiten Gürtels sauber in ein Loch, und bevor wir aufbrechen zu dem kurzen Gang die Gasse entlang zum Friedhof, löst sie das Band in ihren Haaren und lässt sie in schwarzer Üppigkeit über den hochgestellten Kragen fallen, so wie sie es manchmal im Bett für mich tut, kurz bevor wir uns lieben. Ich sehe zu, wie sie ein Kopftuch aus der Tasche zieht, mit einem Paisleymuster aus Violett und Grün, über die Haare legt und unter dem Kinn verknotet, und erst jetzt, da ich sie so fest verpackt sehe, fällt mir auf, wie viel Gewicht sie in den achtzehn Monaten seit Nellies Geburt verloren hat. Mindestens vierzig Pfund, und das bei einer Figur, die sich den Verlust kaum leisten kann. Umrahmt vom Kopftuch betonen das vorspringende Kinn und die Kanten ihrer Wangenknochen, wie tief eingesunken ihre Augen sind und wie hakenartig ihre Nase. Ich weiß, dass das, was ich da sehe, nichts Gutes bedeuten kann, und obwohl ich an ein Dutzend andere Dinge denken sollte, enthüllt sich gerade in solchen Augenblicken oft die Wahrheit. Sie sieht, dass ich es bemerke, aber an ihrem Verhalten ändert sich nichts. Wir werden reden müssen, aber erst heute Abend oder morgen oder nächste Woche. Nicht jetzt. Dieser Vormittag gehört allein der Trauer um Mamie.

Mary streicht mit der Hand das Tuch auf dem Kopf glatt, dann wappnet sie sich. Ich öffne die Tür und lasse sie vorbeigehen. Ihr Gesicht wird bleich, als sie in den Nebel tritt, ihre Schultern krümmen sich gegen die Kälte des Morgens, und ich muss mich beherrschen, um sie nicht wieder hereinzuholen, damit sie noch ein bisschen länger am Feuer sitzt.

»Na komm, Jer«, sagt sie, ohne sich am Gartentor umzudrehen, mit gedämpfter Stimme. »Lass uns einfach den heutigen Tag durchstehen. Danach können wir uns mit anderen Sorgen beschäftigen.«

Am Grab ducken sich ein paar Leute unter Regenschirme, während andere sich mürrisch zusammendrängen, die Gesichter aufgewühlt, die Kappe in der Faust an der Seite oder den Hut an die Brust gedrückt in einer Geste der Reue oder des Respekts. Da es ein Dienstag war, blieb die Kirche zu drei Vierteln leer und hatte sich kalt und abweisend angefühlt, aber Mary hatte darauf bestanden, dass wir in der vordersten Reihe Platz nehmen. Ich hatte mich an den Mittelgang setzen wollen, aber Mary hatte mich zu den Kindern geschickt, weil Spillane bereits am Ende der Bankreihe uns gegenüber saß, ohne auf uns zu achten und auch nicht auf seine Kinder, und bereits stark schwitzte, sogar um diese Uhrzeit und an einem solchen Tag. Was ich sah, als ich hinüberschaute, war jemand, der betäubt war von allem, was passiert war, und vielleicht mit einem schlechten Gewissen wegen des Anteils, den er daran hatte. Er saß da, starr wie die angemalten Kalkstatuen von Jesus, Maria und Josef auf ihren Sockeln im Altarraum der Kirche, in einem schwarzen Anzug, der entweder von einem Nachbarn geliehen oder aus dem Pfandhaus ausgelöst war, mit einem Mantel, der über seiner Rückenlehne hing, und einem feuchten Homburg auf dem Schoß, und ich hätte ihn sehr gerne jetzt gleich erledigt, Kirche hin oder her, aber etwas an diesem Starrblick in seinen Augen, so kalt und weit weg, verloren und weit aufgerissen, verursachte eine Veränderung in mir. Die ganze Wut, die in den letzten Tagen an mir genagt hatte wie ein Geschwür, wurde gedämpft von einem plötzlichen und unerwarteten Anfall von Mitleid. Ich hasste ihn noch immer so sehr, dass ich ihn am liebsten in Teer gekocht hätte, aber in diesem Augenblick war das Brennen des Mitgefühls in meinem Blut nicht zu leugnen, vor allem, weil eine Armeslänge von ihm entfernt in seiner Reihe seine Kinder saßen, Mamies Kinder, die einzigen verbliebenen Echos ihrer Existenz. Der älteste Junge, kurz vor seinem dreizehnten Geburtstag, der jung aber standhaft dasaß und versuchte, die Kluft zu bewältigen, die sich in ihrer Familie aufgetan hatte, voller Hingabe an diese Aufgabe. Der zweite Junge, vier Jahre jünger, im Aussehen seiner Mutter erstaunlich ähnlich und ebenso sanft in seinem Wesen; und zwischen ihnen das Mädchen, noch jünger, erst fünf, sich an ihre Hände klammernd und weinend. Welche Sonne in Mamies Leben geschienen hatte, war mit diesen Kindern auf- und untergegangen, und um ihres Andenkens willen und weil ich ihr Leiden nicht noch vergrößern wollte, zwang ich mich, die ganze Messe über still dazusitzen.

Jetzt, auf dem Friedhof und während der letzten Gebete, habe ich mich bewusst im Hintergrund gehalten, um mir den Anblick des Sargs an seinem tiefen Ort zu ersparen, und das, was ich von hier aus vom Grab sehe, ist eine Wand aus dampfender schwarzer Erde voller Schaufelspuren und Wurzelstücken. Und auf der anderen Seite

Spillane, bereits aufgedunsen von irgendetwas, das er in sich hineingeschüttet hatte – um die Nerven zu beruhigen, würde er wahrscheinlich sagen, sollte ihn irgendjemand deswegen zur Rede stellen, – und jetzt, wegen der Umstände, dümmlich dreinblickend; und wieder zu seiner Linken, aber mit diesem einen Schritt Abstand, seine Kinder, so aufgereiht wie in der Kirche, unnatürlich still und brav an diesem Vormittag, die Gesichter schmal und schwer vor Müdigkeit. Sie schauen zu mir herüber, und mehr als alles andere will ich um das Grab herumgehen und sie alle drei in meine Arme schließen und ihnen versprechen, dass ich auf sie achtgeben werde, solange ich noch über der Erde bin, denn haben wir nicht alle dasselbe Blut in uns, und teilen wir nicht wenigstens einen Abschnitt derselben Geschichte?

Aber ich kann mich nicht rühren, so wie es in der Schlacht Zeiten gegeben hatte, in denen ich es nicht konnte, auch wenn Stillhalten das fast sichere Ende bedeutete, da die Bomben die Erde um uns herum in spektakulären Mustern aufrissen oder den Wald zu beiden Seiten in Brand steckten, und der Nachthimmel die kränkliche Farbe verwelkter Apfelschalen hatte. Wir alle, die kämpften, erlebten solche Augenblicke, ein Aufblitzen des lebendigen Todes, wenn das Leben, das wir hatten, in den Schatten trat und wir einen Blick erhaschten auf einen tieferen Zustand: Himmel, vielleicht, für einige, Hölle für andere; und das Nichts für die von uns, die an beides nicht mehr glauben konnten.

Der Regen hält sein schweres Rauschen aufrecht, hinunter auf die Knochen all derer, die vor uns gegangen sind, und zwischen Böen öden Herbstwinds kommen die Fetzen eines Gebets, das die anderen am Grab zu kennen scheinen, denn ihre steifen Münder folgen seinen Worten. Ich beiße die Zähne zusammen und denke an etwas, das ich oft gehört habe, dass glücklich der Leichnam ist, auf den Regen fällt, und im Kopf zeichne ich ein Bild von Mamie beim Lächeln, wie sie es so oft getan hat, trotz allem. Und mit diesem Bild kommt Lachen, ihr Lachen, ein Sommerklang aus der Zeit, als sie und ich Kinder waren, im Moor auf der Jagd nach Kaulquappen, Fröschen oder Marienkäfern, oder im hohen Gras der Wiesen nach Hilltown, um einen Blick auf den Wachtelkönig oder die Lerche zu erhaschen, denn in dieser Zeit wanderten wir oft meilenweit, von Tagesanbruch an, sie meine Hand umklammernd und auf mich aufpassend, meine große Schwester, und ich, der ich fast rennen musste, um mit ihr Schritt zu halten.

Mary lehnt sich an mich, und ich spüre ihr Gewicht, leicht, aber so vertraut. Um uns herum ist das Ende erreicht. Der Priester klappt sein Buch zu, steckt es in die Tasche und zieht sich mit schwarz behandschuhter Faust das Revers seines Mantels unter dem Kinn zu. Einige Sekunden lang bleibt die Menge noch stehen, keiner will der Erste sein, der weggeht. Dann dreht sich, mir direkt gegenüber, Spillane um und fängt an, den Umstehenden die Hände zu schütteln und die Küsse der Frauen zu akzeptieren, und die Trance, die die Gebete heraufbeschworen hatten, fällt jetzt von mir ab, und ich spüre wieder die volle Wucht der Wut, weil er sich so verhält, als wäre es ein Tag wie jeder andere, mit dem Pub, der auf ihn wartet, und dem dazugehörenden Gesang und Gelächter. Neben ihm oder vielmehr hinter ihm, weil er sich umgedreht hat, stehen immer noch still und stumm seine Kinder, eingepackt in alte Mäntel, die

Köpfe gesenkt, die Blicke verhext von der Tiefe und der Endgültigkeit des Grabes, ein paar Schritte entfernt von dem Haufen Erde, der binnen einer Stunde wieder an Ort und Stelle sein wird, und wenn Mary mich nicht festgehalten hätte, hätte ich durchaus über das Loch springen und ihn töten können. Ohne ihm Zeit zur Gegenwehr zu geben, hätte ich ihm die Stirn ins Gesicht gerammt oder seinen Kopf auf die Kante eines Grabsteins geknallt oder ihn in den Schlamm gedrückt, bis er aufhörte zu strampeln. Doch in dem Augenblick, da der Gedanke die Form einer Möglichkeit annimmt, stellt Tom Canniffe sich neben mich, drückt Mary mit einem Nicken sein Mitgefühl aus, greift nach der Hand meiner Mutter und berührt meinen rechten Arm knapp über dem Ellbogen, sagt mir, wie sehr er meine Unannehmlichkeiten bedauere, und hinter ihm, auf der anderen Seite des Grabes, sehe ich, dass meine Kinder bei ihren Cousins und Cousinen stehen und Mary bemüht ist, sie alle unter einen Regenschirm zu bekommen, den irgendwer ihm gegeben hat, und dass Annie mit ihrem Arm um William versucht, ihren Bruder zu trösten, während er mit bebenden Schultern einfach nur dasteht.

Während eines Großteils unserer Kindheit erzählte Mamie den Leuten, dass unser Vater tot sei, dass er als Soldat in Afrika gefallen sei. Sie hatte sich eine ausgefeilte Geschichte zurechtgebastelt, und sie trug sie voller Überzeugung vor, wann immer das Thema zur Sprache kam, auf eine Art, durch die es einem leichter fiel, ihr zu glauben, statt alles anzuzweifeln. Sie berichtete, dass er, nachdem das Regiment in einem schmalen Tal in einen Hinterhalt gelockt und die meisten Soldaten abgeschlachtet worden waren, mit wenigen Kameraden hatte entkommen und in einer kleinen Hütte Schutz suchen können. Dort leisteten sie, trotz einer Feindesübermacht von tausend zu eins, einen ganzen Tag und eine Nacht lang Widerstand, weil die Zulus, deren unablässiges Kampfgeschrei die Dunkelheit der Prärie gerinnen ließ, nur mit Speeren und Messern bewaffnet waren und gegen die britischen Armeegewehre keine Chance hatten. Doch als ihnen die Munition ausging, am frühen Morgen des zweiten Tages, wurden sie sehr schnell überrannt. Einige Männer wurden mit Macheten zerstückelt und den Löwen zum Fraß vorgeworfen. Unser Vater, erzählte sie jedem, der zuhörte, kämpfte, nachdem alle anderen gefallen waren, noch lange weiter, nur mit seinem Bajonett bewaffnet, bis ihn schließlich ein Speer unglücklich in der Brust traf und ihn an den Stamm eines uralten Kameldornbaums nagelte, den er zum Schutz gegen Angriffe aus der Hinterhand genutzt hatte. Weil die Zulus seine Tapferkeit so sehr respektierten, warteten sie eine ganze Stunde, bevor sie sich seiner Leiche näherten, obwohl es doch für alle offensichtlich gewesen sein musste, dass er tot war, und dann schickten sie die Hunde voraus und umringten ihn erst dann, die Waffen bereit und mit größter Vorsicht. Seinen Kadaver ließen sie an den Baum genagelt, damit die wilden Tiere ihn fressen konnten, doch sie schnitten ihm den Kopf ab, die größte Ehre, die sie einem Feind erweisen konnten, sagte Mamie – und redete über Dinge, die sie unmöglich hatte wissen können, auch wenn ein einziges Wort davon wahr gewesen wäre –, und bewahrten ihn auf als hochgeschätzte Trophäe, auf eine Stange am Eingang ihres Dorfs aufgespießt, weil sie glaubten, dass dies die Nachbarstämme einschüchtern und böse Geister abhalten würde. Wenn unsere Mutter in Hörweite war, etwa in der Tür des Reihenhauses in Bog View stand und sich mit Nachbarinnen unterhielt oder einfach nur, um in einer Pause zwischen ihren Haushaltspflichten ein bisschen frische Luft zu schöpfen, hörte sie zu, schwieg aber eisern, und auch wenn wir manchmal mitbekamen, wie sie sich räusperte, machte sie nie Anstalten, ihrer Tochter mit den eigentlichen Fakten zu widersprechen.

Ich wusste natürlich, dass Mamie nur ein Märchen erzählte, aber es gab Zeiten, in denen ich mich beim Zuhören danach sehnte, dass ihre Geschichte wahr wäre, und dann nichts mehr wollte, als ihre Worte so in mich aufsaugen zu können wie die anderen Kinder. Die Geschichte war verlockend, ihr Blutrausch und ihr Ruhm wie auch die Vorstellung, dass ich von einem so tapferen und heroischen Soldatenschlag abstammen könnte, aber ich brauchte eine Weile länger, um zu erkennen, dass dieses Fabulieren für sie ein Weg war, uns zu schützen, uns alle drei, auch meine Mutter, vor dem, was andere denken und sagen mochten. Sie und ich wurden kaum eine Meile von Douglas entfernt geboren, doch wir kamen als Fremde ins Dorf, alle drei rot gescheuert von der Entlausung und dem Abschrubben mit Karbolseife, dass wir beides im Armenhaus vor unserer Entlassung über uns ergehen lassen mussten, und mit weiteren Hinweisen auf unsere wahre Lebenslage angesichts unserer nackten Füße und der schlabberigen Klamotten, in die wir erst hineinwachsen mussten. Wie wir überlebten, kann ich nicht einmal ansatzweise sagen, außer, dass wir es nicht geschafft hätten, wenn unsere Mutter nicht so gewesen wäre, wie sie war, eine sanftmütige Seele uns gegenüber, aber ein wildes Tier gegen jede Bedrohung, und bereit, alles von sich für unser Wohlergehen zu opfern. So jung ich auch war, als wir das Armenhaus verließen, die Erinnerung daran sitzt tief in mir, die riesigen Schlafsäle mit den hohen Decken, die gepflasterten Höfe und die uniformierten Wachen, die sich auszeichneten durch wachsame Starre und die Knüppel, die sie in ihren fetten Händen hielten. Und ich erinnere mich an die Angst, an die schrecklichen Geräusche der Menschen, die nachts aufschrien, aus Verzweiflung und vielleicht auch aus sehr viel spezielleren Gründen. Doch das sind Bruchstücke, die meine Seele bewahrt hat, in Anmutung und Beschaffenheit so nebulös wie Träume, sodass ich mir nicht immer sicher bin, ob ich mich an tatsächliche Augenblicke erinnert oder sie mir nur ausgedacht habe. Und wenn ich Männer höre, die mit mir im Krieg waren und von Armenhäusern und ähnlichen Institutionen erzählen, entweder zu Hause oder in England, dann schätze ich mich glücklich, dass ich nicht mehr von meiner Zeit in diesen Mauern verbracht habe.

Als wir in Douglas ankamen, schlüpften wir in dem kleinen Haus in Bog View unter, und in den ersten Jahren hatten wir nur eine Zimmerecke für uns, mit einem Strohsack als Bett, der süßlich roch, wenn wir uns nachts zusammenkuschelten, Mamie, die mich fest an sich drückte, und unsere Mutter, die uns beide im Arm hielt und mit Geräuschen besänftigte, die nicht wie Worte wirkten, ihr Mund dicht an meinem Ohr, damit wir den Rest des Hauses nicht störten. Und ich erinnere mich, wie wir in kalter Nacht in unserer Tür standen und hoch zu den Sternen schauten, die sich unzählbar westwärts über den Vernon Mount und seine Wälder und Sümpfe ergossen. Wir versuchten, in dem Lichtstaub Formen zu erkennen, und fragten uns, aus was sie bestanden und warum sie dort waren und wie sie es schafften, nicht herunterzufallen. Das und zu essen, ohne sich hinzusetzen, und mit Mamie ein Spiel daraus zu machen, indem wir aus jedem Löffel wässrigen Porridges zuerst etwas Üppiges und Köstliches machten: Gans, gebutterte Steckrüben, Karotten, Apfelkuchen, Schokolade; und dann, mit angewidertem Lachen, etwas gänzlich Abscheuliches: Hundescheiße, Rattenstücke, einen Klumpen Schleim, einen Augapfel, und ich zog bei ihren immer übertriebener werdenden Vorschlägen zunehmend angewiderte Gesichter, und bei den besten schob ich noch ein trockenes Würgen hinterher. Ich erinnere mich auch noch, dass ich oft Angst hatte, vor allem nachts, wenn ich dalag, das Stroh mir ins Fleisch stach und die Bisse der Flöhe juckten, in Gedanken bei den lauernden Geräuschen und dem, was wir hatten und was uns fehlte. Die Menschen um uns herum hatten nur wenig mehr als wir, aber das Wenige, verdient vom Mann im Haus in der einen oder anderen Fabrik des Dorfes, bedeutete sehr viel und sicherte ihnen die Art von Existenz, mit der wir kaum rechnen konnten. Doch nicht nur die regelmäßige Arbeit vermittelte ihnen ihre höhere Stellung, sondern auch, dass sie nicht mit Schande befleckt waren. Mit rechtmäßigen Ehen und legitimen, getauften Kindern konnten sie in die Kirche oder ins Schulhaus gehen und anderen in die Augen schauen, ohne zu zögern. Uns begegneten sie mit Zurückhaltung, einer noch jungen Mutter ohne einen Ehegatten weit und breit, der unsere Geschichte glaubwürdig erzählen konnte, doch da jeder genug mit seinen eigenen Problemen zu kämpfen hatte, war es einfacher für sie, nicht so genau hinzuschauen, wer wir eigentlich waren. Die Erklärung, die meine Mutter nannte, dass ihr Mann ein im Krieg gefallener Soldat war, wurde mit einem Nicken bedacht und mit einem Achselzucken abgetan. Und auch wenn einige Nachbarinnen anfangs mit ihrer Freundlichkeit sparten, weil sie noch nicht so genau wussten, wen sie vor sich hatten, und vielleicht auch ihren Männern nicht unbedingt zutrauten, dass sie sich wie Gentlemen verhielten, waren sie auf ihre Art doch recht nett, vor allem zu Mamie und mir.

Mamies Erzählung schmückte die Worte unserer Mutter aus, verlieh ihnen Lebendigkeit und tauchte sie in eine derartige Dramatik, dass bald jeder gerne zuhörte. Sie ging ein hohes Risiko mit ihrer Detailgenauigkeit ein, vor allem bei jenen Männern, die tatsächlich im Ausland gedient hatten, in Indien oder Afrika, und die sicherlich Einwände erhoben hätten, wenn ihnen danach zumute gewesen wäre. Aber da sie so viel von der Welt gesehen hatten und viel schlimmere Sünden kannten als vaterlose Kinder, vermute ich, dass sie verstanden, was Mamie tat – und auch, warum sie es tat.

Wenn Mamie sich mit ihren Märchen schützte, verteidigte ich mich auf andere Art. Schon von jungen Jahren an konnte ich kämpfen, und in der Schule hatte ich gleich von Anfang an keine Skrupel, andere Jungs, die sich abfällig über uns geäußert hatten, herauszufordern. Ich traf mich zwischen dem katholischen und dem protestantischen Friedhof mit ihnen, wo kaum jemand war, zog meinen Kittel aus und ging auf sie los, füllte ihr spöttisches Grinsen mit Blut, schwärzte ihre Augen, ließ ihre Nasen triefen und hörte auch die wenigen Male nicht auf, als es so aussah, als wären sie ernsthaft verletzt, meine kleinen Fäuste immer bereit zum Schlag. Wenn ich kämpfte, machte ich keine Zugeständnisse und dachte nicht an die Folgen; ich wollte meinen Gegner einfach weg, ausgelöscht haben. Das machte mich gefährlich, und ich hörte nicht auf, bevor diejenigen, die sich zum Zuschauen versammelt hatten, dazwischentraten und mich flach auf den Boden drückten, bis meine Raserei verrauchte. Irgendeiner quatschte immer, wenn er befragt wurde zu dem angerichteten Schaden und wer ihn verursacht hatte, und dann wurde ich für gewöhnlich vor den Lehrer gezerrt. Wenn ich nicht zu weit gegangen war, bestand die Strafe nur aus ein paar Hieben mit einer Weidenrute, die meine Fingerspitzen taub werden ließen, doch wenn ich übertrieben hatte, zog man mir Striemen über den Hintern und die Rückseite der Schenkel, die so brannten, dass mir noch Tage danach die Tränen in die Augen traten, wenn ich mich hinsetzen musste. Ich gewann meine Kämpfe nicht immer, doch selbst wenn ich mich mit jemandem aus einer höheren Klasse angelegt hatte und übel verdroschen wurde, jagte ich denen noch immer ein bisschen Angst ein und auch den Zuschauern, ob Mädchen oder Jungen, weil ich immer wieder aufstand, auch wenn ich mich nur noch gegen etwas Stabiles gelehnt aufrecht halten konnte. Zu Ende zu bringen, was ihre Worte ausgelöst hatte, erwies sich als zu hart für die meisten, und schließlich wandten sogar die robustesten Jungs sich ab, lachend, um ihr Versagen zu verbergen, und danach waren sie vorsichtig bei dem, was sie sagten. Nach meinem zehnten Lebensjahr ließ meine Kampfwut allmählich nach, weil ich wusste, dass die Jungs aus dem Dorf und der Umgebung sich gut erinnerten oder genug gehört hatten, um sich nicht mit mir anzulegen.

Bei alldem war Michael Egan ein Geist. Niemals anwesend und für uns nicht viel mehr als ein Name, spielte er dennoch immer irgendwie eine Rolle. Als ich ihn meiner Mutter gegenüber das erste Mal erwähnte, weinte sie. Ich dürfte nicht mehr als vier oder fünf Jahre alt gewesen sein, und ich hatte sie nur gefragt, wie er so sei und warum er nicht bei uns lebe, aber weil meine Fragen sie offensichtlich tief verletzt hatten, lief ich nach draußen und folgte dem Fluss hinein in den Sumpf zu einer Stelle, wo das langsame Fließen des Wassers unter mir sein Geräusch verlor. Lange blieb ich in dem hohen Gras und machte mich erst auf den Heimweg, als das Julilicht kurz vor Einbruch der Nacht schwer wurde. Niemand sagte etwas, als ich wieder im Haus war, und Mamie schaute mich enttäuscht an und schüttelte den Kopf, als hätte ich es besser wissen müssen, und nach diesem Abend erwähnte ich Michael Egan nur noch, wenn meine Mutter ihn zufällig ins Gespräch brachte – »Dein Vater hatte genauso einen Mantel« oder »Du gehst genau wie er, Jer, mit diesem leichten Wiegen«. Wenn ich sie in der richtigen Stimmung erwischte, gab sie ein bisschen was preis, erwähnte, dass er fast sein ganzes Leben als Gärtner gearbeitet hatte, aber wenn nötig auch alles andere, was zu tun war, übernahm: Handlangertätigkeiten, Straßenarbeiten, Schrubben und Tünchen von Wänden. Oder dass ich nach seinem Vater benannt war, Jeremia Egan, als alter Mann ein Bauernknecht, soweit sie wusste, aber in jüngeren Jahren ein Soldat, zwanzig Jahre bei den King's Rifles, einen Großteil davon in

Westindien stationiert. Ich gierte nach solchen Details, aber da sich die Stimmung meiner Mutter, zumindest bei diesem Thema, im Bruchteil eines Herzschlags ändern konnte, saß ich schweigend da und sperrte die Ohren auf und überließ es ihr, das Tempo zu bestimmen.

Irgendwann später wurden Mamie und ich zum ersten Mal zu ihm gebracht, und in den wenigen Jahren danach sahen wir ihn öfter und lernten ihn ein bisschen besser kennen, auch wenn wir immer nur so viel von ihm erfuhren, wie er uns wissen lassen wollte. Ich habe keine Ahnung, was der Auslöser für diese Besuche war, die nur ein- oder zweimal im Jahr stattfanden und immer zu den Bedingungen, die er diktierte, an einem Sonntag oder häufiger an einem Samstag. Ich weiß noch, dass ich mit den besten der wenigen guten Kleidungsstücke, die ich hatte, ausstaffiert wurde, und dass wir ihn anschließend im vorderen Zimmer eines der Häuser am Barrack Hill trafen, das ihm nicht gehörte, sondern, wie ich später erfuhr, nur pro Stunde angemietet wurde, entweder als Gefallen oder gegen Geld. In mein Gedächtnis eingebrannt hat sich das Bild, wie ich mitten im Zimmer regungslos sitze und zu dem Mann hochstarre, der über mir steht, eine Gestalt, die vor der getünchten Wand so hoch aufragt, dass ich die Augen ein wenig zusammenkneifen und die Schatten seines Gesichts durchsuchen muss, um ihn zu finden.

Wegen ihrer Seltenheit war jede dieser Begegnungen ein Erlebnis, aber auch ein bisschen traumatisch, da Mamie und ich nie vorbereitet oder vorgewarnt wurden. Wir wurden einfach in die Tram gesetzt, und wir dachten, es sei nur irgendein x-beliebiger Ausflug in die Stadt, den Coal Quay entlang zu den dicht beieinander stehenden Straßenständen, wenn unsere Mutter Elastikbänder für ihre Strümpfe oder Garn zum Stopfen brauchte oder in den großen Backsteinbau des English Market im Herzen der Stadt, für Schweinsfüße oder Kutteln oder Kronfleisch oder ein Stück geräucherten Seelachs, was immer an diesem Tag für wenig Geld zu haben war, aber drei satt machte. Dort angekommen, saugten wir gebannt das große weite Chaos des Ortes in uns auf, mit seinen wuselnden Horden bekopftuchter Frauen und der brackigen Luft um uns herum, feucht von Meeres- und Flussdunst. Normalerweise bestand Michael Egan darauf, uns einzeln zu sehen, als wäre es für ihn zu überwältigend, uns beiden auf einmal gegenüberzustehen, und soweit ich mich erinnere, hatte er Mamie öfters bei sich als mich, vielleicht, weil er fand, sie brauche es mehr, da sie doch in einem Alter war, in dem sie schon mehr verstand, aber auch, weil er, wie wir alle sehen konnten, eine Schwäche für sie hatte, auch wenn wir schlau genug waren, kein Wort darüber zu verlieren. Der Gedanke, dass ich ihm weniger wichtig war, machte mich traurig, aber ich überließ ihn meinem kämpferischen Teil und versuchte, es nicht zu wichtig zu nehmen. Und auch wenn ich verletzt war, freute es mich doch zu sehen, wie Mamie sich fühlte, wenn sie derart auserwählt wurde, wie es sie tagelang lächeln ließ, und auch wenn sie jedes Mal, sobald der Glanz des Besuchs allmählich verblasste, verstört wirkte. In diesen vielen Nachwehennächten war ich es, der sie drückte und auf die Wangen küsste, während sie sich in den Schlaf weinte.

Weil wir so jung und so verwirrt waren von der ganzen Angelegenheit, fühlten sich diese Begegnungen real und fantastisch zugleich an, denn als wir uns anschließend gegenseitig ausfragten, um uns darüber auszutauschen, was wir erlebt hatten, passten diese Szenen oft nicht zu unseren Erwartungen. Nach einem Besuch beschrieb ich ihn vielleicht als groß, dünn und blass; Mamie dagegen, vielleicht weil sie ihm gegenüber gesessen hatte, fand ihn gedrungen und breitschultrig, mit sorgenvollen Augen. Für sie klang seine Stimme immer angespannt, fast wie das Knurren eines Hundes, während für mich sein Sprechen eher wie ein Hauchen war. Sie und ich konnten stundenlang über ihn reden und dabei doch irgendwie die Tatsache umschiffen, wer er wirklich war. Es stellte sich heraus, dass es uns leichtfiel und es ganz normal war, sich über ihn zu unterhalten, weil wir eine fast mythische Figur aus ihm gemacht hatten, jemanden, der jede Merkmalsschärfe verliert, kaum dass er außer Sicht ist. Wie gesagt, ein Geist.

Nach Mamies Beerdigung liegen meine Frau und ich bis spät in der Nacht in unserem schmalen Bett, einander zugewandt, wie oft, wenn der Schlaf nicht kommen will, dicht aneinandergepresst mit den Gesichtern nur Zentimeter voneinander entfernt. Ich habe das Fenster im Rücken, und durch die Decke spüre ich den Zug von der Stelle unten am Rahmen, wo der Kitt zu Staub vertrocknet ist.

»Er geht mit ihnen weg«, sagte Mary.

Ihre Worte haben fast keinen Klang, aber das ist eine Sprechweise, die wir durch Übung perfektioniert haben, wir reden dann vorwiegend in Lippenstellungen und gewichteten Atemstößen, wie Liebende es tun müssen, wenn sie den Raum mit anderen teilen.

»Was? Wer geht mit wem weg?«

»Spillane. Mit den Kindern. Sie gehen nach England. In eine Stadt namens Rochdale. Das ist in Lancashire, irgendwo in der Nähe von Manchester.«

»Ich kenne Lancashire. Ich weiß, wo Rochdale ist. Das kann er doch nicht tun, oder?«

»Es sind seine Kinder. Er hat das Recht dazu.«

»Ich rede mit ihm.« Ich will mich aufsetzen, aber ihre Hand fällt auf meine Brust, und ich bleibe liegen. »Er ist in Panik, das ist alles. Ich kann ihn nicht leiden, aber diese Sache muss ihn schwer getroffen haben. Ich werde ihn besuchen gehen und ihn wissen lassen, dass wir hier sind, um zu helfen. Weggehen würde den Kindern das Herz brechen.«

Mein Verstand fühlt sich schwer an. Ich schließe die Augen und öffne sie wieder. »Was zieht ihn überhaupt nach Rochdale? Etwa Verwandtschaft?«

»Eine Schwester. Margaret. Sie ging schon sehr früh nach London, um in einem der Krankenhäuser zu arbeiten. Ich schätze, irgendwann heiratete sie und zog in den Norden. Ihr Ehemann ist bei der Eisenbahn und kann Spillane eine Arbeit besorgen. Und sie haben eine Unterkunft für ihn gefunden, im Obergeschoss eines Hauses in der Nähe von ihrem.«

Ich höre zu, aber irgendwie fügen sich die Teile nicht zusammen. Ich sehe nichts als Probleme.

»Woher weißt du so viel, Liebling?«

Sie zögert. »Von deiner Mutter.«

Ihr Atem weht an mein Kinn und meine Wange, und da ist ein Hauch von saurer Milch um ihre Lippen, als hätte sie sich gerade erst übergeben; kein widerwärtiger Geruch, aber immerhin so unangenehm, dass er in mir den Wusch wecken sollte, mich abzuwenden. Doch er ist etwas, an das ich mich offensichtlich gewöhnt habe, denn in den letzten Monaten ist er dezent allgegenwärtig, so sehr ein Teil von Mary, wie sie jetzt ist, dass ich mich nicht abwenden will, sondern mich danach sehne, sie näher an mich zu ziehen. Es könnte ein Grund zur Sorge sein, aber anscheinend haben wir entschieden, uns diesen Tatsachen erst zu stellen, wenn wir unbedingt müssen.

»Jer?«

»Ja, Liebling.«

»Sie geht mit ihnen.«

»Wer? Mom?«

Das Kissen rutscht ein bisschen, weil sie den Kopf bewegt. »Sie hat das Gefühl, dass sie keine andere Wahl hat, vor allem, da er arbeiten wird. Die Kinder müssen aufgezogen werden, und sie sind Mamies Fleisch und Blut. Wer soll sich denn sonst um sie kümmern?«

In diesem Bett werden wir, trotz des ganzen Kummers, irgendwie wieder jung und klein unter größeren Dingen. Sie drückt sich an mich, als ich meinen Mund an ihren bringe, und als ich die Augen öffne, sehe ich ihren Blick warten, so nahe, dass ich das Kitzeln ihrer Lider an meinen spüre. In diesen Sekunden baut sich die stille, vertraute Gier auf und übermannt uns, sie hilft mir, ihr Nachthemd hochzuschieben, und ich drehe sie auf den Rücken, und sie windet sich unter mir.

Danach stehe ich so sachte wie möglich auf und schlüpfe hinaus in den Hof, um zu pissen. Der Regen hat aufgehört, wieder einmal zieht Nebel in einsamen Schwaden durch die Nacht, und ich stehe im Rahmen der Hintertür. Um nicht laut aufzuschreien, hatte Mary sich eine Kante der Decke zwischen die Zähne gesteckt und auf die grobe Wolle gebissen. Ich war bei ihr geblieben, hatte ihr Aufkeuchen gespürt als ein Geräusch, das sich in ihrem Mund verfing und weggestottert wurde als feuchter Atem an meiner Kehle. Ihre Arme und Waden hatten sich um mich verschränkt, und ich hatte die heiße Säure ihres Munds geküsst, und als ich mich hochstemmte, hatte sie aufgesehen und mich weitergedrängt, mir auf stumme Art Dinge gesagt, bis es nicht länger möglich war, irgendetwas zurückzuhalten, und in den wenigen Sekunden, die folgten, gab es für uns beide nichts anderes, was wichtig war.

Weil ich nicht so leicht werde schlafen können, bleibe ich eine Weile in der Einsamkeit des Hofs, bis die Kälte mich wieder hineintreibt. Um die anderen nicht zu stören, setze ich mich in den Lehnsessel im Wohnzimmer, greife nach dem Schürhaken und erwecke die Glut des Feuers wieder zum Leben. Ein orangener Schein steigt aus den Federn der Asche, und ich lege eine Torfsode und ein wenig Kleinholz auf.

Alles ändert sich. Bis vor ein paar Tagen hatte ich eine Schwester. Die sich abrackerte und in schlechter gesundheitlicher Verfassung war, aber in meiner Nähe, um sie zu besuchen, mit ihr beieinanderzusitzen und zu reden, die nach meiner Hand griff, wann immer sie konnte, meine Frage, wie es ihr gehe, meist ignorierte, und die stattdessen mich fragte, ob ich glücklich sei und ob ich von meinem Leben bekommen hätte, was ich wollte, und ob das, was mir gegeben wurde, genug sei, als hätte ich eine Wahl gehabt in der Art, wie die Dinge sich entwickelten, als hätte das irgendeiner von uns. Die auch danach fragte, ob der Krieg tatsächlich so schlimm war wie in ihrer Vorstellung, ob der Schaden, der sich bei einigen Männern zeigte, dieser Wahnsinn in irren, glasigen Augen, sich in allen eingerichtet hatte, die an den Kämpfen teilgenommen hatten, auch in denjenigen, die es irgendwie verbergen konnten. Und die fragte, auf ganz stille Art, schüchtern oder verlegen, ob ich je einsam sei; denn sie brauchte etwas von mir, das spürte ich, einige Worte, die ihr beim Begreifen ihres eigenen Zustands helfen konnten. In solchen Augenblicken brachte sie es nicht über sich, mich anzuschauen, schien immer den Tränen sehr nahe zu sein, und ich konnte nichts anderes tun, als ihre Hand zu drücken und das Gespräch aufzulockern, vor allem, weil ich nichts Gutes antworten konnte. Und jetzt, da ich das Feuer betrachte und nachdenke über alles, was mir gegeben wurde, und alles, was mir versagt geblieben ist, erkenne ich, dass mein Leben ebenso sehr bestimmt ist von Mangel wie durch Taten. So viel ich erlitten zu haben glaube, merke ich doch, dass es immer noch etwas gibt, das einem genommen werden kann. Vor ein paar Tagen hatte ich eine Schwester, jetzt nicht mehr. Heute Nacht habe ich noch eine Mutter, aber schon in einer Woche wird sie aus meinem Leben verschwunden sein, wird sich mit Spillane herumschlagen müssen, weit weg an einem Ort, wo ich ihr keinen Schutz bieten kann. Sie hat keinen einzigen Tag ihres Erwachsenenlebens für sich selbst gelebt, und jetzt, da sie einen neuen Grund gefunden hat, sich zu opfern, werden meine Versuche, sie oder Spillane umzustimmen, vergebene Liebesmüh sein. Er wird also fortgehen und seine und Mamies Kinder mitnehmen, und meine Mutter wird sich ihm anschließen und alles auf sich nehmen, was nötig ist, um sie großzuziehen. Unsere Familie mag krumm und bucklig sein, aber meine Mutter ist fest entschlossen, sie zu hegen und zu pflegen und ihr jede mögliche Chance geben, zu gedeihen.

Ich schließe die Augen und versuche, mich auf die Wärme des Feuers auf meiner Haut zu konzentrieren. Ich weiß noch gut, wie in Frankreich unser kommandierender Offizier zu uns sagte, dass übermäßiges Schwelgen in Erinnerungen genau die Medizin sei, die einem Mann das Leben kosten könne. Und was damals zutraf, gilt auch heute noch, eine Tatsache, die im normalen Leben so wahr ist wie in der blutigsten Schlacht: Was man braucht, um durchzukommen, ist ein konzentrierter Verstand. Auch wenn ich die Gedanken an Mamie gerade zulasse, bemühe ich mich dennoch, sie auf Abstand zu halten. Das ist kaltherzig von mir, denn wenn es je eine Zeit und einen Ort geben könnte, um mein Herz zu öffnen, dann ist es hier und jetzt, allein am Feuer sitzend, mit der Nacht als hohen Wall vor mir und mit meiner Familie, mit all jenen auf der Welt, denen meine Liebe gilt, warm zugedeckt und sicher in ihren Betten schlafend unter einem Dach. Und doch kann ich mich nicht gehen lassen, und der einzige Grund, der mir einfällt, ist die Angst, dass ich, wenn ich es täte, mein Gleichgewicht nie wiederfinden würde. Ich stelle mir Mamie vor, wie sie letzte Woche gewesen war, blass und ausgezehrt von vierzehn Tagen Dauerhusten, schmächtig wie eine Handvoll Stroh nach dem Verlust des wenigen Gewichts, das sie zuvor an sich hatte. Und wenn diese Gedanken zu sehr schmerzen, greife ich nach Erinnerungen, wie sie an besseren Tagen gewesen war, wunderschön in diesem ersten oder zweiten Jahr ihrer Ehe, bevor der Suff

Spillane so fest in seinen Klauen hielt und sich dranmachte, sie beide zu ruinieren; und wie sie als Mädchen gewesen war, in der Zeit, die wir zusammen verbracht hatten, nachdem unsere Mutter feste Arbeit gefunden hatte, als es für lange Stunden auf der Welt nichts und niemanden außer uns gab. Tagsüber rennen und spielen und nachts zusammengekuschelt auf unserem Matratzensack, gewärmt vom alten Mantel unserer Mutter, den Mäusen in der Zimmerdecke lauschend, teilten wir Geheimnisse, die ansonsten nie ausgesprochen werden konnten. Die Bilder sind da, aber ich betrachte sie wie Darstellungen auf einer Leinwand, die nicht zu mir gehören. Ich muss in der Lage sein, sie wegzulegen und hinter mir zu lassen. Nach einer Weile tief im Krieg dämmert einem Mann die Erkenntnis, dass nichts anderes bleibt, als Tag für Tag weiterzumachen: sich dem Kampf zu stellen, wenn er dich erreicht, aber immer weiterzumachen. Ergebnisse, Gewinne und Verluste sind für die Politiker. Für den Soldaten in der Schlacht zählt nur eins: nicht zu sterben.

Heute in einer Woche wird dieses Cottage mit Sicherheit ein anderer Ort sein. Es sind die Menschen, die ein Zuhause ausmachen. Wir werden meine Mutter schrecklich vermissen, und sie wird sich ebenso sehr nach uns sehnen, nach jedem auf eine andere Art bis hin zu Nellie, unserer Jüngsten, unserem Baby. Und wir werden uns selbst und den anderen einreden, laut und in unseren Köpfen, dass Lancashire nur eine kurze Schiffsreise bis nach Dublin und dann noch ein paar Stunden mit dem Zug bis nach Cork entfernt ist. Wenn es sein muss, kann sie in einem Tag und einer Nacht nach Hause kommen. Wir werden es laut sagen und uns bemühen, daran zu glauben, aber wir werden auch wissen, ohne es gesagt zu bekommen, dass sie schon alt ist und wir uns durchaus zum letzten Mal gesehen haben könnten.

Ich wache auf, als ich eine Hand auf meiner Schulter spüre. Ich zittere, mein Herz pocht sich durch die Überreste eines Albtraums, in dem ich auf einem grauen Feld war wie jene, die ich in Flandern vorgefunden hatte, mit Erde auf der Uniform und in Mund und Nase wie bitterer Rost. Dort war es still gewesen, das Krachen des Geschützfeuers hatte sich erschöpft, und die Stille war irgendwie schlimmer als der Lärm, wie stockender Atem oder wie blind zu sein, nur einen Schritt vom Abgrund entfernt. Ich reibe mir die Augen mit den Handballen, schaue hoch und sehe Mary, die sich über mich beugt, ihre Miene besorgt, die Augen weit aufgerissen und ihr Mund ein kleines Loch um ein Wort, das mir entgangen ist.

»Du frierst«, sagt sie noch einmal, und ich schaue ihre Hand an, die Finger, die gespreizt auf meiner Schulter liegen. »Wie lange sitzt du denn schon hier?«

Ich kann nicht antworten, weil ich es nicht weiß. Ich werfe einen Blick aufs Feuer und sehe, dass die Glut verloschen ist. Ich bewege mich im Sessel, und Mary zieht ihre Hand zurück.

»Dir geht's doch gut, oder, Jer? Ich meine, du würdest es sagen, wenn es nicht so wäre.«

»Ja«, sage ich ihr, und meine Stimme fühlt sich klein an, aber an der Art, wie sie mich anschaut, sehe ich, dass sie nicht überzeugt ist. »Ich würde es sagen. Natürlich würde ich das, Liebling. Bin nur ein bisschen traurig, das ist alles.«

»Na gut«, sagt sie und beschließt widerwillig, das so hinzunehmen, »aber jetzt geh und zieh dir was an. Dass du krank wirst, können wir wirklich nicht gebrauchen.«

»Wie spät ist es?«

»Ich weiß es nicht. Noch früh. Nicht mal sechs. Mach leise, damit du die anderen nicht störst. Sonst kriegen wir kein bisschen Frieden mehr. Wir können nicht erwarten, dass sie sich zwei Tage hintereinander ruhig verhalten. Ich schüre nur schnell das Feuer. Dann können wir reden.«

Die Kälte ist überall, und die Luft scheint um mich herumzuwirbeln. Ich zittere noch immer, wie in den Gräben, nur dass es ganz und gar nicht so ist wie in den Gräben. Das Haus ist friedlich, und ich habe Mary. Sie hat sich nicht bewegt, und ich fühle mich, als könnte sie in mich hineinschauen, mich lesen, und in mir ist kein einziger Gedanke, den ich ihr nicht gönnen würde. Als ich dann aufstehe, tritt sie dicht an mich heran, und ich lege die Arme um sie. Ihre Tränen machen kein Geräusch und verändern den Rhythmus ihres Atems nicht, aber sobald ich erkannt habe, dass sie fließen, spüre ich das stille Pochen ihrer Traurigkeit durch ihren Körper hallen. Während sie sich an mich schmiegt, sage ich ihr, dass wir alles durchstehen werden, was auch kommen mag, und dass es uns gut gehen wird. Und ich küsse sie auf Stirn und Wangen und die geschlossenen Augen, und sie hebt ihr Gesicht, sodass ich ihren Mund finde, und versucht wie immer, stark zu sein, denn sie weiß, dass ich alles so meine, wie ich es sage, dass es aber vielleicht nicht genug ist.

II

NANCY
(1911)

Vor noch nicht allzu langer Zeit hat meine Schwiegertochter Mary mich gefragt, wie das Erwachsenwerden für mich war. Es war ein warmer Tag, und wir waren draußen im Hall Field auf der Suche nach einer kühlen Brise, zusammen mit den Kleinen, Mata und Annie, die durchs Gras krabbelten, und weil sie beiläufig gefragt hatte, antwortete ich auch beiläufig. Die Wahrheit ist aber, dass ich nicht antworten konnte, nicht in angemessener Weise. Das Ausmaß der Frage überwältigte mich, und in den stillen Augenblicken jedes Tages und jeder Nacht seitdem habe ich kaum an etwas anderes gedacht, weil ich hoffte, sie zu verstehen. Mein Leben fühlt sich an wie eine Fußspur auf einem schneebedeckten Feld, mit vielen verschwommenen Details. Nur die besten und die schlimmsten Augenblicke haben überlebt, jene, die den stärksten Eindruck machten. Während ich diese Zeit durchlebte, war weder Zeit noch Raum zum Nachdenken – das schlichte Überleben verlangte mir alles ab, was ich hatte, und dazu noch meine Kleinen am Leben zu halten, in Sicherheit und gut genährt. Wenn ich an Tiefpunkten entlang des Wegs gewusst hätte, um wie viel schlimmer meine Lage noch werden sollte, frage ich mich, ob ich nicht einfach aufgegeben hätte, wie viele es taten, Leute, mit denen ich aufgewachsen war oder von denen ich gehört hatte, die beschlossen hatten, dass sie es nicht länger ertragen konnten, und sich mit einem Seil an einem Balken aufhängten oder sich beide Handgelenke aufrissen und auf irgendeinem Feld zu Boden stürzten, um sich ausbluten zu lassen, oder die sich auf einem der wunderbaren Sandstrände von Clear Island splitternackt auszogen und ins Meer hinauswateten, bis die Wellen über ihnen zusammenschlugen. Denn so schrecklich jeder dieser Auswege gewesen wäre, und, was den Priester anbelangt, so sündig für die Seele, wären sie doch einfacher gewesen als das, was für mich folgte, und wer will sich erdreisten zu sagen, dass einfacher nicht besser ist? Doch wenn man mitten in diesen Umständen lebt, so kummervoll und voller Hunger sie auch sein mögen und so beschämend sie wurden, als mein Elend dann überhandnahm, ist an solche Fluchten gar nicht zu denken. Alles, was zählte, war, durchzukommen, koste es, was es wolle.

Unsere Insel, ungefähr zehn Meilen westlich der Hauptinsel gelegen, litt arg, als der Hunger zuschlug, oder wenn Stürme hereinrollten, aber wenn es einen Himmel gibt und der eine Landschaft hat, die nur halb so atemberaubend ist wie die von Clear, vor allem an einem Sommertag, wenn das Meer ruhig und hell erleuchtet ist und es nicht den Hauch eines Windes gibt, um die schwere Luft zu erfrischen, dann wird niemand enttäuscht sein. Wie ein Flickwerk aus grobem Stechginster, bröckeligen Steinmauern und sich windenden Sträßchen ist Clear Island grausam in ihrer Schönheit, vor allem an den wilden westlichen Rändern, ein Albtraum für jeden Bootsführer, sogar bei freundlichem Wetter, und ein Ort, der eine uralte Sprache spricht. Piraten haben hier viele Winter verbracht, gut versteckt in einem sicheren Hafen, mit der Gewissheit, dass der lange Arm des Gesetzes sie hier nicht erreichen konnte. Und die Spanier, die die halbe Welt in Schrecken gehalten und gezähmt hatten, aber von heftigen Stürmen an unsere Küsten getrieben wurden, vernichteten die besten Schiffe ihrer Armada an den tückischen, versteckten Riffen. Manchmal legt sich der Nebel so dicht über das Land und die Küstengewässer wie eine Art Feenmantel, dass jeder, der mehr als eine Armeslänge entfernt steht, zu seiner eigenen Insel wird, und wenn man den Boden unter den Füßen nicht kennt, kann man sehr leicht ins Nichts treten und für immer verloren sein. Auf Clear herrscht Magie von einer Art, die ebenso gut wie böse sein kann.

Ich habe keinen Kopf für Daten, aber ich weiß, dass ein paar Tage vor meiner Geburt im April 1852 meine Tante Hannah starb, als Letzte der Familie meiner Mutter. Hannah hinterließ einen Ehemann, John Joe, und von meiner Mutter wusste ich, dass er nach ihrem Tod vier Tage und vier Nächte lang geweint hatte wie Noahs Regen. Zu dieser Zeit hatten andere Familien angefangen, ihre Toten nicht mehr zu begraben, sondern zu verbrennen, zum einen wegen des Priestermangels in der Gegend, und zum anderen, weil die Bereitschaft, mit den Toten auf anständige Weise umzugehen, schon längst vergangen war, aber John Joe bestand darauf, dass Hannah in den Boden kam, damit sie in Erde ruhen konnte, die sie kannte. So schwach er wegen des Hungers war, brachte er Stunden damit zu, das Grab unserer Familie zu öffnen, und auch wenn meine Mutter ihm, hochschwanger wie sie war, kaum helfen konnte, blieb sie den ganzen Tag am Grab und schaute ihm zu, und auf die Art musste keiner der beiden sich alleine fühlen.

Während des Grabens sagte John Joe kein einziges Wort, und er hielt auch kaum inne, nur einmal, um die Ärmel aufzukrempeln, und dann, ungefähr eine Stunde später, noch einmal, um das Hemd auszuziehen. Vom Fleisch gefallen und mit bloßer Brust, sah er zu Beginn des Abends aus wie etwas, das aus der Erde aufgestiegen war. Der Anblick ließ meine Mutter ihren alten Schal eng um ihren geschwollenen Bauch ziehen, weil sie wusste, dass sie nackt nicht besser ausgesehen hätte, denn der Hunger, der in die anderen eingedrungen war, hatte auch sie verwüstet. Als das wolkenweiche Licht schwand, wickelte sie einen Fetzen um einen kräftigen Schlehenast, um eine grobe Fackel zu machen, steckte sie mit ein bisschen Zunder und einem Feuerstein in Brand, damit sie ihm alle Winkel seiner Aufgabe ausleuchten konnte. Auf den Knien am Rand der immer tiefer werdenden Grube, hielt sie den Ast umklammert, solange der Fetzen brannte. Als John schließlich die Erde bis zu einer angemessenen Tiefe ausgehoben hatte, ließ er sich, weil er zu müde war, um weiterzumachen oder herausklettern, einfach dort nieder und schlief fast sofort ein. Die Fackel erlosch nun, und in der absoluten Schwärze legte meine Mutter sich auf Armeslänge vom Grab entfernt hin, bettete sich aufs Gras und versuchte, sich an eine Zeit zu erinnern, als alle Menschen, die sie je geliebt hatte, noch unter den Lebenden und glücklich waren.

In vergangenen Zeiten hätte man ihr verboten, in ihrem Zustand einen Friedhof zu betreten, aus dem

Glauben heraus, dass die Toten und die Ungeborenen sich nicht mischen sollten – eine Vorschrift, die so alt war wie die Erinnerung, und eine, die man auf der Insel so streng befolgte wie jedes Gottesgebot. Aber in diesen letzten Jahren war ihre gesamte Existenz zu einem Friedhof geworden, und alle diese Grenzen waren verschwunden. In jener Nacht blieb meine Mutter dort, unfähig, Wachsein von Schlaf zu trennen, bis weit im Osten ein blasses Glühen den Horizont öffnete. Dann mühte sie sich hoch und sah das Licht wiederkommen und sich über den Himmel ausbreiten. Trotz allem war der Tag so lebendig mit Verheißung wie ein Lied, das sie noch nicht recht hören konnte, aber mehr als alles hören wollte. Und genau in diesem Augenblick, so sagte sie zumindest gerne, regte ich mich in ihr, zum ersten Mal seit Wochen. Ich war so lange still gewesen, dass sie voller Angst um mich war, und als ich plötzlich austrat, legte sie ihr Gesicht in die schmutzige Wiege ihrer Hände und weinte. Sechs Tage später, keine halbe Meile von genau dieser Stelle entfernt, in dem kleinen Haus, das unsere Zuflucht war und das wir und eine lange Reihe derer, die vor uns gekommen waren, unser Zuhause nannten, kam ich in diese Welt.

Ich habe das Glück kennengelernt, weil das Leben ja nicht immer nur eine Sache ist, und auch wenn es auf nicht viel hinausläuft, wenn meine Zeit als Ganzes betrachtet wird, bleibt es für mich doch wichtig. Die Liebe erregte meine jungen Jahre so sehr, dass sie mir so viel besser erscheinen, als sie wirklich waren, eine heiße brennende Sonne, die kurze Zeit loderte, mit einer Heftigkeit, die mich für immer versengte. Dass es nicht beidseitig war, dass das, was ich fühlte, nicht unbedingt erwidert wurde, tut weh, aber wie die Zeit verging, wurde mir klar, dass das Leben trotz seines Mangels nicht weniger real war. Jetzt lebe ich für meine Kinder, denn als ich nichts hatte, hatte ich doch sie, und ich wusste, dass ich alles war, was sie hatten. Dass ich es ins hohe Alter geschafft habe, lässt mich manchmal glauben, dass der Tod mich vergessen hat, als wäre ich die eine, die dieses Kunststück fertiggebracht hat. Wenn das wie eine Gnade klingt, ist es doch keine. Ich bin müde, seit Jahren schon, doch in letzter Zeit fühle ich mich verbraucht. Wenn ich morgens aufstehe, will ich noch schlafen, und ich liege wach bis tief in die Nacht und versuche, all die Dinge zu verdrängen, die ich mir tagsüber vom Leib gehalten habe, die mich aber bestürmen, sobald das Haus still geworden ist. Wird es im Grab anders sein? Vielleicht ist das die Hölle, von der die Priester so viel sprechen. Die Hölle könnte die endlose Fortschreibung dessen sein, was wir an unseren Tiefpunkten sind, mit unseren Fehlern, denjenigen, die unser Leben bestimmt haben, in ewiger Wiederholung, um uns bis in alle Ewigkeit zu verhöhnen. Aber ich klammere mich an den Trost, dass ich mich, sei's Himmel oder Hölle, die mich am Ende erwarten, wenigstens niederlegen kann. Wie gesagt, ich bin müde.

Ich war neunzehn, als ich Michael Egan kennenlernte. Das ist nicht der Punkt, an dem meine Geschichte beginnt, sondern an dem ich beginne, denn dieser Tag war der Beginn meines Glücks und der Anfang meines Niedergangs. Jeder wichtige Augenblick meines Lebens ist eine Seite aus einem Stapel Blätter, der in hundert oder tausend Jahren in die Luft geworfen und beliebig wiedergegeben werden kann, so wie die Blätter fallen. Ich bin das Bild, in jeder beliebigen Reihenfolge. Aber Michael Egan ist, ob abwesend oder nicht, die Zusammensetzung, die mir Form gibt.

In diesem Alter, mit neunzehn, in Jahren noch ein Mädchen, war ich die Letzte meiner Familie, die noch am Leben war. Ich hatte Clear Island verlassen und auf der Hauptinsel eine Anstellung in einem der Herrenhäuser hinter dem Dorf Blackpool im Norden des Zentrums von Cork gefunden, als Putzmädchen und Aufwärterin einer Mrs McKechnie. Sie war eine verdrießliche schottische Frau, die von ihrem Ehemann so gut wie verlassen worden war, als jener, nachdem er beim 93rd Regiment of Foot im Einsatz auf der Krim während der Belagerung von Sewastopol gedient hatte, einem der schwersten Nahkämpfe dieses Feldzugs, und sogar mit einem Orden für seine Tapferkeit ausgezeichnet worden war, sich lieber der Marine anschloss, anstatt nach Hause zurückzukehren, und mittlerweile, nach zehn oder zwölf Jahren, zum Fregattenleutnant aufgestiegen war. Mrs McKenzie war eine anspruchsvolle Dienstherrin mit einem sehr aufbrausenden Temperament, die noch den kleinsten Vorwand nutzte, um mich zu beschimpfen, sobald wir im selben Zimmer waren, und mir auch noch die drei oder vier Stunden Schlaf missgönnte, in den ich in den frühen Morgenstunden fiel, kurz vor dem neuen Dienstbeginn vor Sonnenaufgang. Doch auch wenn sie mich häufig zum Weinen brachte mit den übleren Dingen, die sie mir an den Kopf warf, verstand ich, dass ein Großteil ihrer Wut irregeleitet war und ich nur das leichteste und am schnellsten verfügbare Opfer war. Und nach dem, was ich in meinem Leben bereits durchgemacht hatte, war jede Arbeit, die mich ernährte und mir ein Dach über dem Kopf gab, nicht zu unterschätzen. Von den fünf Kindern, die sie geboren hatte, vier Jungen und ein Mädchen, hatte es keins über das Kleinkindalter hinaus geschafft, doch jedes hatte einen starken und unvergänglichen Eindruck bei ihr hinterlassen, eine Verzweiflung, die so offensichtlich war wie ein blauer Fleck oder ein Muttermal; und abgesehen von mir und Elizabeth, der Köchin, einer unglaublich alten Frau mit so arthritischen Händen, dass sie Mühe bei den einfachsten Aufgaben hatte, war das Haus leer, zehn Schlafzimmer insgesamt, und unsere Herrin verbrachte lange Stunden des Tages und oft auch bis spät in die Nacht hinein damit, mit einem Kerzenstummel auf einer Untertasse von Zimmer zu Zimmer zu wandern, sich eine Weile auf einen der Stühle, Sofas oder eine der Bettkanten zu setzen, in Türen zu stehen und seufzende, einseitige Unterhaltungen zu führen, die zwar ihren Geist beschäftigten, deren Bedeutung mir aber völlig entging, und oft fröstelte mich, wenn ich spürte, dass sie überall um uns herum Geister sah, was bei Tageslicht nicht weniger verstörend war als bei Nacht.

Michael Egan tauchte am Dienstag meiner dritten Woche auf. Er war groß, einen ganzen Kopf größer als ich, mit einem Körper, der so geschmeidig war wie eine Weidenrute, und den schmalsten Schultern, die ich je bei einem Mann gesehen hatte. Als ich zufällig aus dem kleinen Spülküchenfenster schaute und ihn im hinteren Garten sah, wie er ein Blumenbeet mit den kleinen Blüten der Schlüsselblumen und Stiefmütterchen betrachtete, dessen Erde unbedingt umgegraben werden musste, auf seine Schaufel gestützt und den Absatz eines genagelten Stiefels auf dem Schaufelblatt, spürte ich, wie etwas in mir nachgab. Ich hatte bereits Erfahrungen mit Jungs und jungen Männern von den Tanzabenden unten im Westen und hatte zugelassen, dass mir Küsse – doch niemals mehr – von den wenigen Gutaussehenden unter ihnen gestohlen wurden, normalerweise auf den langsamen Spaziergängen nach Hause, nachdem wir uns bis zur Raserei gedreht hatten, also wusste ich einigermaßen, wie die Männer so waren und welche Gefühle sie in einem Mädchen wecken konnten, wenn sie es zuließ und ein wenig von sich hergab. Aber ich war auch noch so jung, dass ich mir von einem hübschen Gesicht den Kopf verdrehen ließ und in meinem Herzen noch Platz war für Vorstellungen von Liebe; und an diesem Morgen, durch Glas, das ich erst vor ein paar Tagen geputzt hatte, konnte ich nicht aufhören, seine so ansehnliche Erscheinung anzustarren. Dünner, ja, als ich es mir idealerweise vorgestellt hätte, aber auf die eisenharte Art jener, die sich nie ducken und nie hungern, und ich fühlte mich angezogen von der gefährlichen Ungezwungenheit seines Verhaltens, eine selbstbewusste Gleichgültigkeit, die fast schon dreist war, als existiere der Raum nur, um von ihm eingenommen zu werden.

Bereits sein Anblick verwirrte mich. Ich erinnere mich an das Gefühl, dass mein Herz durch meinen Körper sank, was mich taub machte und mir den Atem raubte. Als er sich umdrehte, vielleicht weil er sich beobachtet fühlte, dürfte er ein schmales, starrendes Gesicht gesehen haben, die Haut blass wie das Innere einer Nuss, Augen wie Kohleklumpen und ähnlich schwarze Federn von Haaren, die erst nachwuchsen nach einem Scheren, weil ich mir auf der Reise von der Küste Läuse eingefangen hatte. Bestimmt sah er die Angst in meinem Ausdruck und die Verletzlichkeit, vielleicht aber auch eine Spur der Sehnsucht von jemandem, der zu lange ohne echte menschliche Verbindungen gewesen war, und irgendetwas in alldem war der Grund, warum er, nach kürzestem Zögern, ein Lächeln zeigte. Und als er gegen Mittag an die Hintertür klopfte, einen Ellbogen an den Rahmen stützte und um einen Becher Buttermilch bat, vorzugsweise mit ein paar Tropfen Stärkerem darin, bedeutete sein Lächeln alle Arten von Problemen, und ich fühlte mich überwältigt von einer solchen Schwäche in den Beinen, dass ich unterbrechen musste, was ich gerade tat, Karotten schälen fürs Abendessen, und mich mit der Hüfte am Tisch abstützen musste. Als ich in den Stunden davor zwischen zwei Pflichten – die Eingangshalle oder die Empore wischen, in den Schlafzimmern die Betten frisch beziehen, obwohl niemand drin liegen würde, das Wasser in den Blumenvasen wechseln – an ein Fenster kam, hatte ich gesehen, dass er den Oberkörper frei gemacht hatte, um im Garten zu arbeiten, denn es war einer dieser heißen Maivormittage, die einen leicht überwältigen können, wenn man sich ihnen nicht anpasst. Und obwohl er das Hemd wieder übergezogen hatte, bevor er zum Haus kam, hatte er sich nicht die Mühe gemacht, es zuzuknöpfen, und so hing es offen und zeigte einen breiten Streifen seines Körpers von seiner Kehle bis zur matten Blechschnalle des Gürtels, der seine Hose hielt. Ich sah, wie seine Rippen sich durchs Fleisch seiner Leibesmitte drückten und wie Haare in der Farbe von Honig sich um die Brustwarze kräuselten, die sichtbar wurde, als er den Arm ausstreckte, um sich an der Wand abzustützen. Noch nie hatte ich einen Mann so nahe und so entblößt gesehen, und mein Blick wollte sich nicht abwenden. Er schaute mich an, grinste die ganze Zeit, sagte aber nichts und ließ zu, dass ich seinen Anblick ganz und gar in mich aufnahm und meine Scheu verlor, und wenn für mich irgendetwas Bedrohliches in seiner Anwesenheit war, dann hatte es damit zu tun, was ich, noch vor jeder Gefahr, die er darstellte, in mir selbst fand – auch wenn ich keinen Zweifel hatte, dass er, so offen er sich vor mir zur Schau stellte, zu vielem fähig war. Und als ich das Risiko erkannte, das ich einging, indem ich vor den Augen all jener, die in die Küche kommen mochten, einem Mann mit nacktem Oberkörper so nahe kam, schaute ich schnell weg. Beim Flirten ertappt zu werden, so unschuldig es auch sein mochte, würde mich wahrscheinlich die Stellung kosten, und ohne die Sicherheit meiner Arbeit wäre ich wie ein Boot, das in einem starken Wind zwischen Felsen treibt. Der Tisch hielt mich aufrecht, und nach ein paar Sekunden fand ich meine Fassung wieder. Doch erst als ich mich selbst ablenkte, indem ich den Krug mit Buttermilch nahm, die Abdeckung aus Musselin abzog und einen großen Becher fast bis zum Rand füllte, konnte ich wieder vernünftig atmen.

Er kam zweimal im Monat, um nach dem Garten zu sehen. Bei unserer zweiten Begegnung erklärte er mir, dass für die Größe unseres Gartens, mit lediglich zweitausend bepflanzten Quadratmetern, mehr Aufwand nicht gerechtfertigt sei. Da ich an diesem zweiten Vormittag wusste, dass er zum Haus kommen würde, hatte ich meine Arbeit so gelegt, dass ich mich bei seiner Ankunft im Garten aufhalten konnte. Ich hängte die Laken und Vorhänge auf die Leine, die ich am Nachmittag zuvor gewaschen hatte, und die Tücher boten mir Deckung für ein paar Minuten flüchtiger Unterhaltung, nichts zu Unangemessenes, aber doch angereichert mit Andeutungen, und wenn ich errötete über die Art, wie er mich unverhohlen musterte, von Kopf bis Fuß und wieder zurück, dann lachte ich auch, verlegen und zugleich erfreut, als er mir sagte, wie hübsch ich in seinen Augen sei, ein prächtiges Weib, auch wenn mir ein bisschen Fleisch auf den Rippen fehlte, dass er seit Jahren und in einem Umkreis von fünfzig Meilen kein Lächeln gesehen habe, das so anziehend sei wie meins, und dass er sich als glücklicher Mann ins Grab legen würde, wenn er je in die Nähe eines Kusses von mir komme. Als er nach mir greifen wollte, schlug ich ihm den Arm weg, aber nur, um sein Grinsen zu verjagen, nicht als klare Zurückweisung, und noch an diesem Vormittag kam er, als ich eben durch die Küche ging, wieder zur Hintertür, diesmal nicht, um zu reden oder um etwas zu bitten, sondern um mir, weil ich vergessen hatte, ihm zu sagen, dass ich nicht lesen konnte, ein Stück Papier in die Hand zu drücken, eine Nachricht, die zu schreiben er sich Zeit genommen hatte. Im Garten hatte ich erwähnt, vielleicht nicht so beiläufig, wie es geklungen haben mochte, dass ich, wenn Mrs McKechnie keine Gäste hatte, im Allgemeinen am Sonntagnachmittag freihatte, auch wenn ich um acht zurück sein musste, um der Herrin das Bad zu richten und die Eisen zu erhitzen, die ihr Bett wärmten. Nach dem Abräumen des Mittagstisches und dem Geschirrwaschen hatte ich für gewöhnlich drei oder vier Stunden frei, um spazieren zu gehen, wenn das Wetter schön war, oder um in meinem Zimmer oder im Garten zu sitzen und mich auszuruhen, vielleicht ein wenig zu sticken und um das Tageslicht bestmöglich zu nutzen, einen Saum hochzunähen oder eine Naht auszubessern, die aufgegangen war. Diese wenigen Stunden zählten als mein Ruhetag, und ich war froh um sie, und Michael Egan, der noch immer grinste, nickte und sagte, wir müssten, da die Welt nun einmal so sei, dass Beste aus den wenigen Stunden machen, die uns zur Verfügung standen.

An diesem Nachmittag schlüpfte ich, sobald ich konnte, in die Küche, wo Elizabeth Suppen aus dem Gemüse kochte, das ich zuvor für sie gewaschen und geschnitten hatte. Sie starrte mich an, als ich den Zettel aus meiner Schürze zog und sie fragte, ob sie lesen könne, doch dann wischte sie sich die Hände an einem Tuch, räusperte sich und las mir, leise, damit niemand mithörte, die flüchtig hingeworfene Bitte vor, dass ich ihn am Fuß des Spangle Hill treffen möge, gleich in meinen nächsten Freistunden, damit wir unseren Sonntagnachmittag zusammen verbringen könnten. Allein diese Worte zu hören, erfüllte mich mit Erregung und Vorfreude und brachte mein Blut in Wallung.

Obwohl ich erst neunzehn war, fühlte ich mich zu der Zeit nicht jung. Jahre der Unterernährung hatten jedwede Schönheit abgenutzt, die ich einmal besessen haben mochte. Ich hatte viele überlebt, die in robusterer Verfassung gewesen waren als ich, meinen Vater und meine Mutter und Nachbarn und andere Insulaner, trotzdem bestand ich nicht aus viel mehr als Haut und Knochen. Wenn ich mich vor dem Zubettgehen über ein altes Porzellanbecken mit lauwarmen Wasser gebeugt wusch, erschlagen von der Arbeit des Tages und so müde, dass sogar das Atmen mich auszehrte, weinte ich an manchen Abenden beim Anblick meines nackten Körpers im talgigen Kerzenlicht, Rippen, die sich durch die Haut drückten wie Birkenzweige im Winter und jämmerliche flache Hängebrüste, verkümmert und eingefallen, bevor sie richtig hatten sprießen können. Ein Anblick, der ganz und gar nicht dem entsprach, wie eine Frau aussehen sollte. Und dann kam Michael Egan und mit ihm seine Nachricht.

Ich zeigte wenig Begeisterung über seine Bitte, denn so unschuldig ich in solchen Dingen auch war, wusste ich doch nur zu gut, worauf er aus war, und dass jede Bereitwilligkeit von meiner Seite schnell und begierig missverstanden werden würde. Doch ich konnte mich auch nicht zu einer unumwundenen Absage durchringen, weil ich glaubte, wenig an mir zu haben, was je wieder die Aufmerksamkeit eines Mannes erregen würde. Anstatt zu antworten, beschäftigte ich mich für den Rest des Nachmittags so, dass unsere Wege sich nicht kreuzen mussten, doch in den Nächten danach lag ich in meinem schmalen Bett wach und wartete auf den Beginn des Arbeitstages, denn ich wagte zu hoffen, dass sein Interesse wirklich zu etwas Gutem und Wahrem führen könnte, dass er, wie jeder Mann, eine Frau brauchte, um ein Zuhause einzurichten und eine Familie zu gründen und die Lasten des Alltags zu teilen, und obwohl es viele Gründe gab, warum diese Frau nicht ich sein sollte, schien es doch so, dass diese Nachricht, wenn sie für das stand, was ich mir erhoffte, bedeutete, dass ich diejenige sein könnte, die er erwählte. Michael Egan mochte alles andere als vollkommen sein, hochnäsig auf eine Art, die kaum gerechtfertigt war, und anscheinend viel zu zufrieden mit seinem Leben als Alleinstehender, aber an der Art, wie er sich im Garten verhielt, hatte ich gesehen, dass er arbeiten konnte, wenn er wollte, dass er wenigstens stark und geschickt war, und nachts bei ihm zu liegen, war sicherlich deutlich besser, als allein zu liegen und immer so viel Angst zu haben. Und wenn ich darüber nachdachte, was ihm an mir ins Auge gesprungen war, verdrängte ich jeden Gedanken daran, dass ich für ihn einfach nur eine leichte Beute war, und gab mich stattdessen dem Wunschdenken hin, dass man mich tatsächlich hübsch finden könnte, dass viel Unansehnlichere als ich da draußen unterwegs waren und dass mein Anblick Männer immer noch zu einem Lächeln animieren könnte. Und in diesen schlaflosen Nächten, als der Zweifel in mir schwärte, kam mir der Gedanke, dass es auch mein Akzent sein könnte, der Michael Egans Interesse geweckt hatte. Verglichen mit dem ungeduldigen Bellen des städtischen Akzents besaß meine Stimme eine eindeutige Anmut, und ihr Klang war sanft und wehmütig. Damals auf Clear Island hatte meine Mutter mir oft gesagt, meine Stimme sei ein Überbleibsel aus einer längst vergangenen Zeit, als die Welt noch ein schöner Ort war. *Álainn agus cineálta* – schön und gut. Mein Aussehen, wie es nun einmal war, meine Jugend und die Musik meines Akzentes waren, was ich zu bieten hatte, und obwohl ich fürchtete, dass meinesgleichen in den Docks der Stadt wie Sand am Meer zu haben war, wenn in einer regnerischen Nacht ein Schiff im Hafen lag, hoffte ich doch, dass das, was Michael Egan den Kopf verdreht hatte, genügte, um ihn an mich zu binden.

Nein zu ihm zu sagen, fiel mir entsetzlich schwer. Er hatte es von Anfang an bei mir versucht, vom ersten Mal an, als ich mit ihm hinter den Laken stand und ich mich ihm verweigerte, da gab's kein Vertun, dennoch lachte ich und spielte die Beleidigte, wehrte ihn ab, bis zu diesem einen Sonntag im September, nachdem wir ein paar Meilen hinaus ins Ländliche gewandert waren und dann eine Pause machten, um uns auf ein Mäuerchen zu setzen und die Käse-Zwiebel-Sandwiches zu essen, zu denen ich Elizabeth überredet hatte. Als wir es uns gemütlich gemacht hatten, zog er eine Flasche aus der Innentasche seiner Jacke, nahm einen tiefen Schluck und bot sie mir an. Ich roch den Whiskey schon auf Armeslänge und zögerte, weil ich aber die nächsten drei Tage nur leichte Aufgaben zu erledigen hatte, da Mrs McKechnie wegen der Beerdigung ihrer Schwester in Belfast weilte, konnte ich mir ein wenig Schwelgen leisten, und als er mich drängte und mir die Flasche immer wieder hinhielt, beschloss ich, dass ein kleiner Schluck nicht schaden könne.

Ich hatte schon einmal Whiskey gekostet, nach dem Besuch in Mrs McKechnies Haus hatte ich beim Abwaschen an dem genippt, was die Bekannten ihres Gatten in den Gläsern übrig gelassen hatten, und um ehrlich zu sein, hatte es mir nie sonderlich geschmeckt, aber das hier schien anders zu sein, da ich ja in Gesellschaft war. Weil ich wollte, dass er mich als Frau sah und nicht als Mädchen, trank ich einen Schluck, und als er mich bedrängte, noch einen zweiten. Anfangs war es, als würde man Flammen schlucken, doch schon bald breitete er sich in mir mit einer so angenehmen Wärme aus, dass ich mich dem Gefühl hingeben und es nach einer Weile sogar genießen konnte, weil ich wusste, dass der Haushalt an diesem Abend nichts von mir einfordern würde und ich dieses eine Mal nicht frühmorgens anfangen musste. Ich entspannte mich und fand Trost in der Art, wie das Herbstlicht kurz vor der Dämmerung anschwoll und diesen polierten Glanz annahm. Als Michael Egan sich zu mir beugte, die Arme um mich legte und mit den Lippen über mein Ohr und den Hals strich, versuchte ich, ihn wegzudrücken, zeigte aber nur wenig Widerstand außer einem Hüsteln, begleitet von einem nervösen, flehenden Kichern, und dann war sein Mund auf meinem, anfangs etwas hilflos, bis ich wieder zu Atem kam, seine Lippen rissig und seine Haut rau wie Sand an meiner Wange und meinem Kinn. Daran erinnere ich mich, an diese Rauheit, die mich pikste und kratzte, aber auf eine Art, die nicht gänzlich unangenehm war, daran und an seinen Geruch. Er war von frühmorgens bis spät in den Nachmittag auf der Jagd gewesen, wie er es nach seinen Worten fast jeden Sonntag tat, mit seinem Bruder und ihren Hunden über Felder und durch Wälder streifte, weit nördlich der übelsten Elendsviertel der Stadt, in der flüchtigen Hoffnung, einen oder zwei Hasen zu erbeuten. Und jetzt, nach Stunden in denselben Sachen, demselben grauen wollenen Hemd und marineblauen Pullover, haftete der Schweiß dieser Anstrengungen an ihm, ein saurer Essiggestank, der an den Fasern klebte. Ich wollte mich losreißen, konnte es aber nicht, weil er mich gewaltsam festhielt, sein linker Arm zwischen meinem rechten Arm und meiner Flanke und seine freie Hand um meine Schulter, und als er mir seinen Mund wieder in die Halsbeuge drückte, hob ich das Gesicht und holte keuchend durch zusammengebissene

Zähne und weit geöffnete Lippen stoßweise Luft. Als er mich endlich losließ, tat er dies nur, um durchzuatmen, und sein Gesicht war an den Wangen gerötet, und die Augen waren weit aufgerissen, der Blick ging irgendwo ins Leere. Kurz schoss es mir da durch den Kopf, davonzulaufen, doch ich wusste, dass er mich wieder einfangen und, weil er es als Spiel betrachtete oder den Whiskey als Vorwand nahm, niederringen würde. Noch während ich über Flucht nachdachte, war er schon wieder über mir, zog mich an der Mauer nach unten und drückte mich gegen sie, und als er mich wieder küsste, füllte mein Mund sich erneut mit seinem Geschmack, dem widerlichen Geschmack des Whiskeys, dessen letzten Schluck er eben getrunken hatte, und darunter, durch ihn hindurchquellend, der faulige Hauch eines schwärenden Zahns oder von entzündetem Zahnfleisch. Sein Körper rieb sich so fest an mir, dass es wehtat, und um den Druck auf meinen Rücken zu lindern, weil die Mauer hinter mir voller spitzer Steine war, hatte ich keine andere Wahl, als seine Umarmung zu erwidern. Weil er das für Begeisterung hielt, knüllte er den unteren Rand meines Rocks in seiner großen Faust zusammen, schob ihn über die Knie hoch und murmelte dabei, dass er mich liebe, dass ich alles sei, was er je wolle, und er das nie für eine andere empfinden könne. Dann drückte sich, um meine Schreie zu ersticken, sein Mund noch hungriger auf meinen, und da ich nicht wusste, was ich sonst tun sollte, klammerte ich mich verzweifelt an das, was er gesagt hatte und mit jedem Atemzug wiederholte, denn ich wollte ihm glauben, wollte so sehr, dass es wahr wäre.

Danach lag ich auf der Wiese, die nackten Beine kalt

vom Gras, und fühlte mich, als wäre mir der Bauch aufgerissen worden. Mein Verstand arbeitete langsam, als wäre er mit Wasser vollgesogen, und auch wenn ich in gewisser Weise wusste, was er getan, was er mit mir getan oder mir angetan hatte, wusste ich noch nicht, wie ich es einschätzen sollte. Während ich mit ihm gerungen hatte, hielt ich fast die ganze Zeit die Augen geschlossen, und sein unaufhörliches und immer wilderes Flüstern drang so dicht an mein Ohr, dass das auf- und abschabende Kratzen seiner Stoppeln mir einen weiteren Grund gab, warum ich den Kopf schütteln und schreien wollte. Als es zu Ende war, versank ich in Besinnungslosigkeit, wohl auch, weil der Alkohol mich übermannt hatte, und als ich wieder zu mir kam, war die Nacht bereits heraufgezogen. Er lag neben mir im Gras, auf dem Rücken und mit den Händen hinter dem Kopf, schaute hoch, wo Sterne gewesen wären, wenn sich nicht eine Wolkenhaut über den Himmel gezogen hätte, und redete in langsamen, beinahe atemlosen Schüben darüber, was für ein prima Mädchen ich sei und dass er eine wie mich noch nie getroffen habe, nirgendwo in der ganzen Stadt. Dann verstummte er, weil auch er müde war, und die einzigen Geräusche kamen von den Blättern der Vogelbeeren und Bergulmen auf der Wiese, die sich im leichten Nachtwind bewegten, und vom Rascheln einer Eule oder Fledermaus in ihrem Geäst. Als er dann aufstand, ging er nur ein paar Schritte zu einer Stelle, wo das Gras höher war, und stützte sich mit einem gestreckten Arm an der Mauer ab. Sein Urin kam langsam, zuerst zögerlich, doch dann in einem Schwall, der all das wütende Fauchen einer in die Enge getriebenen Ratte in sich hatte. Ich lauschte dem langen Fließen, hielt dabei die

Augen geschlossen und fühlte mich überwältigt. Und so endete für mich diese Nacht: zornige Geräusche, die sich in der Finsternis auftürmten.

»Na komm«, sagte er schließlich, drehte sich zu mir um und zog einen Lappen aus seiner Tasche, der ihm offensichtlich lange Zeit als Taschentuch gedient hatte. »Mach dich sauber, dann bringe ich dich nach Hause. Die alte Frau wird denken, du bist durchgebrannt.«

Ich nahm den Lappen und säuberte mich, wodurch ich mich irgendwie noch elendiger fühlte, obwohl ich nicht erklären konnte, wieso. Nicht nur, weil der Lappen schmutzig war, schätze ich, sondern auch, weil er mir so beiläufig hingestreckt worden war. Als ich mich anschickte, aufzustehen, kam er auf mich zu und packte meinen Arm, obwohl ich keine Hilfe brauchte und vor allem keine wollte, und als er das merkte, trat er wieder zurück und sah mir dabei zu, wie ich meine Unterhose hochzog, den Rock meines alten Kleids über den Knien glatt strich und mir den Wollschal um die Schultern wickelte. Ich merkte nicht, dass ich das Taschentuch noch immer in der Hand hatte, bis er die seine ausstreckte, und als ich ihm den Lappen in die Hand drückte, machte er ein Geräusch, von dem ich mir nur vorstellen konnte, dass es begleitet war von einem Ausdruck tiefsten Abscheus, und warf ihn auf den Boden. Aus alter Gewohnheit bückte ich mich, um ihn aufzuheben, ohne zu wissen, was ich falsch gemacht hatte, aber mit der Absicht, ihn zu waschen und ihm zurückzugeben, wenn wir uns das nächste Mal trafen, und erst dann bemerkte ich das Blut, dick wie Schleim und klebrig unter den Fingern.

»Lass gut sein«, sagte er mit gepresster Stimme. Ich

stellte mir seinen Mund als Stichwunde vor, ein Schlitz. Sekunden vergingen, ich immer noch mit einem Knie auf dem Boden, bis er meine Verwirrung bemerkte und vielleicht auch meine Angst, und er räusperte sich und fügte etwas sanfter hinzu, dass das schon in Ordnung sei, dass es beim ersten Mal so sein müsse, mit dem Blut, meine er, und dass es ihm leidtue, aber er hätte gedacht, ich wisse Bescheid. Jetzt ließ ich mir von ihm aufhelfen, und er fasste meinen Arm mit einer Behutsamkeit, die mich überrascht hätte, wenn ich klar hätte denken können, und fragte mich noch einmal, ob alles in Ordnung sei. Als ich das bejahte, fühlte sich meine Stimme an, als wäre sie gar nicht meine, und wir verließen die Wiese und machten uns auf den Rückweg zum McKechnie-Haus, langsam trottend wie zwei verirrte Hunde, beide schweigend, sein Arm noch immer um meinem, als wollte er mir jedes Gewicht abnehmen, das ich zu geben bereit war, bis wir nur noch etwa eine halbe Meile vom Haus entfernt waren, genau an der Stelle, wo die Straße sich nach etwa zehn Minuten enger Kurven ausrichtete und ich mich von ihm löste und stehen blieb.

Er war noch immer so nah, dass ich die Hand hätte ausstrecken und ihn berühren können, aber auf diesem Stück der Straße, mit den Bäumen, die uns auf beiden Seiten einsperrten und derer Äste im Wind ächzten, sah ich von ihm nicht mehr als seine hoch aufragende Silhouette.

»Ab hier gehe ich allein weiter«, sagte ich.

Er wirkte geschrumpft, als er das Wort ergriff. »Ist schon gut, Kleine. Ich kann bis zum Tor mit dir mitkommen. Man wird uns nicht sehen.«

»Nein, es ist schon spät, und du hast noch einen langen Rückweg. Barrack Hill hast du gesagt, oder?«

»Da in der Gegend, ja. Na gut. Wenn du dir sicher bist.«

Es war klar, dass er noch etwas anderes zu sagen hatte, und ich wollte es hören, hatte aber auch Angst, dass es nicht das wäre, was ich mir erhoffte oder brauchte, also versuchte ich nach einem Augenblick, ihm das Wort abzuschneiden, indem ich an ihm vorbeiging. Doch seine Hände reagierten noch schnell, auch wenn der Rest von ihm dazu nicht mehr in der Lage war, und er stellte sich mir in den Weg und erwischte mich knapp über dem Ellbogen, behutsam, aber doch so, dass ich seine Kraft spürte. »Nancy«, sagt er, nur das, nur meinen Namen, als wäre das irgendwie ausreichend, und als er sich bückte, um mich zu küssen, kam ich ihm entgegen und schlang meine Arme um seinen Hals, weil ich ihn brauchte, damit er mir wieder Leben einflößte, weil ich ihn ganz nah bei mir brauchte.

So begann es zwischen uns, und in den folgenden Monaten wurden unsere sonntäglichen Begegnungen zu einer unausweichlichen wöchentlichen Routine. Weil ich in der Welt sonst niemanden mehr hatte, sehnte ich mich schon bald nach diesen Treffen, sehnte mich nach ihm, nach Michael Egan – denn so dachte ich an ihn, niemals als Michael oder Mick, wie andere ihn nannten, sondern mit seinem vollen Namen –, und es gab keine Minute am Tag, an der das Bild seines Gesichts mich nicht in Erregung versetzte, dieses vertraute Grinsen, dieses Kräuseln seines linken Mundwinkels, das seine Gesichtszüge aus dem Gleichgewicht brachte und jeden Augenblick mit einem Hauch Sarkasmus färbte, was für einige an

Grausamkeit grenzte, wohingegen ich es reizend fand. Und so stark war meine Lust auf ihn und mein Verlangen, dass ich mich hin und wieder von ihm in den Lagerschuppen am Rand des hinteren Gartens locken ließ, wenn er im Garten den Rasen mähte oder ein neues Blumenbeet anlegte. Ich zierte mich, tat so, als hätte ich Angst, ertappt zu werden, obwohl ich wusste, dass die Schuppentür nicht zu den Küchenfenstern ausgerichtet war und uns niemand sehen konnte, ließ dennoch zu, dass er mich an die Hand nahm und nach drinnen zog. Die Luft in diesem Schuppen war muffig von feuchtem Torf, Leinwandsäcken mit Zement und dem salzigen Moschusgeruch von Schimmel, aber ihn schien das nicht zu stören und mich eigentlich auch nicht, vor allem, nachdem er seine Hose aufgeknöpft und mich auf die wuchtige Werkbank gelegt hatte, auf der er mir zuliebe seine Jacke ausgebreitet hatte. Der Schmerz der ersten Sekunden ließ mich in den Daumenballen beißen, doch langsam wurde es genau so, wie ich es haben wollte, und indem ich die Augen schloss, konnte ich dieses Gefühl noch vertiefen und versuchen, diese Augenblicke für alle Zeiten zu einem Teil von mir zu machen – die Wucht des Gefühls, das Klatschen seines Körpers gegen meinen und seine keuchende Stimme, die immer und immer wieder sagte, wie schön ich sei. Dann, genau in dem Augenblick, als auch mein Atem stockte, beschleunigte er und zog sich plötzlich zurück, unvermittelt und brutal, was mich nach Luft ringen ließ, in äußerster Verzweiflung und Verlassenheit, bis ich ihn wieder an mir spürte, seine Oberschenkel an den Rückseiten der meinen, und nach einigen Herzschlägen wieder seine Stimme hörte, jetzt flüsternd vor Ermattung, die mir dankte und mir sagte, wie sehr er mich liebe und immer lieben werde. Ich erinnere mich vor allem an diese Augenblicke bei unserem ersten Mal in dieser Hütte, als ich mich so verbunden fühlte wie mit keiner anderen Seele und in meinem Leben nie sicherer war, dass es einen Gott im Himmel gab, und weil mein Kleid noch bis zu den Rippen hochgezogen war und meine Unterhose an den Knöcheln hing, ließ die kalte Zunge eines unverhofften Luftzugs an meiner Blöße mich so erschauern, dass ich mich an dieses Frösteln immer noch erinnere, nach all diesen Jahren. Und als ich so dalag mit der schweren schwarzen Wolle seiner alten Jacke an meiner Haut und mich unsäglich glücklich schätzte, versuchte ich, mich nicht zu bewegen, damit nichts sich ändere. Doch bald darauf änderte sich alles.

Der erste Hinweis darauf, dass etwas nicht stimmte, war meine morgendliche Übelkeit. Ich machte mir allerdings keine Sorgen, da ich, seit ich die Insel verlassen hatte, sehr oft verwirrt und beladen mit Trossen der Vergangenheit aus dem Schlaf erwachte. Gerüche schienen sich am langsamsten zu verflüchtigen, und mit ihnen die dazugehörigen Ängste, und ich litt schon immer unter einem nervösen Magen, bei dem der Brechreiz nie weit weg war.

Am dritten oder vierten Morgen hatte Elizabeth es bemerkt. Sie schaute mich stumm an, setzte mich dann an den Küchentisch, füllte einen Becher zur Hälfte mit Wasser aus dem Kessel, den sie eben zum Kochen aufs Feuer gesetzt hatte, und rührte ein paar Teelöffel Honig hinein – ein altes Heilmittel, sagte sie. Ich nippte daran, wie angewiesen, und sie stand wartend am Feuer, die milchigen Augen auf meinen Schatten gerichtet. Als sich eine Woche später mein Zustand noch immer nicht gebessert hatte, kam sie zu mir und legte mir eine Hand auf die Schulter, so dass ich keine andere Wahl hatte, als mich ihren Fragen zu stellen. »Wer war mit dir?«, fragte sie, mit einer Stimme, die weder sanft noch grausam, sondern einfach nur neugierig war. »Ist es dieser Gärtner? Dieser Egan? Wenn ja, dann warten jede Menge Probleme auf dich.« Sie las die Anzeichen in meinem Gesicht. »Er ist es, nicht? Ich hätte meinen letzten Penny drauf verwettet, dass er es ist. Ich habe ihn gesehen, so schlecht meine Augen auch sind. Wie er zur Tür kam, mit Augen groß wie Äpfel, wenn du in der Nähe bist. Als hättest du Marmelade auf dem Arsch. Der traut sich vielleicht was, der Kerl. Dabei ist er doch bereits in festen Händen.«

Ich zwang mich zu einer ausdruckslosen Miene. Was sie sagte, ergab für mich keinen Sinn. Als ich wieder reden konnte, sagte ich ihr ohne großen Nachdruck, dass sie sich irre, dass ich das letzte Mädchen auf der Welt sei, das einem Mann der Kopf verdrehen könne, bei meinem unscheinbaren Aussehen und keinem Gramm Fett auf den Rippen, aber sie lächelte nur und zeigte dabei die drei oder vier oberen Vorderzähne, die ihr noch geblieben waren, ein Lächeln, das mit Sicherheit besser zu Gemeinheit als zu Fürsorge passte, und meinte, Männer seien bekannt dafür, schon mit sehr viel weniger zufrieden zu sein als mit dem, was ich zu bieten hatte, solange sie nur die richtige Antwort bekämen, wenn sie ihre Frage stellten.

»Was meinst du damit, in festen Händen?«

»Warum? Hat er es dir nicht gesagt?«

»Verheiratet?«

Sie zögerte. »Verheiratet nicht, glaube ich. Auf jeden Fall noch nicht. Aber so gut wie. Sie wird ihm bald Beine machen.«

Ich zuckte die Achseln, als würde mir diese Nachricht nichts bedeuten, als wollte ich nur meinen Teil zum Gespräch beitragen.

Ich trank weiter das Honigwasser in meinem Glas, das ich inzwischen jeden Tag brauchte, doch an diesem Morgen schien das Heilmittel nicht zu wirken. Mein Magen war in Aufruhr, und ich erbrach nur nicht auf den Küchenboden, weil ich mich darauf konzentrierte, scharf durch zusammengebissene Zähne einzuatmen.

»Ich weiß das nur«, sagte sie, »weil eine Cousine von mir ein paar Häuser von ihm entfernt wohnt. Auf dem Hügel, der von der South Gate Bridge hochführt auf dieser Seite der Stadt. Die ganze Straße zerreißt sich das Maul über ihn, seit Jahren schon, sagt meine Cousine. Und die Frau habe ich auch schon ein- oder zweimal gesehen. Seine Zukünftige, meine ich. Seine Trophäe. Sie ist ein paar Jahre älter als du, aber sie sieht nicht schlecht aus, und ihre Figur macht schon was her. Und soweit ich weiß, gibt's da auch ein Kind, vielleicht sogar mehr als eins. Aber als würde ihm nicht reichen, was er bereits zu Hause hat, hat er wahrscheinlich noch ein paar andere quer über die Stadt verteilt.«

Im Nachhinein erscheint es lächerlich, dass ich so wenig verstand, was sie mir sagen wollte und bereits als gegeben annahm. Aber mein Alter war meine Entschuldigung und die Unschuld und ein Leben, das ich bis dahin zum großen Teil in solcher Abgeschiedenheit verbracht hatte.

Nach dem Tod meiner Mutter vor zweieinhalb Jahren blieb für mich zu Hause kaum noch etwas übrig, und mir fielen wenig Gründe ein, warum ich hätte bleiben sollen. Wohin ich auch schaute, sah ich Erinnerungen daran, was ich verloren hatte. Familie, Freunde, Hoffnung. Wegzugehen hieß, die Gelegenheit zu nutzen, nachdem die Auguststürme sich verausgabt hatten, auf einem der Fischerboote nach Baltimore zu fahren, der nächstgelegenen Stadt auf der Hauptinsel, und meine wenigen Habseligkeiten mitzunehmen – ein paar gesparte Münzen, ein bisschen getrockneten Fisch, Kekse, eine Kanne Milch und mein gutes Kleid, das den weiten Weg aus Amerika als Geschenk für eine Nachbarin genommen hatte und das schließlich, als dort niemand mehr übrig war, um es zu tragen, an mich weitergegeben wurde. Alle Habseligkeiten fest verschnürt im Schal meiner Mutter, und ich, zusammengekauert im Bug des Boots, immer den Drang widerstehend, noch einmal zurückzuschauen, mit dem sicheren Wissen, dass ich meine Heimat nie wiedersehen werde. Ich weiß noch, wie eine steife Brise das schwarze und silbrige Wasser aufwühlte und eine feine Salzgischt über mich spritzte, als wir durch die Wellen pflügten, und wie die Fischer sich in die Riemen legten – der alte Pa Sullivan und sein Bruder Tom, die in ihren jüngeren Tagen, so hieß es, in einem dichten Sommernebel die Orientierung verloren hätten und bis zur Südspitze von Island gerudert wären. Einen guten Monat blieben sie verschwunden, und man hatte sie schon aufgegeben, aber nur wenige glaubten, was sie bei ihrer Rückkehr zu sagen hatten, obwohl sie zum Beweis eine Fracht mitbrachten – Öltuchjacken und -hüte und eine Decke in einem Fischgrätmuster, das niemand auf Clear Island oder auch auf der Hauptinsel je gesehen hatte. Die Zweifler behaupteten, sie hätten es nur so weit nördlich wie Arranmore geschafft oder höchstens nach Tory, und hätten sich von der Wucht dieser nördlichen Akzente zu dem Glauben verleiten lassen, sie würden eine fremde Sprache hören, aber noch Jahre danach umringten Leute sie, um ihren Geschichten von blonden Riesen und wunderschönen, blauäugigen Frauen zu lauschen, von Land, so grün und fruchtbar wie kaum ein Tal in ganz Irland, und von einem Getränk, so stark und süß, dass sie drei Viertel des Heimwegs brauchten, um wieder nüchtern zu werden. Am Morgen meiner Abreise hörte ich von meinem Platz im Bug des Boots aus, mit welcher Anstrengung sie die Ruder in ächzendem Rhythmus durch die Wellen zogen, und ich war froh um die Gischt, die die Tränen in meinen Augen überdeckte, überlegte mir, wie diese Brüder in ihren besten Tagen gewesen sein mussten, und dachte an all die Insulaner, die nie die Chance gehabt hatten, mit dem Alter zu verwittern.

Nach ein paar Tagen in den Docks, wo ich den morgendlichen Fang für die Fischhändler ausnahm und säuberte – damit ich mir eine Unterkunft in eine der billigen Absteigen Baltimores leisten konnte, bis ich in der Lage wäre, mir eine feste Bleibe zu suchen –, erfuhr ich, dass einige der Farmen im Umkreis Weizen hatten, der geerntet werden musste. Da in der Gegend Arbeitskräftemangel herrschte, der Bedarf an fleißigen Händen aber groß war, konnte ich jede Arbeit annehmen, die angeboten wurde, und so zog ich von einer Farm zur nächsten und brachte lange Tage auf den Feldern zu, hackte mich durch die reifen Flächen, sammelte und band Garben, um sie zum Trocknen aufzustellen, und blieb auf jeder Farm so lange, wie man mich ließ.

Auf diese Art verbrachte ich ein paar Jahre, bearbeitete das Ackerland einer Gegend und zog so langsam, aber stetig nach Osten, zuerst nach Skibbereen, dann Rosscarbery, schließlich Clonakilty und Bandon, mit keinem anderen Plan als dem, irgendwann die Stadt Cork zu erreichen, und den Jahreszeiten als Taktgeber. Da ich nicht viel aß, nur ein wenig Haferbrei oder eine Kante Brot, einen Becher Milch und an guten Tagen eine Schüssel Suppe, und da ich nie mehr verlangte als ein Plätzchen, um mich niederzulegen, hatten die Farmen immer Verwendung für mich. Die meiste Zeit fühlte ich mich elend, aber mein Leben auf Wanderschaft war kein schwierigeres Leben als jedes andere, das ich mir hätte vorstellen können, und mit Sicherheit nicht schlimmer als jenes, das ich zuvor gekannt hatte, und meine Jugend hielt in mir eine Art Glauben daran wach, dass alles vorübergehen werde, dass nichts für ewig war, und dass da noch etwas Besseres vor mir liegen musste, vielleicht sogar etwas, das man Glück nennen konnte. Hin und wieder war es nötig, dem einen oder anderen alten Mann zu entkommen oder auszuweichen, der mich überrascht und in die Enge gedrängt hatte, aber solche Begegnungen waren eher selten, und im Allgemeinen waren die Straßen, Felder und Melkschuppen sicheres Gelände, vor allem da die Söhne der Farmer und die jungen Feldhelfer bereits auf der Suche nach Besserem weitergezogen waren, auf Schiffen nach Kanada, Boston oder New York. Die gelegentlichen Tanzabende, die noch immer am Rand der einen oder anderen Stadt abgehalten wurden, waren eher spröde, schwerfällige Angelegenheiten mit Fiedel und Flöte, Musik, die zu niemands Stimmung passte, hier die Mädchen auf der einen Seite des Tanzbodens und dort die Männern auf der anderen, überwiegend buckelige, aschfahle Kerle, die über den gestampften Sägemehlboden starrten, als würden sie Vieh begutachten, jeder Einzelne von ihnen schon im mittleren Alter und verwitwet.

Das war die Welt, wie ich sie kannte: ein Leben aus Gerstenfeldern und Kartoffelfurchen und kalten, einsamen Nächten, in ärmlichen Hütten an schmalen Straßen. Doch wenn ich die Augen schloss, war es noch immer Clear Island, das ich sah, noch ungetrübt zwei Jahre nach meiner Abreise, das Wogen der Landschaft und die Unendlichkeit des Meers eine Mahnung an die geringe Bedeutung meines eigenen Lebens. Es dauerte vom Nachmittag bis in den späten Vormittag des folgenden Tages, um von Brandon in die Stadt zu wandern, auf der Straße in Richtung der aufgehenden Sonne, mit einem Henkelmann voll Wasser und einem Stückchen Käse und kaltem Backwerk in einem Tuch, mit einer Stunde Rast alle paar Stunden und nach Einbruch der Nacht einem Lager an einem ruhigen Fleck am Straßenrand vor Ballinhassig für jeden Schlaf, der kommen mochte, bis mich die Morgendämmerung wieder auf die Straße schickte. Doch nichts, was ich in Dörfern und Gemeinden gesehen hatte, hätte mich vorbereiten können auf das Getümmel einer Großstadt, die Verwirrung sich kreuzender Straßen, den Gestank des Flusses, die offenen Abwasserrinnen an den Straßenrändern und in den Mündungen der zahllosen Gassen die Ratten, die mich mit kleinen, glänzenden Augen beobachteten und erst davonstoben, wenn ich mit dem Fuß aufstampfte.

Die ersten Tage brachte ich damit zu, die großen Häuser zu identifizieren und auf der Suche nach Arbeit von Tür zu Tür zu gehen. Ich lebte von Almosen und dem Wenigen, das ich aus Küchenabfällen ergattern konnte und zog mich, wenn es Abend wurde, an den Rand der Stadt zurück, wo sich die Landschaft zu Feldern, Waldstücken und Flussufern weitete. Auch wenn mich die Vorstellung, von Leben umgeben zu sein, nach Osten gezogen hatte, sehnte ich mich, kaum dass ich hier war, nach Einsamkeit, weil die nächtliche Stadt mir Angst machte, die Gaslaternen, deren Schatten die Straßen längten, und die Frauen, die sich vor den Hafentavernen den Matrosen für Kleingeld verkauften. Die Elendsten unter ihnen waren wirklich verkommen, in ihren Vierzigern, doch noch einmal um die Hälfte älter wirkend; andere waren noch blutjung, vierzehn, vielleicht fünfzehn Jahre, doch schon abgestumpft von der Fortdauer dieses Lebens. In sicherer Entfernung eilte ich an ihnen vorbei, hörte dennoch oft von der einen oder anderen Brücke den West-Cork-Singsang ihrer in betrunkenem Lachen erhobenen Stimmen, ein Klang so vertraut, dass ich sie fast den Dörfern zuordnen konnte, aus denen sie stammten, und der Gedanke, einige der Gesichter wiederzuerkennen, machte mich so nervös, dass ich lieber nicht so genau auf sie achtete.

Dann sah mich eines Tages Mrs McKechnie im Hinterhof einer ihrer Freundinnen einen Bottich Laken schrubben, nachdem ich an der Küchentür erschienen war und eine Woche Arbeit für eine Pritsche in der Vorratskammer und einer Schüssel Essen am Abend ergattert hatte. Auf die barsche Art, an die ich mich schon bald gewöhnen sollte, gab sie mir Arbeit als Haushälterin, ohne Bezahlung auch nur zu erwähnen, bot mir nicht wirklich die Stellung an, sondern unterwies mich einfach, was ihre verschiedenen Bedürfnisse und Erwartungen betraf. Das Mädchen, das sie bisher beschäftigt hatte, sei kürzlich nach England abgereist, so erklärte sie, und habe sie so höchst rücksichtslos in eine Zwickmühle gebracht, und ich hätte eine zweiwöchige Probezeit abzuleisten, bevor sie sich überlege, daraus eine Dauerstellung zu machen.

Als einen Monat nach dem Einsetzen der Übelkeit meine Blutung noch immer nicht gekommen war, gab es keinen Zweifel mehr. Ich hatte ein paar meiner sonntäglichen Treffen mit Michael Egan ausfallen lassen, ihn aber am vergangenen Dienstag gesehen, seinem wöchentlichen Gartentag, jedoch darauf geachtet, dass ich im Haus blieb und nur flüchtige Blicke durch ein Fenster warf, an dem ich gerade vorbeikam. Es schien ihn überhaupt nicht aufzuregen, dass ich für ihn nicht verfügbar war, und er erledigte seine Arbeit auf die gewohnte Art, ohne Hast schaute er sich zuerst an, was und in welcher Reihenfolge zu tun war, und machte sich dann im Vertrauen auf seine Fähigkeiten daran. Ich sorgte dafür, dass ich nicht in der Küche war, als er kurz nach Mittag an der Hintertür auftauchte, und vom Gang aus konnte ich mit weit aufgesperrten Ohren hören, wie er mit Elizabeth redete, auf eine entspannte Art, wie Leute es selten mit ihr taten, und dabei auf die langsame, liebenswürdige Art lachte, die ich an ihm kennengelernt hatte. Nach seinem Verschwinden wartete ich noch zehn oder fünfzehn Minuten, bis ich zurückkehrte, und machte kein großes Aufhebens daraus, als Elizabeth erwähnte, dass er hier gewesen sei, mit diesem inzwischen vertrauten Grinsen, das tiefe, hässliche Grübchen in ihre fetten Wangen grub. Ich zuckte die Achseln, tat abgelenkt von der Last meines Arbeitspensums und eilte aus der Küche und die Treppe hoch, wo ich viel Zeit damit verbrachte, den Kamin in Mrs McKechnies Schlafzimmer zu säubern und neues Holz aufzuschichten, eine Arbeit, die ich sowieso zu verrichten hatte, aber meistens aufschob, bis das Abendessen serviert war und es ruhiger wurde im Haus. Doch während des ganzen Tages war mir das Verstreichen der Stunden sehr bewusst, und schließlich schlich ich mich, kurz bevor er seine Arbeit beendet hatte, hinaus in den Garten und ließ mich von ihm hinter ein Gebüsch ziehen, um einen Kuss zu stehlen, und während sein Mund sich über mich hermachte und seine schmutzigen Hände am Saum meines Rocks zerrten, erklärte ich ihm so gut es ging, dass ich am vergangenen Sonntag unpässlich gewesen sei, aber am kommenden Wochenende an unserem vertrauten Ort sein werde, wenn er noch gewillt sei, mich zu sehen.

»Und?«, fragte Elizabeth, als ich wieder ins Haus kam, und deshalb wusste ich, dass sie uns vom Fenster aus beobachtet hatte. So schlecht ihre Augen waren, hatte sie doch gesehen, dass er mich am Arm fasste und hinter die Sträucher zog, und den Kuss hatte sie sich dann sehr gut vorstellen können.

»Was und?«

»Was hatte er zu seiner Verteidigung zu sagen?«

Ich schaute sie so verständnislos an, wie ich nur konnte.

»Dann hast du es ihm also nicht gesagt. Na, ich kann nicht sagen, dass mich das überrascht. Du bist nicht die

Erste, die sich von Gedanken an Liebe in die Irre führen lässt, und du wirst mit Sicherheit auch nicht die Letzte sein. Aber denk dir nichts. Er wird es schon bald genug wissen. Wir alle werden es, und dann wird Leugnen nicht mehr nötig sein.« In ihrem Blick mischte sich Triumph mit Mitleid, und sie schien mit diesem Widerspruch sehr gut zurechtzukommen. »Hast du ihn überhaupt nach dieser anderen Frau gefragt«, fügte sie hinzu, quasi als nachträglichen Gedanken, den sie nur der Wirkung halber so lange hinausgezögert hatte. »Oder hoffst du, dass er es dir aus eigenem Antrieb sagt? Denn ich würde dir raten, meine Liebe, nimm da lieber kein Blatt vor den Mund.«

Es gibt Zeiten in meinem Leben, über die zu reden mir schwerfällt, weil sie eine solche Schande über mich gebracht haben, die, wenn offen eingestanden, meine Familie für Generationen besudeln würde. Und es liegt weder Trost noch Erlösung in dem Wissen, dass so viele wie ich denselben Fehler gemacht haben, oder dass andere zu meinem Sturz beigetragen haben, denn so unschuldig ich auch gewesen sein mag, Unwissenheit kann ich nicht als Verteidigung anführen. Ich war töricht, ja, und zu vertrauensselig und zu leicht verführbar, aber es ist auch wahr, dass ich erregt war von Michael Egans tierischer Männlichkeit und von der Art, wie er mir immer ein bisschen Angst einjagte. Wie er meine Schwächen erkannte und schamlos ausnutzte, ist nicht zu entschuldigen, aber auch ich trug Verantwortung für das, was geschah, so angegriffen ich auch war, denn ich gab diesem Drang nach. Obwohl ich wusste, dass es falsch war, ließ ich mich verführen.

Als mein Zustand schließlich bekannt wurde, hatte ich keine Chance, weiterbeschäftigt zu werden. Mrs McKechnie führte ein sauberes und anständiges Haus, und ich hatte sie in eine unmögliche Lage gebracht. Sie weinte, als sie mir kündigte, doch eher aus Wut denn aus Mitleid, und Elizabeth, die jetzt genauso alt aussah, wie sie tatsächlich war, lehnte mit gesenktem Kopf und straff vor der Brust verschränkten Armen am Fenstersims, verachtete sich dafür, dass sie mich verraten hatte, und bereute es. Doch es gab kein Pardon. Mein Wochenlohn lag auf dem Küchentisch, genau was mir zustand und kein Deut mehr, und ich stand einfach da, zu betäubt, um zu weinen, nicht vorbereitet auf die Situation, obwohl ich sie erwartet hatte. Ich umklammerte den Lappen, mit dem ich eben noch das Silber poliert hatte, und starrte auf den Boden, den ich erst vor einer Stunde gewischt hatte und der noch den feuchten Glanz meiner Bemühungen zeigte, und als Mrs McKechnie sich schließlich abwandte, räusperte ich mich, murmelte einen Dank, den sie vielleicht hörte, aber wahrscheinlich eher nicht, und sammelte die Münzen ein.

Vieles liegt tief vergraben, doch gewisse Augenblicke aus dieser Zeit haben sich eine Schärfe bewahrt, die mich noch immer aufschlitzen und mir den Atem rauben kann. Etwa wie alle Farbe aus Michael Egans Gesicht wich, als er mich auf der Straße sah, nachdem ich ihm im Stadtzentrum aufgelauert hatte, weil ich wusste, dass er auf dem Heimweg dort vorbeikommen musste, und wie er weit vor mir stehen blieb und die ganze Zeit, bis ich meine Stimme erhob, nie einen Blick auf mich richtete, sondern die Straße nach Gesichtern absuchte, die er vielleicht kannte. Dann trat er aus Angst, wir könnten Aufmerksamkeit erregen, in eine Seitengasse und streckte die Hand aus, damit ich ihm folgte, und an die Wand eines alten Bogengangs gelehnt sagte er mir, dass ihm leidtue, was passiert sei, dass ich aber auch einen großen Fehler gemacht hätte, weil ich nicht besser auf meine Zeiten geachtet hätte. Ob ich so dumm sei, dass ich nicht wisse, was die Blutungen bedeuteten? Ich hätte früher darauf achten sollen, als man noch ganz leicht etwas hätte unternehmen können, denn es gebe doch Dinge, die ich hätte einnehmen können, Elixiere und so weiter, Allheilmittel, die das Problem ganz einfach hätten lösen können. Ich sagte ihm, ich hätte gedacht, wir könnten heiraten, und hasste es, dass ich mir dabei vorkam wie ein Kind, und er würde es auch nie bereuen, weil ich alles tun würde, was in meiner Macht stand, um ihn glücklich zu machen, weil ich gut zu ihm wäre, besser als jede Frau es je könnte, doch er starrte mich nur ausdruckslos an, steckte dann die Hand in die Tasche und zog das wenige Kleingeld heraus, das er hatte, wieder nur Münzen, ein paar Shillinge und einige Pennys, in einem alten, erdfleckigen Taschentuch. Es sei nicht viel, sagte er, aber mehr könne er im Augenblick nicht tun. Meine Reaktion war es, nach hinten zu taumeln, und ich wäre wohl aufs Pflaster gestürzt, hätte ich nicht die andere Wand des Bogengangs im Rücken gespürt. Meine Hände tasteten nach der Wand, während ich mit den Tränen kämpfte, und plötzlich schien sich der Boden zwischen uns zu öffnen, obwohl wir noch in Reichweite zueinander waren. Aber er streckte mir weiter die offene Hand entgegen, und weil ich mich nicht so fühlen wollte, so klein und hurenhaft, weil ich wollte, dass es aufhörte, nahm ich schließlich, was er zu geben hatte.

»Pass mich nicht noch einmal ab, Nancy«, sagte er und wartete, bis ich zu ihm hochschaute. »Ich meine es ernst. Du solltest mich besser nicht reizen.«

In diesem Augenblick wäre es ein Leichtes für ihn gewesen, mich zu packen und ohne mir Zeit zum Schreien zu geben, meinen Kopf an der Mauer zu zerschmettern, und später fragte ich mich oft, ob ihm ein solcher Gedanke durch den Kopf gegangen sei. Aber er musste nicht gewalttätig werden, denn seine Worte genügten. Er starrte mich weiter an, bis er sicher war, dass ich ihn verstanden hatte, dann drehte er sich um und ging davon, trat aus der Gasse hinaus und entfernte sich mit den Vorbeigehenden. Und als ich ihm nachsah, konnte ich ja nicht wissen, dass mehr als ein Jahr vergehen würde, bis ich ihn wiedersah oder auch nur ein Wort von ihm hörte, und dass er auch da bereits weit außerhalb meiner Reichweite war, denn er hatte die Frau geheiratet, die ihm sein erstes Kind geboren hatte, ebenfalls ein Mädchen. Ob er es getan hatte, weil man ihm einen Revolver an den Kopf hielt, wie Mrs Kechnies alte Köchin angedeutet hatte, weiß ich nicht, und ich kann mir auch nicht vorstellen, dass ich es jemals wissen werde.

*

In den folgenden Wochen beherrschte er meine Gedanken, und der Mühsal meiner traurigen Lage gelang es nicht, die Fantasie in Schach zu halten, denn in meiner Vorstellung konnte ich noch immer entkommen und davon träumen, ein gutes Leben zu führen. Nachdem Mrs McKechnie mich auf die Straße gesetzt hatte, reichten meine bescheidenen Ersparnisse nur ein paar Wochen, und mit einem Baby unterwegs blieb mir nichts anderes übrig, als im Armenhaus Schutz zu suchen. Naiv wie ich war, nahm ich an, dass es nur ein kurzer Aufenthalt sein würde, dass Michael Egan mich bald wiederfinden und aus meiner Notlage befreien würde. Aber als dann klar wurde, dass ich ganz und gar meinem Schicksal überlassen war, versuchte ich, ihn aus meinen Gedanken zu verbannen, weil ich eingesehen hatte, dass daraus nichts Gutes entstehen konnte und weil ich nicht damit zurechtkam, dass unsere Liebe so wenig zählte.

Mamie wurde Ende März 1872 geboren, ein schwächlicher Säugling, vor allem, nachdem meine Milch versiegt war, von der es nie genug gegeben hatte. Aber sie war still, hatte sie doch schnell gelernt, dass Tränen nur vergeudete Flüssigkeit waren. Mehr als ein Jahr brauchte ich, um unsere Freiheit wiederzuerlangen, denn so lange dauerte es, bis ich der Obrigkeit beweisen konnte, dass ich die nötigen Mittel hatte, dass ich genug von den Pennys gehortet hatte, die ich mit meiner Arbeit in den Wäschereien verdiente. Und als wir dann das Armenhaus verlassen und ich uns eine Unterkunft gefunden hatte, eine beengte Wohnung in der Nähe der North Cathedral, die wir uns mit vier anderen Familien teilten, wurde das Überleben wieder zum Einzigen, was zählte. Ich tat, was getan werden musste, um sie zu versorgen, schändliche Dinge, die ich nicht bedauern konnte, sosehr ich mich ihretwegen auch hasste, weil ich wusste, dass sie nötig waren. Sobald Mamie eingeschlafen war, schlich ich mich aus dem Haus und steuerte die Orte an, von denen ich wusste, dass dort Männer mit Geld in den Taschen sein würden, immer mit gesenktem Blick, um in keine

Gesichter zu blicken, und dann versuchte ich, nicht zu denken, während ich mit dem Rücken oder, wenn sie es so wollten, auch mit dem Gesicht an eine Wand gedrückt wurde und den Ziegelstaub in meiner Kehle schmeckte, während der Rest von mir bearbeitet, der Rock mir hochgeschoben und mein Fleisch mit Händen und Fingern grob begrabscht wurde.

Falls Mamie sich rührte, wenn ich in der Stunde vor Tagesanbruch zurückkehrte, setzte ich mich unter dem Fenster unseres Zimmers auf den Boden und wiegte sie sanft, und wenn sie weinte, drückte ich meinen Mund an ihr Ohr und sang die alten Insellieder aus der Zeit der Großmutter ihrer Großmutter, summte die Worte, die ich vergessen hatte, und hörte nicht auf, bis Mamie wieder eingeschlafen war oder das erste Licht das Zimmer erhellte und draußen der aufreizende Lärm der Vögel erklang. Diese Lieder riefen mir die Heimat in Erinnerung, und so stellte ich mir manchmal vor, wie es wäre, mit ihr wieder in den Westen zu gehen, sich aufzumachen zu den Inseln, weil wir dort wenigstens ein Haus hätten, das uns gehörte, mit Wänden, stark genug, um den Wind abzuhalten, und wenn ich mich schon zur Hündin machte für die Tollwütigen, warum dann nicht dort, wo ich mich wenigstens auskannte? Doch während ich noch diesem Gedanken nachhing, wusste ich bereits, dass es niemals dazu kommen durfte, denn in der Heimat so zu leben, hätte unerträgliche Schande über uns gebracht. Hier war ich wenigstens eine Fremde.

»Das hätte ich nie gedacht«, sagte Michael Egan und wurde schnell nüchtern. »Nicht von dir. Niemals von dir.«

Er war in einem der Pubs in Blackpool gewesen, an der

Peacock Lane, und war mit zwei Freunden nach draußen gekommen. Sie hatten ihn locker am Ärmel seines Mantels gepackt, und er ließ sich widerstandslos von ihnen mitziehen. Zwei Frauen, die ich so gut kannte, dass ich ab und zu ein paar höfliche Worte mit ihnen wechselte, standen unter der Gaslaterne neben der Tür des Pubs, und als die drei Männer in ihre Nähe kamen, gingen sie bereitwillig zu ihnen, die eine links, die andere rechts, und binnen Sekunden hatten sie seine Begleiter von ihm weggezogen, indem sie sich bei ihnen einhakten, wie sie es gelernt hatten, und sich mit gekicherten Küsschen an sie schmiegten. Nach kurzen Verhandlungen verschwanden die frisch zusammengefundenen Paare in die Nacht, einer der Männer sang in einem lallenden, aber melodischen Tenor, wohl den Rest eines Lieds, das man im Pub angestimmt hatte, und einen Augenblick später gellte ein Mädchen in einem schockierten Lachen auf, weil es plötzlich und an intimer Stelle gepackt worden war, wie man es von Betrunkenen kannte. Ich lehnte ein Stückchen entfernt an einer hohen Ziegelwand, so weit weg vom Schein der Gaslaterne, dass ich als Umriss wahrgenommen, aber nicht leicht erkannt werden konnte. Doch ich konnte ihn sehen. Michael Egan. Im ersten Augenblick wirkte er verloren, doch dann holte er etwas Geld aus seiner Tasche, hielt sich die Münzen dicht vors Gesicht und zählte, und ich wusste, dass er mich oder irgendjemanden, irgendeine Frau gesehen hatte, und sich jetzt überlegte, ob er für mehr Porter wieder nach drinnen gehen oder das restliche Geld für diese Art von Trost ausgeben sollte.

Ich spürte, wie ich innerlich vereiste und abstumpfte, und wäre fast davongelaufen. Einiges davon war Scham, aber ebenso sehr die Angst davor, was er sagen, was er tun würde. In den Monaten, seit ich das Armenhaus verlassen hatte, hatte ich alles erlebt: Männer, die mir ins Gesicht schlugen, damit ich blutete, wenn sie mich küssten, die diese feuchte Hitze und das Gefühl meines Schmerzes wollten; Männer, die mir gern die Hände um die Kehle legten und fest zudrückten, sodass, was für sie als Spaß begonnen hatte, sie mich bald so weit hatten, dass ich nach ihnen trat und noch Tage danach beim Schlucken Schwierigkeiten hatte; und sogar einer – ein Priester, jung, mit sanfter Stimme, auf pummelige Art gut aussehend und unter den Mädchen dieser Gegend wohlbekannt –, der von mir wollte, dass ich für ihn den Knaben gab. Diese Männer, die wussten, was sie wollten und es sich still und ohne viel Umstände holten, machten die Nächte auf einen schreckliche Art leichter, so wie ich es mir immer erhofft hatte, dennoch war an ihnen etwas schrecklich verkehrt, nicht unbedingt wegen ihrer fleischlichen Bedürfnisse, die, nach alldem, was ich gesehen hatte und mir angetan wurde, in meinen Augen nur ein Teil des natürlichen männlichen Wesens war, das Tier in ihnen, das losgelassen wurde, sondern weil sie immer noch glauben wollten, dass das, was wir trieben, eine zärtliche und liebevolle Handlung sei, und dabei die Augen schlossen und sich die Gesichter von anderen vorstellten, die sie in ihren Herzen eingeschlossen hatten, aber nie haben konnten. Wenn sie mir danach das Geld in die Hand drückten, manchmal – falls sie etwas übrig hatten oder von mir ein Zeichen der Dankbarkeit sehen wollten – mit einem zusätzlichen Farthing oder Halfpenny, sah ich an ihrem traurigen Lächeln, dass sie ebenso beschädigt waren wie die Gewalttätigeren oder

Verderbteren und erkannte, dass ich für sie nichts war, keine Frau mit Leben in meinem Körper, mit Gefühlen. Wenn man sie tagsüber sah, mit oder neben ihnen lebte, wirkten sie sicher wie alle anderen, und zu Hause waren sie wahrscheinlich anständige Männer, freundlich, aufrichtig, gute Ernährer. Doch außerhalb dieser wenigen ergatterten Minuten in nächtlichen Gassen blieb ihre wahre Natur verborgen.

Michael Egan kam zu mir in den Schatten, berührte mich aber nicht, und wir schwiegen uns an, bis er sich räusperte. Nach allem, was man mich in den letzten eineinhalb Jahren genannt hatte, zuerst im Armenhaus und dann auf den Straßen, brauchte es schon mehr als Worte, um mir Schmerzen zuzufügen. Aber nicht von ihm. Vom ihm wäre ein Schlag auf den Mund leichter zu ertragen gewesen.

»Was ist mit dem Baby?«, fragte er.

»Was meinst du?« Ich konnte sein Gesicht noch nicht sehen, aber ich konnte es mir vorstellen, hörte seinen Ausdruck im harten Tonfall seiner Stimme.

»Ich meine, was ist es? Ein Junge oder ein Mädchen?«

»Ein Mädchen«, antwortete ich und spürte ein Beben zwischen den Wörtern. »Mary. Nach meiner Mutter. Ich nenne sie Mamie. Sie ist ein süßes Ding.«

»Dann haben wir also etwas richtig gemacht. Freut mich.«

Ich schüttelte den Kopf. Er konnte die Geste nicht sehen, aber ich war mir sicher, dass er die Bewegung spürte, die Bedeutung. »Haben wir nicht. Sie ist, was sie ist, trotz uns. Trotz dir.«

Kurz schien ihm der Atem zu stocken. »Ja«, sagte er. »Das tut mir leid.«

»Tut es dir nicht. Du bist nicht fähig zu Mitleid.« Meine Ruhe, trotz der tief verankerten Verzweiflung, überraschte mich. »Es hätte nicht so sein müssen, wie es war. Du hättest helfen können. Du hättest mich wenigstens vor dem Armenhaus bewahren können. Herrgott, selbst im Gefängnis kann es nicht schlimmer sein. Das Armenhaus ist kein Ort, um ein Kind auf die Welt zu bringen.«

»Schieb jetzt nicht alles auf mich. Du hattest auch Anteil daran. Oder habe ich das Baby ganz allein gezeugt?«

»Ab und zu mal ein Shilling hätte uns schon sehr geholfen. Glaubst du, ich bin gerne hier draußen und hebe den Rock für Männer wie dich?«

»Wenn ich mich recht erinnere, hast du für mich ziemlich bereitwillig die Beine breit gemacht.«

Unvermittelt machte er einen Schritt auf mich zu, wütend, aber scheinbar auch verletzt, als hätte er ein Recht dazu. Ich spürte, wie er sich an mich drückte, und hätte fast aufgeschrien, als seine Hände mich an den Gelenken packten und meine Arme ausbreiteten, sodass mein Körper, der sich erinnerte, ihm nachgab. Ich drehte das Gesicht der Gaslaterne zu, konnte aber nichts gegen den Ansturm seiner Merkmale machen: der Atem schwer von Portergestank, die Haut eine Mischung aus Schweiß und einem subtileren Aroma, sein Gesichtsausdruck, wenn er mich mit diesem bohrenden Blick beobachtet hatte, das Glänzen seiner Augen und wie sich die Knochen seines Unterkiefers zuckend unter seiner rauen, unrasierten Haut bewegten. Ich hasste die Gefühle, die er noch immer in mir weckte.

»Wo ist sie jetzt? Die Kleine?«

»Ich habe sie schlafen gelegt. Die anderen Frauen horchen, ob sie aufwacht.«

»Das ist aber anständig von ihnen.«

»Sie tun es für sie, nicht für mich. Anders geht es nicht.«

Ich hätte noch mehr sagen können, etwa, dass es keine einzige Nacht gab, in der ich mich nach meiner Schicht hier oder vor den Pubs in Shandon nicht fühlte, als hätte ein Dämon in mir sein Nest gebaut.

Aber ich hatte zu viel Angst für weitere Worte.

Schätze, ich erwartete einen Angriff, einen Schlag, und nicht den Kuss, der stattdessen kam. Seine Lippen drückten sich auf meine Wange, und bei dem Gefühl hätte ich am liebsten aufgeschrien, ihn geschlagen und getreten wegen des Leids, das er mir angetan hatte, doch mein Körper antwortete noch aus eigenem Antrieb, drückte sich an ihn für mehr. Ich hasste ihn, doch so ausgehungert wie ich war nach Freundlichkeit, nach Zuneigung oder auch nur einem flüchtigen Augenblick der Zärtlichkeit, sehnte ich mich auch nach seiner Berührung. Und das machte mir mehr Angst als alles andere. Vor uns kam ein weiteres Männerpaar aus dem Pub und bewegte sich, die Hände in den Taschen, in den Lichtkegel der Gaslaterne. Die Mädchen, die mit Michael Egans Freunden gegangen waren, brauchten nie lange für ihre Geschäfte, so routiniert, wie sie waren, und da diese beiden das offensichtlich wussten, schienen sie gerne ein wenig zu warten. Während ich sie beobachtete, froh um einen Vorwand, mein Gesicht abwenden zu können, fing Michael Egan wieder an, mich zu küssen, meinen Hals und meine Wangen und auf den Mund zu, und dann zerrte eine Hand an meinem Rock, und als ich spürte, wie die Finger seiner Rechten an der Innenseite meiner Oberschenkel hochkrochen, erstarrte ich.

Ich hätte mich gerne gewehrt, aber etwas in seiner Berührung weckte eine alte Schwäche in mir, und dann spürte ich wie damals, als er mich das erste Mal gegen eine Wand gedrückt hatte, dass meine Beine sich ein klein wenig öffneten. Doch als er etwas sagte, die Worte an mich hauchte, reagierte ich nicht, was ihn scheinbar dazu brachte, die Hand wegzuziehen und einen Schritt zurückzutreten, so schroff, dass ich mir sicher war, er würde sich davonmachen oder zuschlagen. Stattdessen steckte er die Hände in die Taschen und zog das Geld heraus, das er bei sich hatte. In Anbetracht dessen, was ich geworden war, schien es lächerlich zu zögern, und doch tat ich es, gerade so lange, dass er sich noch mal räusperte und mir sagte, ich solle es nehmen, es sei zwar nicht viel, aber er hoffe, dass es weiterhelfe. Die Münzen waren noch warm von seiner Tasche, und als er meine Hand um sie schloss, hatte ich gerade genug Zeit, mich zu fragen, was genau er da zu kaufen glaubte, bevor er sich umdrehte und in Richtung Stadt davonging und aus meinem Blickfeld verschwand.

Einige Minuten blieb ich, wo ich war, konnte mich nicht bewegen, hielt nur die Münzen fest umklammert. Einer der Männer unter der Gaslaterne schaute zu mir herüber und stupste seinen Begleiter an, der mit einer Stimme voller Lachen fragte, ob ich allein sei. Als ich nicht antwortete, schienen sie nicht recht zu wissen, was sie tun sollten, und ich erkannte, dass sie trotz der gesetzten Art, wie sie sich kleideten und zu verhalten versuchten, nicht älter waren als ich. Aber bevor einer der beiden den Mut aufbrachte, sich mir zu nähern, kamen die beiden anderen Mädchen aus der nahen Gasse, und als sie leichte Kundschaft sahen, begannen sie sofort mit einem unflätigen, schrillen Geplapper, das die jungen Männer schon bald wieder zum Lachen brachte. Ich hätte mich am liebsten übergeben. Ich sank auf ein Knie, und mein Magen zog sich zusammen, aber weil ich nichts gegessen hatte, kam nur ein Gallefaden hoch. Die Anstrengung des trockenen Würgens trieb mir die Tränen in die Augen, die die Welt um mich herum verschwimmen ließen und mir jeden Richtungssinn raubten außer für den Boden, auf dem ich kniete.

Ich hatte alles getan, was ich nur irgend konnte, um Michael Egan zu vergessen. Ich hatte gebetet, dass er mir aus den Gedanken gerissen werde, zuerst zu Jesus und der Heiligen Jungfrau, dann zu diesen älteren Göttern, an die ich mich erinnerte, weil sie die Gespräche der Alten auf Clear Island beherrscht hatten, wenn Stürme drohten oder die Fischschwärme ausblieben. Aber es ließ sich nicht leugnen, dass uns, so überfüllt die Stadt auch war, zu jedem Zeitpunkt wohl nie mehr als eine Meile voneinander getrennt hatte. Die Wahrscheinlichkeit, dass unsere Wege sich wieder kreuzten, war sicherlich immer hoch gewesen, auch wenn ich nicht hatte wahrhaben wollen, dass es je passieren würde.

Als meine Übelkeit vergangen war, schaffte ich es, mich an Mauern und Geländern abstützend, gerade so nach Hause, legte mich neben Mamie, ohne mich auszuziehen, und schloss die Augen. Sofort füllte er meinen Kopf wieder aus, und es war, als würde die Zeit, die wir getrennt verbracht hatten, rein gar nichts gelten. Der wütende Schmerz alter Wunden wich anderen Erinnerungen, wie wir beide zusammen in Mrs McKechnies Garten lachten, leise, damit uns niemand hörte, wie ich ihn meine Hand nehmen ließ und mich freute über das Zupackende seines Griffs, wenn er mich an diesen Sonntagen kurz vor Einbruch der Nacht über die baumgesäumte Straße nach Hause brachte. Auch andere, größere Intimitäten, etwa, wie stark und selbstbewusst er mit mir im Schuppen oder auf den Wiesen war, und der Blick in seinen Augen, ein wildes, hundeähnliches Funkeln, wenn ich aufschrie über die Stoßwellen, die er durch meinen Körper schickte, und sosehr ich ihm den Tod wünschen wollte, fühlte ich mich dennoch von einem Strahlen erfüllt durch den Kitzel, ihn wieder in meinem Leben zu haben, denn ich war mir sicher, dass er, ob verheiratet oder nicht, mit mir noch nicht fertig war, dass wir noch mehr vor uns hatten und dass es andere Tage, andere Nächte, vielleicht andere Mauern zum Anlehnen geben würde, jetzt, da er wusste, wo er mich finden konnte.

Als ich noch ein Kind war, sagte meine Mutter mir oft, dass wir seit hundert Generationen auf Clear Island lebten, der eine oder andere Zweig unserer Familie, und dass die Insel an dem Tag, an dem der Letzte von uns sie verließ, vor Gram auf den Boden des Meers sinken werde. Und als ich mit sechzehn im Bug des Boots der Sullivan-Brüder saß und nichts mehr wollte, als einen Blick zurückzuwerfen, schürten diese Worte meine Angst. Während der gesamten Überfahrt sang die Stimme meiner Mutter laut in mir und klang so wahr, dass ich mir sicher war, hätte ich mich umgedreht, hätte ich die Klippen zerfallen und ihre Decken aus Ginster und Heidekraut das steingraue Wasser mit Purpur und Rosa und Gold sprenkeln gesehen. Und schlimmer noch, dass vereinzelte Ansammlungen meiner Toten mir vom Strand aus nachsahen, mit schmalen Schultern und verzweifelt, weil sie wussten, dass ich nie zurückkehren würde, dass dies das Ende bedeutete. Auf Clear kannte ich die Gesichter in jeder Tür und die Familiennamen, die jedem Grab in der Friedhofserde zugewiesen waren, ich kannte die Hebungen und Senkungen der Felder, wusste, wo die besten Beeren wuchsen und wo die Bodenbrüter nisteten, und ich schlief keine einzige Nacht ohne das Seufzen der rollenden Wellen.

Als ich geboren wurde, war die schlimmste Hungersnot schon vorüber, auch wenn dies nur Wenigen etwas einbrachte. Die Kartoffelfäule war zwei oder drei Jahre zuvor am umfassendsten gewesen, und zu der Zeit hatten sich diejenigen, die noch Kraft genug hatten oder die bereits verloren hatten, was ihnen das Wertvollste war, davongemacht, während viele der anderen, die blieben, ihre letzten Atemzüge auf den Feldern oder in den Straßengräben oder auf den Sandstränden hauchten, die sie zuvor von allem Tang und allem Aas geplündert hatten.

Es ist nur Sterben. Das sagte meine Mutter immer. Es waren die späten Sechziger, ich war in meinen Jugendjahren, und meine Mutter war ihrem Ende nah. Doch auch wenn es uns ein wenig besser ging als zuvor, blieb vieles unverändert. Fast meine ganze Kindheit lang ernährten wir uns von Resten. Alle taten das, alle, die ich kannte. Es gab wieder Kartoffeln, da die Knollen in ihren Furchen nicht mehr zu schwarzem Eiter verfaulten, und Fisch, wenn wir welchen bekamen, Hering oder Makrele, je nach Jahreszeit, wenn der eine oder andere der Männer nach einem Tag und einer Nacht auf dem Wasser mit einem Fang zurückkehrte, der groß genug war, dass er etwas abgeben konnte. Meine Mutter kochte Suppe aus den Köpfen und Gräten und auch aus Tang, was immer in den seichten Stellen zu ernten war, und ich brachte jeden Vormittag ein paar Stunden zwischen den Felsen zu und sammelte Muscheln, Krebse und Strandschnecken, dem Priester zum Trotz – einem strengen, langgesichtigen Mann aus Baltimore, dessen grüne, halb verschleierte Augen immer etwas hinter den Schultern der Menschen suchten, mit denen er sprach –, der uns einzubläuen versuchte, dass das Fleisch jedes Schalentiers abscheulich und es zu essen eine Sünde vor Gott sei. Aber wir achteten nicht auf ihn, weil er nicht zu uns gehörte und nicht aus unserer Welt kam. Und wenn wir Gott so sehr erzürnten, sagte meiner Mutter wütend im Flüsterton, dann hätte er uns mehr geben müssen als nur Leiden. Wir lebten weiter, so gut wir konnten, taten, was getan werden musste, um durchzukommen, doch Jahre dieses Lebens forderten ihren Tribut von ihr, und als ich zehn Jahre wurde, musste sie sich mehrmals am Tag hinlegen. Manchmal wurden die Schmerzen in ihrem Kopf so heftig, dass ich dachte, mir selbst wurde der Schädel von ihrem Schreien und Flehen zerspringen, und das Einzige, was mich davon abhielt, bis ans andere Ende der Insel davonzulaufen, war die Gewissheit, dass sie, sobald ich sie allein ließe, etwas Drastisches tun würde, um sich von diesen Qualen zu befreien. Anstatt also zu flüchten, kauerte ich an ihrer Seite und hielt ihre Hand, solange die Attacken dauerten, drei, vier Stunden an den schlimmsten Tagen, und versuchte die ganze Zeit, nicht in dieses Gesicht mit seinem verkrampften, bleichen Fleisch und dem Schaum an den Mundwinkeln zu schauen, und wenn ein neuer Schmerzenshieb sich in sie bohrte, stemmte sie sich so sehr dagegen, dass sich ihr Körper von der Taille aufwärts nach oben bog. »Es ist nur Sterben, Liebes«, sagte sie mir dann, wenn die Attacken abgeklungen waren, und obwohl sie die Augen nicht öffnen konnte, wandte sie ihr trauriges, liebendes Lächeln dem Klang meiner Stimme zu. Dass sie immer noch erst Mitte dreißig war, erschien mir unmöglich, denn sie war immer da gewesen, genau wie die uralten Hinkelsteine, zwischen denen ich früher spielte, aber wie ich seitdem weiß, ist Zeit nicht das richtige Maß für ein Leben. »Wir sind auf der Durchreise, das ist alles. Und für einige kommt das Ende einfacher und schneller als für andere. Das ist nur ein Schritt auf dem Weg.« Nach ihrem Tod würde ich sie vermissen, sagte sie oft, aber ich würde weitermachen, weil das Leben so war. Und sie hoffte, wenn meine Zeit käme, hätte ich ebenfalls jemanden, der mich vermissen würde, denn das sei eine Spur, die jeder von uns zu hinterlassen hoffe.

Als das Ende schließlich kam, war es, als würde die Sonne untergehen. Kein Heulen, keine Tränen, nichts als ein sanftes, unausweichliches Entschweben. Nach einer halben, im Schlaf verbrachten Woche hörte die Luft für sie einfach auf zu strömen. Ich war erschöpft, weil ich die ganze Zeit wach geblieben war, und schwach, weil ich seit Tagen kaum etwas gegessen hatte, und ich konnte nicht sagen, wie lange sie schon von uns gegangen war, bis ich es bemerkte, aber als ich mich über sie beugte, um sie zu küssen, war das Fleisch ihres Gesichts bereits kalt. Ihre Augen waren offen, was bedeutete, dass sie in ihren letzten Minuten aufgewacht war. Im Kerzenlicht sah sie besser aus als viele Wochen zuvor, vielleicht sogar besser, als ich sie je gesehen hatte, denn die Muskeln ihres Gesichts hatten sich zu gelösteren Zügen entspannt. Mit den Fingern strich ich ihr die wirren Haare zurecht und hob den Kopf ein wenig, damit ihr Mund nicht aufklappte, und erst als ich daran gedacht hatte, mich über sie zu beugen und ein Bußgebet zu sprechen, fing ich an zu weinen.

Ich begrub sie mit der Hilfe von ein paar Nachbarn, und auch wenn ein Priester anwesend war, so war er doch schlau genug, sich im Hintergrund zu halten, weil er begriff, dass er hier kaum etwas zu suchen hatte, weder er noch sein Gott, und so ließ er uns unsere eigenen Gebete sprechen. Ich brauchte eine Weile, um damit zurechtzukommen, dass ich jetzt ganz alleine war, und die Leute um mich herum versuchten zu helfen, aber was andere tun konnten, war begrenzt. Ich wehrte mich gegen den Gedanken, solange ich konnte, doch schließlich packte ich meine wenigen Habseligkeiten zusammen und verließ die Insel. Ich hatte zwar große Angst vor dem Weggehen, doch wenn ich geblieben wäre, hätte mich sicherlich derselbe langsame Tod ereilt, den auch meine Mutter durchlitten hatte, aber mit niemandem, der mich tröstete und schließlich in die Erde legte, außer ich würde mich irgendeinem alten Mann als Eheweib hingeben und mich in der Hoffnung auf Kinder einem Leben nicht zusammenpassender Neigungen und schlecht erfüllter Bedürfnisse unterwerfen. Ich wollte etwas Besseres, und das Weggehen schien die einzige Möglichkeit zu sein, mehr als das zu finden. Obwohl es unwahrscheinlich war, dass ich je zurückkehren würde, war ich von Clear Island erfüllt, sobald ich die Augen schloss, mit ihren Stränden und Sträßchen und den Gesichtern all jener, die vor mir gegangen waren, und auch wenn ich mich bedeutungsloser fühlte, weil sie aus meinem Leben gerissen worden waren, wusste ich doch, dass ich ohne die Erinnerung an sie gar nichts wäre.

Es gab Unmengen von Straßen und Kreuzungen, auf denen ich hätte arbeiten können, und genügend Mauern, an denen ich in meinen Monaten als Hure bereits gelehnt hatte, aber eine Woche nach dem Schock, Michael Egan wiedergesehen zu haben, kehrte ich in die Peacock Lane zurück. Hier in der Gegend gab es viele Pubs, und die Nebenstraßen gewährten ausreichend Schutz, doch erst als ich ihn die Straße hochkommen sah, die Hände tief in den Taschen, begriff ich, warum ich mich dort feilbot, wo er am ehesten nachsehen würde, hätte er je Lust dazu. Es war ein kalter Abend, Regen drohte, aber ich trug nur eine lose graue Wolljacke über einer Bluse, bei der die Hälfte der Knöpfe fehlte, und einem alten Leinenleibchen. Ich war erst eine halbe Stunde hier, um mir rechtzeitig vor der Sperrstunde meinen Platz zu sichern, aber ich zitterte bereits, hatte mir die Arme fest um den Körper geschlungen.

Ich entdeckte ihn, als er von der Stadt her die Clarence Street hochkam, gegen den Wind nach vorne gebeugt, doch ohne Eile, denn er blieb an der Mündung jeder Gasse stehen, an der er vorbeikam, und spähte in die schwarze Öffnung, und erst als er nur noch zwanzig Meter entfernt war, bemerkte er mich.

»Du bist wieder hier«, sagte er.

Mein Herz fing an zu rasen. Ich schaute zu ihm hoch. »Was willst du?«

»Ich habe nicht viel.«

Er öffnete die Hand, um mir die wenigen Münzen zu zeigen. In meiner Kehle schmerzte der Herzschlag, der mich durchjagte. Ich schaute mich auf der ansonsten leeren Straße um und trat rückwärts in die Gasse. Er zögerte, bevor er folgte, und als er versuchte, mich in die Arme zu nehmen, hielt ich ihn auf, griff nach seiner Hand und den Münzen und ließ mich dann erst umarmen. Als sein Mund diesmal nach meinem suchte, wandte ich das Gesicht nicht ab, sondern schloss die Augen, und in diesen wenigen Sekunden hatte ich zwei Jahre meines Lebens zurück und auch ein wenig von meiner Unschuld, und ich war noch einmal – bis ich mich eines Besseren besann – verliebt. Ich hatte gelernt, dieses Wort nicht auszusprechen, sehnte mich jedoch danach, mich wieder so zu fühlen. Er schien sich eingeredet zu haben, dass das, was er tat, edel war, dass er mich vor mir selbst und anderen Männern beschützte, und auch ich unternahm den Versuch, obwohl ich es in meinem Herzen besser wusste, aus dem, was passierte, mehr zu machen, als es war: ein Handel, ein Dienst, geleistet für die paar dürftigen Pennys, die ich wert war, und kein bisschen anders als jeder beliebige Handel, den ich mit den Betrunkenen ausschacherte, die zur Sperrstunde aus den Pubs stolperten, oder den Verderbten, die für kurze Zeit aus ihren Löchern flohen. Es war eine Täuschung, aber eine, die von uns beiden mit Leichtigkeit und bereitwillig gespielt wurde.

Nachdem wir fertig waren, ließ ich mich von ihm nach Hause bringen, und uns beiden war es egal, dass das ein Umweg für ihn war. Er versuchte erst gar, mich zu berühren oder meine Hand zu nehmen, und in der ganzen Zeit, den zehn oder fünfzehn Minuten des Wegs, sprachen wir kaum etwas, doch zum ersten Mal seit meinem Absturz hasste ich die Seele in mir nicht völlig.

»Denk nur nicht, dass das Geld als Bezahlung gemeint ist«, sagte er irgendwann einmal, und ich schaute weg, weil es einfacher war, seine Worte schlicht hinzunehmen, als eine Bedeutung in sie hineinlesen zu müssen. »Es ist ein bisschen Unterstützung, das ist alles. Um dir mit dem Baby zu helfen. Ich weiß, es ist nicht viel, aber wenn ich es jede Woche schaffe, dann reicht es vielleicht, um dich von der Straße zu holen. Weil du so nicht lange durchhalten wirst, Nancy. Das ist kein Leben.«

»Nein«, stimmte ich ihm zu, als würden wir über etwas reden, das ich aus freien Stücken begonnen hatte. »Zumindest kein lebenswertes.«

Und so lief es dann auch. Mamie und ich begnügten uns mit dem Geld, das er uns zuschob, und er war widerwillig bereit, mich immer am selben Ort zu treffen, an der Ecke der Peacock Lane, zur selben Zeit an jedem Samstagabend, damit ich, falls er doch nicht kommen würde, immer noch genug Geschäft machen konnte, um uns in Brot und Obdach zu halten. Auch wenn ich mir einredete, dass er mich aus Güte aufgespürt hatte, aus einem Mitgefühl heraus, das wahrscheinlich durch ein schlechtes Gewissen befeuert wurde, war es doch für mich immer noch eine Art von Arbeit, denn er versäumte es nie, sich zu holen, was ihm zustand, indem er mich mein Kleid am Bauch zusammenraffen ließ, während er mich an die Wand drückte und manchmal so gemächlich ans Werk ging, dass ich dachte, wir würden nie zum Ende kommen. An anderen Abenden hingegen fiel er so ungestüm über mich her, dass er bereits fertig war, bevor er richtig begonnen hatte, mit beschämtem Keuchen, das kaum von Schluchzen zu unterscheiden war, und danach brachte er es nicht über sich, mir in die Augen zu schauen. Doch wie es sich auch abspielte, ich redete mir ein, dass es mit ihm anders sei als mit den anderen, war er doch der einzige Mann, der je Gefühle für mich gehabt hatte, und deshalb war mein Herz mehr beteiligt, auch wenn ich es mir anders gewünscht hätte.

In den ersten drei oder vier Wochen, bis Ende November, hielten wir uns an unsere Vereinbarungen, und während ich seine Versprechungen anfänglich mit einem Schulterzucken abtat und ihn nicht zu nahe an mich heranließ, da meine Schande noch frisch war und auch dadurch am Leben erhalten wurde, weil ich die Konsequenzen daraus täglich auszubaden hatte, reichten seinerseits nur ein paar Wochen Beharrlichkeit aus, um mich zu zermürben und wieder auf seinen Kurs zu bringen, wollte ich ihm doch so unbedingt glauben – und auch an ihn glauben. Ich hatte ihn diese Worte natürlich schon einmal sagen hören, aber ein geborener Narr lernt immer nur durch die grausamsten Lektionen, und als er vorschlug, dass wir uns an einem anderen Abend und zu einer früheren Zeit treffen, weil es für ihn sehr schwer sei zu erklären, warum er so spät noch ausgehen wolle, zögerte ich nur zum Schein, bevor ich zustimmte. Das Geld, das er mir gab, war nie sehr viel, auf jeden Fall weniger, als ich in einer normalen Woche verdient hätte, aber ich war in der Lage, meinen Anteil an der Miete zu bezahlen und uns gerade eben so zu ernähren. Doch um dem Leben, das ich kennengelernt hatte, zu entfliehen und den Anblick meines Gesichts in einem Stück Glas nicht zu hassen oder bei der Nennung meines Namens zusammenzuzucken, nahm ich noch etwas mehr Entbehrungen in Kauf. Ich wollte glauben, dass ich, was ich war, hinter mir lassen konnte, dass die Erinnerungen der Menschen verblassen würden und eine Zeit kommen würde, vielleicht in einer anderen Gemeinde oder Stadt oder am anderen Ende von dieser, in der ich nicht mehr über die Dinge, die ich hatte tun müssen, definiert wurde. Schon bald kamen Michael Egan und ich zwei- oder dreimal pro Woche zusammen – manchmal nur für ein paar Minuten und nur um ein bisschen zu reden oder zu küssen, manchmal ganze gemeinsame Nachmittage, wir drei, er mit Mamie in seinen Armen, ich bei ihm untergehakt, bei einem Spaziergang nach Norden ins Grüne, wie damals, als wir uns kennenlernten, über die letzten Häuser hinaus und weg von der Stadt, weg auch von dem Risiko, gesehen und verraten zu werden. Wir taten natürlich etwas Unrechtes, war er doch ein verheirateter Mann und Vater seiner eigenen, rechtmäßigen Kinder wie auch der von Mamie, aber selbst wenn ich gewollt hätte, hätte ich es nicht geschafft, damit aufzuhören, und ich bin mir sicher, er auch nicht. Nicht, wenn er eine Wahl gehabt hätte. Es bedeutete mir so viel, dass er zugab, einen Fehler gemacht zu haben, nicht das Richtige für mich zu tun, und dass er es sehr bedauere, und in meinen Gedanken gab es nur ihn, wie er mich auf eine Wiese lockte, was er immer vorhatte, oder in eine ausgediente Schmiedehütte, und mir die ganze Zeit einredete, es sei für uns jetzt genau so wie früher, und die Zeit, die dazwischen vergangen war, all die schlimmen Dinge, die ich durchgemacht hatte, könnten von nun an vergessen werden, und begleitet von all diesen Worten ließ er seine Hose unter die Knie sinken. Dazu seufzte er, als wäre Atmen nur mit Worten möglich, und flehte mich an, ihm zu sagen, wie sehr ich ihn brauchte, bis er so weit war, mich aufs Gras zu legen und meine Beine zu spreizen, damit er zwischen sie dringen konnte. Es war ihm sehr daran gelegen, mir das Geld immer gleich am Anfang unserer Begegnungen zu geben, damit es nicht als Bezahlung wirkte für das, was er bald von mir bekommen würde, und ich nahm das Kleingeld an, so dürftig es war, und dankte ihm überschwänglich. Nachdem ich so lange allein gewesen war, löste sich die Vergangenheit von mir und die Zukunft verlor an Bedeutung, und es gab nur den Tag um uns herum und die gemeinsam verbrachten Augenblicke.

Dass er mich unterstützte, wie kärglich auch immer, belastete sein Leben und zwang ihn, mehr Stunden pro Woche zu arbeiten, um das Geld zusammenzukriegen. Zwischen uns kam es dennoch nie zu Unstimmigkeiten, weil ich außer den wenigen Münzen nichts von ihm verlangte, und er bekam, wonach ihm verlangte, etwas, das, um es grob zu sagen, beträchtlich mehr wert war als sein Geld. Doch im Februar, vier Monate, nachdem er wieder in mein Leben getreten war, bemerkte ich, dass ich wieder schwanger war, und zwar bereits seit mehreren Wochen. Meine Blutungen kamen nicht immer regelmäßig, vor allem in den kalten Monaten des Jahres – einer der Folgen von Unterernährung, wie einige Mädchen sagten –, und es hatte tatsächlich Zeiten gegeben, damals, bevor ich meine Unschuld verlor, als zusätzliche Wochen ohne das geringste Anzeichen einer Blutung vergingen, weshalb man die ersten Anzeichnen leicht übersehen konnte. Der Brechreiz allerdings war ein eindeutiger Beweis, dieselbe morgendliche Übelkeit, die ich bei Mamie durchgemacht hatte, doch den ganzen März schwieg ich noch beharrlich und klammerte mich an die immer törichtere Hoffnung, dass das Problem sich schon von selbst lösen werde, oder dass das alles nur eine Täuschung, ein falscher Alarm sei.

Als ich am Ende dieses Monats mit ihm auf einer Wiese lag, mit Mamie, in einen Schal gewickelt, schlafend neben mir, brachte ich den Mut auf, ihn ganz beiläufig zu fragen, was seiner Meinung nach mit uns passiere, falls ein weiteres Baby unterwegs sei. Er antwortete nicht, und weil sich anfangs in seinem Atmen nichts änderte, dachte ich, er sei eingeschlafen, wie es ihm manchmal passierte, wenn wir miteinander fertig waren. Aber er schlief nicht. Nach einer oder zwei Minuten spürte ich, wie er sich aufsetzte, mit der abrupten, verstörenden Anspannung einer bevorstehenden, schlechten Entscheidung, und als ich die Augen öffnete und gegen das Gleißen des kalkigen Himmels beschirmte, sah ich, dass er auf mich herabstarrte, die Hände seitlich an den Beinen zu Fäusten geballt. Als er mich kurz zuvor aus meinen Kleidern geschält hatte, hatte er eine Bemerkung über meinen Bauch gemacht, lachend, aber mit einem ernsten – und meinem Empfinden nach eher unfreundlichen – Ausdruck in den Augen, wie wohlgenährt ich doch aussehe, seit er zu mir zurückgekommen war, und ob er sich nicht überlegen solle, das Geld, das ich bekomme, ein wenig zu kürzen. Zu meinem eigenen Besten, fügte er hinzu, während er mich an sich zog, und weil er zu Hause bereits alles Fett habe, was er brauche, und er nicht wolle, dass ich in die gleiche Richtung gehe.

 »Wieso sagst du so was?«, fragte er, ohne eine Antwort

zu erwarten. Er war von der Taille abwärts nackt, seine Haut bleich wie Schweinefett und sein Ding noch immer auf träge Art schwer. Und dann wütend und auch voller Angst: »Du lieber Himmel, Nancy. Was bist du für eine blöde Kuh. Wie konntest du das zulassen?«

»Wie konnte *ich*?«, fragte ich und stützte mich auf die Ellbogen. Tränen stiegen in mir hoch, und meine Stimme wurde schrill, wie immer, wenn ich verängstigt war, und so laut, dass Mamie aufwachte und anfing zu weinen. »Glaubst du, das ist allein meine Schuld? Glaubst du, ich habe mich selbst geschwängert? Glaubst du das wirklich?«

Michael Egan starrte mich an, sagte aber nichts. Ich sah, wie seine Wangen sich füllten und leerten, und wusste, dass sein Herz raste und sein Blut kochte. Dann griff er unvermittelt nach seiner Hose und stieg hinein, zuerst mit dem linken Bein, dann mit dem rechten. Während er sein Hemd zuknöpfte, drehte er sich zur Seite, um über die endlosen Felder zu schauen, wässerige Grün- und Grautöne, unterteilt von Grabenhecken und alten, tot aussehenden Bäumen. Ich griff nach Mamie, erschüttert darüber, wie ungewiss alles an diesem Tag geworden war, und blieb, wo ich war, die Strickjacke um die Brust gezogen, ansonsten aber noch nackt und zu verunsichert, um mich zu bewegen.

»Wie weit bist du?«, fragte er, die Schulter noch von mir abgewandt.

Ich zuckte die Achseln, und es war mir egal, dass er es nicht sehen konnte. »Ich bin mir nicht sicher«, log ich. »Zwei Monate, vielleicht drei.«

»Also kann man noch etwas tun.«

»Wie meinst du das?«

Er warf mir einen Blick zu. »Es gibt Sachen, die du nehmen kannst.«

»Du meinst, es töten.«

»Was töten? Nein. Das sage ich doch gar nicht.«

»Wie würdest du es sonst nennen?«

»Ein Problem lösen, mehr nicht. Na komm, Nancy. Was denkst du denn, was passieren wird? Dass ich meine Frau und meine Kinder für dich und deine Bastarde verlassen werde?«

Ich hatte nicht über die Folgen nachgedacht, hatte es mir nicht erlaubt, weil ich schier zusammenbrach, sobald ich es versuchte.

»Na, eins kann ich dir gleich sagen«, sagte er. »Wir beide sind fertig miteinander, du und ich. Mit diesem Abkommen.« Ich hörte sein gehetztes Atmen, was mich an ein Sägeblatt denken ließ, das sich durch Holz fraß. Dann stockte sein Atem, und ich wappnete mich. »Außerdem«, sagte er nach einem kurzen, aber schrecklichen Schweigen, »woher soll ich wissen, dass es überhaupt meins ist?«

»Was?« Ich richtete mich auf. »Du weißt, dass ich mit keinem anderen zusammen war, seit wir wieder angefangen haben.«

»Und das soll ich dir glauben? Wie konnte ich nur so blöd sein? Was weiß denn ich, ob du nicht jede Nacht anschaffen warst. Aber ist vielleicht auch besser so. Ich meine, ich hätt' ja noch Glück, wenn du mir nicht den Tripper angehängt hast.«

Jetzt weinte ich tatsächlich. Einige Sekunden lang verweigerte meine Lunge die Luft. Er schaute mich nur an, die Zähne noch immer zusammengebissen, aber unterlegt mit einem bitteren Lächeln. Ich wartete, dass dieses Grinsen verschwand, dass er die Ungeheuerlichkeit seines Verhaltens erkannte, und als er nichts tat und ich seinen Anblick nicht länger ertragen konnte, wandte ich mich ab, suchte meine Sachen zusammen und zog mich schnell an. Dann nahm ich Mamie, die aufgehört hatte zu weinen und uns nur noch beobachtete. Ihr Gesicht drückte sich in meine Halsbeuge, und ich spürte ihren winzigen, erhitzten Körper auf meiner Haut, und in diesem Augenblick wurde ich überwältigt von einem Grauen, das dem Fließen meiner Tränen einen viel bedrohlicheren Grund gab. Ohne Michael Egan noch einen Blick zuzuwerfen, ging ich mit unserem Kind über die Wiese zu einer Lücke in der bröckelnden Mauer, durch die man auf die schmale Straße gelangte. Die Stadt war eine Stunde Fußmarsch entfernt, und nach dem Vorgefallenen war ich mir nicht sicher, ob ich die Kraft hatte, Mamie so weit zu tragen, doch ich war entschlossen, es zu schaffen. Ich machte mich auf den Weg, und obwohl es in meinem Kopf drunter und drüber ging, konzentrierte ich mich so gut es ging auf die Straße unter meinen Füßen und auf das Baby in meinen Armen und darauf, wie sein Gewicht bald an den Muskeln in meinen Armen und am Rücken zerrte, eine Last, die ich ab jetzt wieder ganz allein tragen musste. Während meine Angst immer stärker wurde und der Ernst meiner Lage immer deutlicher, hoffte ich auf der ersten Meile noch die ganze Zeit, ihn hinter mir zu hören, im Laufschritt, um uns einzuholen, weil er sich entschuldigen und Wiedergutmachung versprechen wollte. Manchmal machte die Straße eine Kurve, und entweder machte der Wind in den knospenden Ulmenzweigen oder etwas Kleines, das durch den Graben huschte, diese hastenden Geräusche, bei denen ich mir einredete, es seien Schritte, und ein- oder zweimal blieb ich stehen, weil ich eine Pause brauchte, und drehte mich sogar um, bereit zu vergeben, wenn nur die richtigen Worte kamen. Aber die Straße in dieser Richtung blieb immer leer, und irgendwann, nahezu den ganzen Weg nach Blackpool, begleitet vom Rauschen des Windes in den Bäumen, ließ ich es sein, auf ihn zu warten.

*

Das Geld, das ich hatte beiseitelegen können, reichte nicht lange, und nach einer Woche waren wir wieder mittellos. So lange wie irgend möglich hegte ich die Hoffnung, dass er sich eines Besseren besinnen und zu mir zurückkommen würde, dass meine Offenbarung ihn einfach so schockiert und dazu gebracht hatte, mir all das, was er von sich gegeben hatte, ins Gesicht zu schleudern, eine natürliche, wenn auch nicht gerade edle Reaktion, und dass er sicherlich einfach nur ein bisschen Zeit und ein bisschen Freiraum brauchte, um wieder zur Besinnung zu kommen. Aber in meinem Herzen wusste ich es besser.

Zurück auf die Straße zu gehen, kam nicht mehr infrage.Aufgrund meiner Statur zeigte sich mein Zustand bereits, bis jetzt allerdings nur, wenn ich nackt war; da mich niemand so sah, schätzte ich, dass ich noch einen guten Monat hatte, bis man es sofort sehen würde. Doch ob man es sah oder nicht, änderte nichts an den Umständen meines Zustands, und allein der Gedanke, mich wieder einem Haufen fremder Männer anzubieten und meinem ungeborenen Kind dies anzutun, widerte mich an. Ich lag neben Mamie in unserer beengten Ecke der Wohnung in Blackpool und wusste nur zu gut, dass die Nächte, die uns unter diesem speziellen Dach blieben, gezählt waren und schnell vergingen. Ich träumte davon, quer durch die Stadt nach Barrack Hill zu gehen und dort von Haus zu Haus auf der Suche nach Michael Egan und jedem, der ihn kannte, von meiner Notlage zu erzählen, damit seine Frau erfuhr, welchen Mann sie geheiratet hatte. Doch solche Träumereien waren flüchtig und hinterließen in mir eine Leere. Denn nach zwei Jahren gemeinsamen Lebens musste man keiner Ehefrau mehr sagen, wie ihr Mann war; das Gute wie das Schlechte an ihm würde sie bereits nur zu gut kennen. Und auch wenn sie sich wirklich anhörte, was ich zu sagen hatte, würde sich nichts ändern. Sie waren wie alle anderen, hatte ihre eigenen Münder zu stopfen und ihre Miete zu zahlen, und es hatte sie nicht zu kümmern, ob ich in den Fluss oder zurück ins Armenhaus ging. Michael Egan hatte seine Fehler gemacht und stand nicht zu ihnen, inzwischen zweimal mit mir und wer weiß, wie oft mit anderen. Dass er das ohne Folgen tun konnte, war der Lauf der Welt.

Von dem Augenblick an, da Michael Egan sich von uns abwandte, wartete wieder das Armenhaus auf uns, doch da ich wusste, was für eine grauenvolle Zeit uns erwartete, wenn wir uns diesem Ort erneut auslieferten, schob ich es hinaus, bis rein gar nichts mehr übrig war, um uns zu nähren, kein einziger Penny, kein Tropfen Milch und kein Ranken Brot. Im Haus fanden die andere Frauen Gründe, um anderweitig beschäftigt zu sein, und diejenigen, die in meine Richtung schauten, senkten sehr schnell den Blick. Sie hatten Mitleid mit mir, wussten aber auch, was ich war, klammerten sich deshalb nur umso fester an ihre Gatten und älteren Söhne und wandten sich erbarmungslos gegen mich, weil sie der Überzeugung waren, ich allein sei schuld an meinem Niedergang.

An diesem letzten freien Nachmittag saß ich stundenlang an unserem Fenster im ersten Stock und starrte hinaus, ohne irgendeine Art Rettung zu erwarten, aber dennoch insgeheim darauf zu hoffen. Dann, als ich nicht länger warten konnte, nahm ich Mamie auf den Arm und machte uns fertig für den langsamen Marsch durch die Stadt und hinaus, die Douglas Road entlang, denn ich wollte nicht ohne einen letzten Funken Licht am Himmel an diesen Toren ankommen. Und von dort aus trat ich in eine Leere, die so trostlos war wie ein Grab ohne Namen, und starb für eine sehr, sehr lange Zeit.

In Douglas war ich, drei Jahre nach diesem Tag, eine Fremde, und als solche konnte ich ein Leben aufbauen. Ich hatte mich für dieses Dorf mit seinen Fabriken und Farmen in Hülle und Fülle entschieden, weil dort Arbeit zu finden war. Und wenn ich Neugier weckte, weil ich keinen Ehemann hatte, dann stellten die wenigen Märchen, die ich mich zu erzählen traute, wie etwa, dass er als Soldat in Afrika getötet wurde, die meisten Leute zufrieden. Obwohl ich mich zu der Zeit schon sechs Jahre in Cork aufgehalten hatte, trug die Tatsache, dass ich mehr als die Hälfte der Zeit im Armenhaus eingesperrt gewesen war, dazu bei, dass ich mehr oder weniger unsichtbar geblieben war. Und ich hatte meinen Akzent und konnte, teils aus Angst, teils als Tarnung, kurz ins Gälische wechseln, was mich vor bohrenden Nachfragen schützte und mir eine Ausrede lieferte für fehlende Abschnitte meines Lebenswegs und meine Fremdartigkeit, im wahrsten Sinne des Wortes. Es half auch, dass noch andere im Ort lebten, Männer und Frauen in meinem Alter und älter, die ebenfalls aus dem Westen stammten – Clonakilty, Dunmanway, Skibbereen, Bantry, Beara – und die es genau wie mich nach Douglas verschlagen hatte, weil sie Arbeit in einer der Fabriken suchten und dem Elend entkommen wollten, das zu Hause herrschte. Ich vermutete, dass sie in mir genug von sich selbst wiedererkannten und sich deshalb mir gegenüber freundlich verhielten, wenn möglich, oder zumindest nicht gemein. Und wenn ein paar der älteren Frauen im Dorf, die schon ein bisschen vom Leben gesehen hatten, einen gewissen Hang wahrnahmen, meine Hurenhaftigkeit, dann erkannten sie in diesen ersten Wochen auch, dass ich jetzt eine Frau war, die sich für die Kinder in ihrer Obhut aufopferte. Im Armenhaus war mir Mamie weggenommen worden, wie es bei Kindern nach dem Babyalter üblich war, und diese Zeit der Trennung war für mich eine Qual, von der ich mich nie ganz erholen würde. Als wir in Douglas ankamen, wieder vereint und endlich frei, war sie fast fünf, und mein jüngerer Sohn, den ich Jer genannt hatte, war zweieinhalb. Schwach und zerbrechlich wegen des wenigen Essens, das wir im Armenhaus bekommen hatten, war er ein ernster und meistens stiller Junge, merkwürdig nachdenklich, wie beladen mit einer Weisheit jenseits seines Alters, aber auch geschlagen mit einem aufbrausenden Temperament, das in so jungen Jahren erschreckend anzusehen war. Ein Soldatenjunge, sagten einige der Nachbarinnen in der Siedlung oft, schauten lächelnd und kopfschüttelnd zu, wie er aufwuchs, und sagten mir, ich hätte meinen eigenen Krieg zu kämpfen, wenn ich hoffte, ihn vor einer Uniform zu bewahren.

An dieses erste Jahr erinnere ich mich nur unscharf. Das Douglas, das wir vorfanden, war scharf in zwei deutlich verschiedene Seiten unterteilt, die östliche und die westliche, mit einer protestantischen und einer katholischen Kirche mit ihren jeweiligen Friedhöfen, die einen Großteil des Landes dazwischen belegten. Das westliche Dorf bestand aus zwei Straßen mit Reihenhäusern, die die halbe Meile zwischen zwei Fabriken auffüllten, angeordnet neben einem schnell strömenden Fluss, der in der Gegend Pond Bank genannt wurde; das östliche Dorf hingegen, in das die Straßenbahnlinien aus der Stadt führten, wirkte offener und erstreckte sich nach einer Meile Marschland bis zu einer breiten Flussmündung. Obwohl der Ort nur drei oder vier Meilen von der Stadt entfernt war, fühlte er sich auf gemütliche Weise eigenständig an. Wer nicht in einer der Fabriken arbeitete, fand schnell eine Anstellung als Dienstmädchen oder Knecht in einem der Herrenhäuser, und so kam man hier leichter über die Runden als in raueren ländlichen Gegenden. Wir fanden eine Unterkunft auf der Stadtseite des westlichen Dorfes in einem kleinen Haus am Bog View, dem Heim einer Familie namens Coleman. Unsere Wohnung war der Dachboden, und die Colemans waren freundliche Menschen, denen ein kleiner Beitrag zu ihrer Miete willkommen war. Ich verdiente unseren Lebensunterhalt mit Putzen in einigen der Häuser an der Passage Road und in den Sommermonaten bei der Kartoffel- und Steckrübenernte. Und wir kamen zurecht, auch wenn das Armenhaus von meinem Körper und meiner

Seele seinen Tribut gefordert hatte. Wenn ich stundenlang auf den Beinen sein musste, schwollen meine Gelenke an, und auf dem Nachhauseweg musste ich oft stehen bleiben und mich eine Weile an eine Wand lehnen. Der Schmerz war echt, aber auch Enttäuschung spielte eine Rolle, denn inzwischen begriff ich mein Schicksal und erkannte, wie unwahrscheinlich es war, dass sich daran irgendetwas änderte.

Es gab noch immer Männer, die Interesse an mir zeigten, wenn auch nicht aus ehrbaren Gründen, vor allem in Anbetracht der Bürde, die ich trug. Auch wenn sie mich für eine Witwe und deshalb noch für ehrbar hielten, weil sie die Geschichten kannten, die ich erzählt hatte, ließen meine mangelnden Perspektiven die Aufmerksamkeit der meisten schnell erlahmen. Und diejenigen, die blieben, mied man besser. Kerle, deren Lächeln zu breit war, die zu schnell mit Hilfe zur Hand waren und die lachten, wenn man sie zurückwies, weil sie sich aus meiner Weigerung einen Jux machten und nicht zögerten, es später noch einmal – und zwar gewaltsamer – zu versuchen. Ich hatte solche Männer im Armenhaus kennengelernt, und ehrlicherweise auch unter denen, die dort für uns verantwortlich gewesen waren, sogar ein paar Frauen, Menschen, die nur richtig lächeln konnten, wenn sie andere zum Weinen brachten. Im Armenhaus war es mit solchen allerdings noch schlimmer, weil es überall abgelegene Ecken gab und die Folgen der Ablehnung eines Befehls oder einer Forderung – ein Tag ohne Essen, Schläge oder andere unaussprechliche Grausamkeiten – sich am Ende oft auf die Kinder auswirkten. Wie die anderen tat ich dort, was ich tun musste, blendete es in dem Augenblick aus und vergrub das alles so tief, dass es sich nicht so leicht hervorholen ließ. Doch das war damals, und was an diesem Ort passierte, blieb auch dort, hinter den Mauern. Hier draußen, auf den Nebenstraßen des Ortes und in den Schuppen der Farmer, konnte ich mich mit Schreien weigern, und trotz meiner geringen Größe und meiner scheinbaren Zerbrechlichkeit konnte ich mich durchaus wehren. Und weil solche Männer große Angst davor hatten, ertappt zu werden, und außerdem dachten, ich sei der Mühe nicht wert, wurde ich größtenteils in Ruhe gelassen.

Als ich eines Abends, müde nach stundenlanger Kartoffelernte, nach Hause zurückkehrte, kam Mrs Coleman aus der Küche, wischte sich die Hände mit einem Tuch und deutete auf einen Brief, der auf dem Sims des nicht angezündeten Kamins auf mich wartete. Ohne ihn zu öffnen, und obwohl ich nie mehr als ein paar Wörter in seiner Handschrift gesehen hatte, wusste ich sofort, von wem er war. Meine Eingeweide rumorten, und für einige Sekunden verschwamm alles um mich herum, sodass ich mich zur Treppe tasten musste, um mich auf eine Stufe zu setzen. Die ältere Frau sagte nichts, bis ich zu ihr hochschaute und die Achseln zuckte. Doch nach einigem Zögern und mit einem schnellen Blick in die Küche, um sich zu vergewissern, dass ihre Mädchen noch mit ihrer Arbeit beschäftigt waren, nahm sie mir den Brief aus der Hand, schob den Daumen unter die Lasche und zog die Nachricht heraus.

Liebe Nancy, stand dort, als wären nur ein paar Wochen und nicht vier Jahre vergangen, seitdem wir das letzte Mal miteinander gesprochen hatten. *Ich hoffe, dir und den Kindern geht es gut. Ich verspürte immer eine große Zuneigung zu dir, und ich denke oft an dich. Die*

Zeiten, die wir miteinander verbracht haben, gehörten zu den besten in meinem Leben, und ich schätze die Erinnerung sehr. Vielleicht du auch. Ich weiß, dass bei unserer Trennung einige gemeine Dinge gesagt wurden, und ich bedauerte, dass wir keine Freunde bleiben konnten, aber vielleicht lindert die Zeit den Groll, den du hegen magst. Ich schreibe dir jetzt, weil ich die Kinder gern sehen möchte. Mamie muss jetzt fünf oder sechs sein, und ich würde auch gerne das andere Kind kennenlernen, einen Jungen, glaube ich.

Nur das, ohne den geringsten Versuch eines anständigen oder versöhnlichen Schlusses, und nur eine einfache Unterschrift, *Michael Egan*, voll ausgeschrieben und grausam formell. Ich griff nach dem Brief, als sie ihn mir zurückgeben wollte, und starrte auf die Zeichen, von denen ich wusste, dass sie Wörter darstellten, und erst als sie zu zerfließen begannen, merkte ich, dass ich weinte, und war erleichtert, dass Jer und Mamie draußen auf der Straße waren, beim Spielen mit ein paar Nachbarskindern, und die Männer des Hauses, Mr Coleman und die beiden älteren Söhne, noch in der Fabrik. Mrs Coleman zögerte noch ein wenig, weil sie nicht so recht wusste, was sie sagen sollte, da ihr Verdacht nun bestätigt war, und ging dann in die Küche zurück, um mit ihrer Wäsche weiterzumachen, unterstützt von ihren beiden ältesten Töchtern, die beide nicht viel jünger waren als ich, aber im Vergleich wie Mädchen wirkten. Und falls sie irgendetwas gehört oder eine Ahnung davon hatten, was los war, dann konnte ich nur dankbar sein, dass sie so taten, als hätten sie nichts mitbekommen.

Lange saß ich auf der Treppe und wischte mir dann

die Augen mit den Fingerspitzen, wütend über mich selbst, weil ich überhaupt darüber nachdachte, was der Brief von mir verlangte. Von seiner früheren Macht über mich war nichts mehr übrig, denn schließlich hatte ich zu sehr gelitten, um mich freiwillig diesem Unsinn, ihm selbst, zu öffnen. Und dennoch wollte ein Teil von mir noch immer, dass Michael Egan mich begehrte, wollte spüren, dass ich etwas wert war, dass ich existierte, dass ich mehr war als nur Fleisch, nach dem es ihn früher so sehr gelüstet hatte. Auch wenn ich von dem Leben, das ich zu ertragen hatte, abgehärtet war, hatte es mich auch verwundbar gemacht, zerbrechlich wie das Ei eines Zaunkönigs, so sehr, dass ich von jeder gemurmelten Bemerkung oder jedem komischen Blick bis ins Mark verletzt wurde.

Ich starrte den Brief an, bis ich seinen Anblick nicht länger ertragen konnte, zerriss ihn dann und warf die Fetzen in den nicht angezündeten Kamin. Nach einer schlaflosen Nacht, in der ich die ganze Sache immer und immer wieder im Kopf herumgewälzt hatte, beschloss ich, dass ich Michael Egan schon genug von mir gegeben hatte. Seine Worte blieben in mir, aber ich konnte sie in Schach halten, und das dürfte auch der Grund sein, warum sein zweiter Brief, etwa drei Wochen später, mich überrumpelte. Dieses Mal, wieder vorgelesen von Mrs Coleman, die notgedrungen zu einer Vertrauensperson geworden war, obwohl wir uns eigentlich gar nicht so nahestanden, verschwendete er keine Worte. *Nancy, du weißt aus meinem letzten Brief, dass ich die Kinder sehen will. Bring sie am Sonntag um zwei Uhr an die Ecke Barrack Hill und Maypole Lane. Ich bezahle die Straßenbahn. Falls du beschließt, nicht zu kom-*

men, werde ich nicht wieder schreiben. Das ist die Gelegenheit, dass sie mich kennenlernen. Verdirb sie ihnen nicht. Und wieder mit vollem Namen unterschrieben: *Michael Egan.*

Diesmal zögerte ich nicht lange mit dem Zerreißen und vergoss auch keine Tränen, so wutentbrannt war ich über die Vorstellung, dass er das Geld für die Straßenbahn bezahlte, nachdem er mich, mit einem Kind im Arm und dem anderen unterwegs, zu Fuß quer durch die Stadt zum Armenhaus hatte gehen lassen. Er war der Mann, der von Elixieren geredet hatte, von Giften, um mein Problem zu lösen, der, nachdem er auf der Wiese seinen Spaß mit mir gehabt hatte, mich wegwarf wie die Hure, zu der er mich gemacht hatte, das Wrack. Mamie und Jer hätten verhungern oder erfrieren können, da er sich kaum einen Dreck um sie geschert hatte. Und auch jetzt nannte er sie nur *die Kinder*, nicht bereit, sie offen als die seinen anzuerkennen.

Am Sonntagmorgen, als ich auf meine gewohnt zögerliche Art die Churchyard Lane entlang zur Kirche ging, mit Mamie frei neben mir, Jer aber fest an der Hand, weil er eins dieser Kinder war, das die geringste Gelegenheit zur Flucht, sobald sie sich ihm bot, entweder ergriff oder bei dem Versuch hinfiel, war ich fester denn je entschlossen, den Forderungen des zweiten Briefs nicht nachzukommen. Doch in der Kirche, als ich mich in dieser so ruhigen, frühen Stunde in die hinterste Bank setzte und die Augen schloss, sorgte irgendetwas an dem Geräusch der Absätze der anderen Gemeindemitglieder auf den Porzellanfliesen des Mittelgangs dafür, dass ich meine Haltung noch einmal überdachte und abmilderte. Trotz meines Grolls gegen Michael Egan machte ich mir nun doch Sorgen über das, was er in seinem Brief angedeutet hatte: dass ich den Kindern großes Unrecht zufügen würde, indem ich sie von ihm fernhielt. In ihrem gegenwärtigen Alter war das noch ohne Bedeutung für sie, aber in ein paar Jahren, Jahren, die wahrscheinlich schnell vergingen, würden sie Fragen stellen und das Bedürfnis verspüren, zumindest ein bisschen über ihre Herkunft Bescheid zu wissen. Der Großteil der Wahrheit musste für sie unzugänglich bleiben, aber ich beschloss, dass sie es verdient hatten, mit der Erinnerung an eine Begegnung mit ihm aufzuwachsen, auch wenn es bei der einen bleiben sollte. Bevor der Priester es von der Sakristei zum Altar geschafft hatte, hatte ich sie wieder nach draußen geführt, Jer glücklich, weil er, egal warum, nach der düsteren Kühle der Kirche jetzt wieder im Freien war, doch Mamie alt genug, um verwirrt und vielleicht auch ein bisschen ängstlich zu sein. Bevor ich die Chance hatte, es mir wieder anders zu überlegen, eilten wir die Churchyard Lane hoch, gingen ins östliche Dorf, stiegen in die nächste fahrplanmäßige Bahn und kamen ein paar Stunden früher als nötig in der Stadt an.

Als wir uns dann wiedertrafen, sprachen er und ich kaum miteinander. Bis es Zeit war, spazierte ich mit den Kindern durch die Straßen, schaute in die Schaufenster der Läden, die an diesem Tag geschlossen hatten, aber trotzdem ihre Waren zeigten, Anzüge und Kleider, Töpfe, Kessel, Tassen und Teller, Schuhe in Formen und Farben, wie ich sie mir nie hätte vorstellen können. Und um halb zwei gingen wir auf der Main Street an der Beamish & Crawford Brauerei vorbei, in Luft, die schwer war vom süßlichen Gestank von Hefe und langsam gärendem

Hopfen, überquerten dann die South Gate Bridge und blieben ein paar Minuten an der Brückenmauer stehen, um den Fluss Lee zu betrachten, der schwarz wie Porterbrühe und schäumend über die Staustufe rollte. Und als wir den Hang zum Barrack Hill hochstiegen, sah ich ihn, er wartete in etwa fünfzig Metern Entfernung, wo die Straße zur Maypole Lane abzweigte, mit dem Rücken an der Ecke lehnend, die Arme vor der Brust verschränkt, so selbstbewusst wie eh und je. Den ganzen Vormittag lang, nachdem meine Entscheidung gefallen war, hatte ich mir überlegt, wie ich mich fühlen würde, wenn ich ihm nach so langer Zeit wieder gegenübertrat. Wütend, hätte ich gesagt, wenn man mich drängte. Doch was ich bei diesem ersten Blick am stärksten empfand, war ein schreckliches Gefühl der Leere und die Überzeugung, dass ich, verglichen mit seinem Anblick, ein Nichts war. Plötzlich fiel mir das Atmen schwer. Wenn ich es gekonnt hätte, hätte ich mich umgedreht und wäre davongelaufen, stattdessen aber führte ich uns weiter den Hügel hoch. Als er uns schließlich bemerkte, stieß er sich von der Wand ab und trat mitten auf den Bürgersteig, die Hände untätig herabhängend.

»Nancy«, sagte er beinahe tonlos. »Du bist gekommen. Ich war mir nicht sicher.«

Ich wollte etwas erwidern, merkte aber, dass ich nichts zu sagen hatte, und fast noch im selben Augenblick war die Chance vertan, denn er wandte seinen Blick bereits von mir ab, kauerte sich hin und fing an, mit Mamie zu sprechen, er fragte sie, ob sie das wirklich sei, und sagte ihr, dass ihre letzte Begegnung eine ganze Weile her sei, doch dass sie sich eigentlich nicht sehr verändert habe und er sie überall erkennen würde.

Jer, der völlig unbeachtet blieb, klammerte sich fest an mein Bein, bis ich ihm die Hand zwischen die schmalen Schultern drückte und ihn einen oder zwei Schritte vorwärts schob, sodass Michael Egan ihn beachten musste.

»Und wen haben wir hier?«

Ich merkte, dass ich zögerte. »Das ist Jeremiah. Er wird im nächsten Monat vier.«

»Jeremiah?« Michael Egan schaute zu mir hoch und kniff die Augen zusammen, doch nicht wegen des Lichts im Himmel. Ich hielt seinem Blick, ohne zu zwinkern, stand, und dann war er es schließlich, der wegschaute. »Na gut«, sagte er, »dann wollen wir mal los. Ich würde sagen, wir bekommen Regen, noch bevor die Stunde rum ist.« Er richtete sich auf, und wieder staunte ich über seine Statur, die ich eigentlich nicht hätte vergessen dürfen, aber so war's. Obwohl noch immer schmal an Brust und Schultern, hatte er in den Jahren zugelegt, und so vor uns stehend – noch betont durch die Ehrfurcht, mit der die Kinder zu ihm hochschauten –, ragte er nahezu turmhoch auf. Dann drehte er sich um und setzte sich in Bewegung, und ich musste mich beeilen, um an ihm dranzubleiben, und die Kleinen, zu beiden Seiten von mir, mussten fast rennen. Er ging voran mit langen, stetigen Schritten, etwa hundert Meter die Maypole Lane hoch, bog dann rechts ab, dann gleich links und noch einmal rechts in ein Gewirr aus ärmlichen Hütten und Wohnblöcken und einer Straße mit dem Namen Blue Coat Lane.

»Hier wohnt ein Freund von mir«, sagte er, nachdem er uns durch eine der schweren Türen in einen nach Feuchtigkeit riechenden Gang geführt hatte. »In Zukunft werden wir uns immer direkt hier treffen. Achtet also auf den Weg, wenn ihr wieder geht. Aber falls ihr beim nächsten Mal doch Schwierigkeiten habt, es zu finden, fragt nach Mulgrave. Hier im Viertel gibt's sonst niemanden mit diesem Namen. Er lässt mich die Wohnung nutzen, wenn ich ungestört sein will.«

Nun öffnete er eine weitere Tür, die in ein kleines Wohnzimmer führte, und griff nach Mamies Hand. Wie als Antwort auf eine Frage, die nicht gestellt worden war, ließ sie meine Hand los. »Ihr könnt hier warten oder im hinteren Zimmer«, sagte er zu mir, und ich nickte, weil ich nicht so recht wusste, warum er so angespannt war, doch nachdem er die Tür knapp vor meinem Gesicht zugedrückt hatte, blieb ich, wo ich war, denn ich konnte mich nicht bewegen. Als Jer an meinem Rock zu zerren begann, hob ich ihn hoch und spürte seine Angst, und zusammen lauschten wir dem Gemurmel auf der anderen Seite der Tür, noch formlos, aber in einem ruhigen und sanften Ton. Doch als nach ein paar Minuten ein Auflachen meiner Tochter aus dem Zimmer drang, als wäre sie gekitzelt worden, konnte ich mich nicht länger beherrschen. Ich klopfte dreimal schnell hintereinander mit den Knöcheln ans Holz und betrat, ohne auf eine Antwort zu warten, das Zimmer. Er kauerte in der Hocke, die Ellbogen auf den Knien, die Fingerspitzen einer Hand auf den Bodendielen, um sich abzustützen, und Mamie stand direkt vor ihm, lächelnd und mit einer kleinen Papiertüte Bonbons in der Hand. »Ich dachte mir, vielleicht willst du mit ihm hier auch ein paar Worte sprechen«, sagte ich, mit Jer noch auf dem Arm, sein schorfiges Knie auf meiner rechten Hüfte, ein Arm um meinen Hals. Michael Egan starrte mich an und zuckte mit den Achseln, als würde er mir die Erlaubnis erteilen, den Jungen abzusetzen.

»Und du bist also Jer, nicht?«, sagte er in einem Ton, der beinahe spöttisch klang, auch wenn ich nicht den Eindruck hatte, dass er absichtlich grausam sein wollte. »Mein Vater hieß auch so. Stell dir das mal vor. Na ja, es ist ein guter, starker Name, und wenn du nur halb der Mann wirst, der er mal war, dann hast du dich nicht schlecht gemacht.« Wie erstarrt durch so viel Aufmerksamkeit, stand Jers Mund leicht offen, und ein Speichelfaden triefte ihm vom Kinn, und als der fremde Mann lächelte, zögerte er, bevor er es erwiderte.

»Ich bin froh, dass du gekommen bist, Nancy«, sagte Michael Egan, nachdem wir wieder in den Gang getreten waren und uns zum Aufbruch fertig machten. Er hatte seine Jacke ausgezogen und im Wohnzimmer über die Lehne eines kleinen Holzstuhls gehängt, was ich so verstand, dass er noch eine Weile bleiben wollte. Er gab mir ein paar Farthings für die Straßenbahn, zog dann sein Taschentuch aus der Hosentasche und präsentierte mir vier Shillinge und einige Pennys. »Na los«, sagte er, »ich habe es zur Seite gelegt. Nimm es. Ich hoffe, es hilft dir ein bisschen weiter.«

Da ich mir Stolz nicht erlauben konnte, nahm ich das Geld, aber ich brachte es nicht über mich, ihm zu danken.

»Ich muss sagen«, ergänzte er, nachdem er sich geräuspert hatte, »du siehst gut aus.«

»Tue ich nicht«, sagte ich, während meine Hände sich mit den Kindern beschäftigten. »Wie auch, nachdem du mich in diese Lage gebracht hast. Und nach allem, was du mich hast durchleiden lassen.«

»Ach, das Armenhaus, meinst du das?«, fragte er, und ich konnte das Grinsen in seinen Worten hören, ohne ihm ins Gesicht schauen zu müssen. »Es gibt viele Wege, wie man da rein- und rauskommen und es überleben kann. Hat man dir dort nicht zu essen und zu trinken gegeben, und hat man dir nicht ein Bett gegeben, in das du dich legen konntest? Was um einiges mehr ist, als viele andere haben. Und war es nicht besser für dich, als nachts auf den Straßen zu sein und sich jedem Besoffenen zu öffnen, den es danach gelüstet? Du wärst mittlerweile völlig verrottet, wenn du so weitergemacht hättest.«

Wenn er mich ärgern wollte, dann hatte er es geschafft.

»Aber warst nicht du der Grund,«, erwiderte ich und bemühte mich, Mamies und Jers wegen, die uns mit weit aufgerissenen Augen anstarrten, einen höflichen Ton zu wahren, »warum ich überhaupt an diesen Ecken stand? Jeder anständige Mann würde sich um die Kinder kümmern, die er gezeugt hat. Du kannst dich übers Armenhaus lustig machen, so viel du willst, aber du hast keine Ahnung, wovon du redest. Nicht die geringste. Du hast nie auch nur den kleinen Finger für irgendjemand gerührt. Andere sagen das vielleicht nicht laut, aber ich schon. Du bist ein dreckiger, hassenswerter Bastard, sonst gar nichts.«

»Da irrst du dich, Nancy. Ich bin nicht der Bastard in diesem Haus.«

Sein Grinsen wurde immer breiter, während er redete, und seine Stimme klang unbeschwert, als wollte er andeuten, dass ich das doch bitte als Witz verstehen sollte, doch ich glaube, wenn ich ein Messer in der Hand gehabt hätte, hätte ich nicht gezögert, ihn abzustechen, auch wenn die Kleinen zuschauten. Ich hätte es ihm in den Bauch gerammt, und wenn er in die Knie gegangen wäre, hätte ich mich über seine Augen hergemacht. Aber da war kein Messer, und meine Hände hingen leer an meinen Seiten, zu Fäusten geballt, und meine abgekauten Fingernägel drückten Halbmonde in meine Handflächen, und ich konnte nichts anderes tun, als tief einzuatmen, bis die Schwärze, die über mich gekommen war, zurückwich. Als ich mich wieder beruhigt hatte, drehte ich mich um, öffnete die Tür und trat, Mamie und Jer vor mir herschiebend, wieder hinaus in die Kälte des Nachmittags und den Regen, der eben zu fallen begonnen hatte. Als er uns einen Abschiedsgruß hinterherrief, wollte Mamie sich umdrehen, doch ich wollte auf gar keinen Fall stehen bleiben, und als sie ihre Hand zu einem kleinen, nervösen Winken hob, wusste ich, dass es eine Antwort auf das war, was er ihr mit auf den Weg gab.

Als ich auf der Rückfahrt nach Douglas in den Regen hinausschaute, der jetzt heftig fiel und an den Scheiben der Straßenbahn herablief, versuchte ich, mir einzureden, es sei trotz allem gut gewesen, dass wir gekommen waren, weil das Geld, so wenig es war, uns weiterhelfen würde. Seine Worte und das Grinsen dazu taten mir weh, aber nicht so sehr, wie sie es noch vor ein paar Jahren getan hätten, und wenn das zum größten Teil an all dem lag, was ich durchgemacht hatte, so war ein weiterer Grund dafür, dass ich jetzt kaum noch etwas für ihn empfand. Ich hatte wirklich befürchtet, dass ich wieder auf ihn hereinfallen würde, dass er auf die richtige Art lachen und die richtigen Sachen sagen und mich wieder völlig hilflos vor sich sehen würde. Das wäre das Ende von allem gewesen. Eine weitere Schändung hätte ich nicht überlebt, und ich wusste, falls ich noch einmal straucheln würde, wären auch die Kinder verloren. So war es eine enorme Erleichterung, dass ich bei unserem Wiedersehen, als wir, nur einen Schritt von einer Umarmung entfernt, im Gang dieses Hauses standen, für ihn nicht mehr empfand als für irgendeinen Fremden. Bis dahin hatte ich gar nicht gemerkt, wie sehr ich eine Gefangene gewesen war, nicht von ihm als Person, sondern von dem Gedanken an ihn, dem Ideal, das ich mir zusammengebastelt hatte und von dem ich mich so lange nicht hatte lösen können. Aber das war vorbei. Ich hatte gerade mit eigenen Augen gesehen, wie er sich verändert hatte, wie er gealtert, grau und fahl geworden war, und auch wenn er noch immer groß war, hatte er doch die zu ihm gehörende Wildheit verloren, als würde etwas Schlechtes an ihm nagen, etwas mit Zähnen. Falls das Geld ein Versuch war, sich einen Weg zurück zu mir zu erkaufen, der erste Spatenstich, um sich wieder einen Pfad in mein Leben zu graben, dann war ich inzwischen abgehärtet gegen solche Methoden. Ich hatte gelernt, das Alleinleben hinzunehmen nach meinen Erfahrungen, dass es auf der Welt so viel Schlimmeres gab. Und ich hatte meine Familie, meine Kinder. Unsere Lebensumstände bedeuteten, dass wir immer kämpfen mussten und wahrscheinlich nie viel unser Eigen nennen würden, aber ich hatte den festen Entschluss gefasst, dass wir einander genügten, zumindest bis die Kinder groß und flügge waren. Und auf diese Art würden wir überleben.

Jahre zogen vorüber. Ich nahm weiter jede Arbeit an, die mir angeboten wurde, bis ich etwas Dauerhafteres fand – regelmäßige Arbeitsstunden und stetige Bezahlung in Lane's Hanfspinnerei, wo ich die Garben vor dem Spulen brach. Ein paar Jahre später überquerte ich die Straße, um für zusätzliche drei Pence pro Woche eine Stelle als Näherin in O'Briens Wollweberei am Ufer des Tramore auf der Stadtseite des Dorfes anzunehmen. Und so lebten wir. Fast ohne dass ich es bemerkte, legten die Kinder Zentimeter an ihren Knochen und Pfunde in ihrem Fleisch zu und wuchsen stetig und stark heran. Mamie spielte vom jüngstmöglichen Alter an die Mutter, wenn ich nicht zu Hause war und wann immer sie schulfrei hatten, und Jer, der so sehr zu Wutausbrüchen neigte, kämpfte mit Freuden ihre Schlachten zusätzlich zu den seinen. Eigentlich hätten sie gar nicht so gut zusammenpassen dürfen, doch sie schienen füreinander zu leben, als hieße es sie gegen die Welt. Und als ich dann ein regelmäßiges Einkommen hatte, fanden wir auch eine bessere Wohnung, zogen aus dem Dachboden am Bog View in ein Zimmer in einem Haus am Pond Bank und fanden schließlich, ermutigt von der Sicherheit der Arbeit in der Wollspinnerei, etwas Eigenes, ein Cottage mit zwei Zimmern namens Forge View drüben in East Douglas. Das Haus stand an der Straße zum Finger Post, direkt gegenüber einer kleinen, aber geschäftigen Schmiede, von der es ihren Namen hatte, und im Rücken hatten wir den Sport- und Geselligkeitsverein der Fabrikarbeiter, die St. Columba's Hall und den offenen Viertelhektar des Hall Field. Nur die leere Hülle eines Zuhauses, kaum mehr als ein Dach und vier Wände, aber mit einer erschwinglichen Miete und etwas, das wir noch nie gehabt hatten: einen Ort, den wir endlich als unseren eigenen betrachten konnten, ein echtes Zuhause. Ich war schon immer bei Sonnenaufgang aufgewacht, mit dem Lärm der Vögel, aber zum ersten Mal seit vielen Jahren, vielleicht in meinem ganzen Leben, erwartete mich nicht mehr die Furcht. Einige Minuten lang gönnte ich es mir dann, einfach still dazuliegen, unter dem Mantel, den ich als Decke über mich gebreitet hatte, ich öffnete die Augen und lauschte den Hänflingen und Grasmücken, die in den Bäumen und Hecken am Straßenrand ihren Gesang anstimmten, und den Seufzern meiner Lieben, die neben mir schliefen. Und ich lächelte.

In diesen Jahren blieb Michael Egan, auch wenn ich ihn nur selten sah, eine Präsenz in unserem Leben, vor allem in Mamies, zu der er eine anscheinend aufrichtige Beziehung aufbaute. Es blieb bei sporadischen und seltsam kurz gehaltenen Begegnungen, nie länger als ein paar Minuten am Stück im Wohnzimmer dieses Hauses an der Blue Coat Lane, bis Mamie die Zehn überschritt. Wenn wieder ein Brief kam, der zu einem Treffen aufforderte, ging ich jedes Mal mit, und in den ersten Jahren wartete ich entweder im Gang vor der geschlossenen Tür oder, wenn das Wetter schön war, draußen auf der Straße. Als ich mich dann später einigermaßen wohlfühlte mit der Regelung und die Kinder in einem Alter waren, in dem man ihnen vertrauen konnte, blieb ich am Fuß des Barrack Hill zurück und ließ sie die letzten wenigen Hundert Meter alleine gehen. Mamie hielt dabei Jers Hand fest umklammert, weniger zu seiner Sicherheit als zu ihrer. Ich schaute ihnen nach, bis sie nicht mehr zu sehen waren, kehrte dann über die Brücke zurück und bummelte an den Schaufenstern der Main Street entlang, um mir bis zu ihrer Rückkehr die Zeit zu vertreiben.

Als ich vierzig wurde, fühlte ich mich aus tiefster Seele alt. Ein flüchtiger Blick hätte wohl kaum einen

Unterschied bemerkt, abgesehen von den wenigen Pfund Fett, die ich zugelegt hatte und die mir standen, wie ich wusste, denn sie rundeten meine Schultern und festigten meine Glieder und verliehen mir eine gemütliche Ausstrahlung, die ich zuvor noch nie besessen hatte. Als jemand, der sein ganzes Leben Hunger zu ertragen hatte, hatte ich endlich genug, um mich zu sättigen, Kartoffeln, Brot und Butter, Hafergrütze, Milch, hin und wieder ein Stück Fleisch oder Fisch und ab und zu ein Ei. Wenn Michael Egan bei diesen frühen Besuchen auch nur ein wenig mehr als flüchtiges Interesse zeigte, wies ich ihn immer in seine Schranken. Ich wusste, dass er den Boden zwischen uns nach Resten der alten Glut absuchte, aber da war in ihm auch das Bedürfnis, sich immer noch als der Mann zu beweisen, der er einmal gewesen war. Doch schien er keineswegs enttäuscht über die Zurückweisung, sondern zuckte einfach nur die Achseln, wie um anzudeuten, dass man einem Kerl den Versuch doch nicht übel nehmen könne, sei er doch eher als Kompliment zu verstehen, und beließ es dabei, auch, wie ich glaube, mit einem gewissen Grad der Erleichterung, weil er zu der Zeit bereits deutliche Spuren seines Alters zeigte, die ihm einen Großteil seiner früher so prägenden Arroganz nahmen.

So gut wie ich ihn kannte, hatte ich seine Annäherungsversuche erwartet, wenn auch nicht erwünscht, und er war längst nicht der Einzige, der sein Glück versuchte. Auch in der Spinnerei schauten die Männer noch immer in meine Richtung, wenn sie in den Nähschuppen kamen, entweder mit Karren voller Wolle oder um die fertigen Stücke abzuholen, und die Dreisteren unter ihnen wagten sogar eine Bemerkung, weil sie auf ein wenig Ermutigung hofften, doch ich blieb kalt wie ein Fisch bei jeder diese Anzüglichkeiten, und nach einer Weile ließen sie es sein. Einige der älteren Frauen schalten mich deswegen und meinten, ich könnte mich ein bisschen entspannen und niemand würde deswegen schlecht von mir denken. In meinem Alter, sagten sie, gebe es immer noch genug, wofür es sich zu leben lohne, und auch wenn es stimmte, dass die meisten Männer kaum besser als Straßenköter wären, blieben sie dennoch nicht gänzlich nutzlos, vor allem, wenn der Winter einsetzte und die Nächte kalt wurden. Ich sähe doch ganz anständig aus, versicherten mir diese Frauen, Frauen, die ich mit der Zeit als Freundinnen betrachtete, die ersten echten seit meiner Kindheit. Ein recht hübscher Anblick und noch mit einigen guten Jahren vor mir, und wenn es mir in den Sinn käme, mich umzusehen, würden sie mich schon in die richtige Richtung lenken, weil im Umkreis von zwei bis drei Meilen niemand herumliefe, den sie nicht kannten. Ich dankte ihnen, wenn sie so redeten, sagte ihnen aber mit so leiser Stimme, dass sie vom Lärm des Webstuhls fast geschluckt wurde, dass ich mit Männern und Romantik abgeschlossen hätte und die Tage, in denen ich nach ihnen Ausschau hielt, schon lange hinter mir lägen. Sie schauten mich traurig an, weil sie wussten, dass ich es ernst meinte, und von diesem Augenblick an wurde das Thema fallen gelassen und nie wieder aufgenommen.

Ich nahm hin, dass ich alleinstehend war, aber darin war nichts Heldenhaftes oder Tapferes. Es war einfach so, dass meine eigenen Bedürfnisse nicht mehr so wichtig waren. Die Kinder mussten immer zuerst gesättigt werden und in kalten Nächten dem Feuer am nächsten sein. Und als genug Zeit vergangen war und sie mich nicht mehr so sehr brauchten wie früher, war der Teil meines Herzens, dem diese andere Art der Liebe zugutekommen würde, bereits vertrocknet. In meinem Kopf wimmelte es von Erinnerungen aus längst vergangener Zeit, nicht alle schlecht trotz der Art, wie die Dinge gelaufen waren. Aber die guten Erinnerungen darunter waren zerbrechlich, und ab dem mittleren Alter war das Einzige, was mir wirklich geblieben war, meine Kinder, auch wenn sie beide schon längst keine Kinder mehr waren.

1903 heiratete Mamie Ned Spillane. Gegen meinen Willen, das muss gesagt werden – doch zu der Zeit war sie bereits dreißig Jahre alt, was mich davon abhielt, mich einzumischen. Und mit der Zeit bekam sie eigene Kinder, zwei Jungen und ein Mädchen, alle wunderschön und gesund. Ich gehe ihr zur Hand, so gut ich kann, und oft sitzen wir viele Stunden des Tages da und reden oder beschäftigen uns nebeneinander mit Waschen oder anderen Hausarbeiten. Ich brauche sie, wie sie einst mich brauchte, und bei ihr zu sein, lindert wenigstens einen Teil der Schuld, die aus vergangenen Jahren noch auf mir lastet, als die Behörden uns bei meinem zweiten Aufenthalt im Armenhaus trennten und sie für einen Bonus von fünf Pfund pro Jahr jeder Familie in Pflege gaben, die bereit war, sie aufzunehmen. Ich hatte mir große Mühe gegeben, Jer abzustillen, und ich durchweinte jede meiner Nächte, bis ich sie wiederhaben konnte, bis wir aus alldem herauskommen und als richtige Familie zusammenleben konnten. Als dieser Tag kam und ich sie nach so langer Zeit wiedersah, hatte ich anfangs Angst, sie zu berühren, weil ich dachte, dass sie mich vielleicht nicht mehr kennt. Aber ich irrte mich. Sie kam schnell auf mich zugelaufen und nannte mich Mama, und ich schloss sie so fest in meine Arme, dass sie vielleicht befürchtete, erdrückt zu werden. Ich fragte sie nie, wer sie aufgenommen hatte, nicht in all den Jahren, und auch nicht, wie sie gewesen waren, denn der glasige Blick, den sie manchmal bekam, sprach für sich; und sie redete auch nie von sich aus über diese Zeit – Jahre, die für uns verloren waren und nicht wiedergewonnen werden konnten –, außer wenn sie bei wenigen Gelegenheiten die Gebete erwähnte, die sie für mich gesprochen hatte, Bitten an Gott, dass ich kommen und sie wiederfinden möge, Worte, bei denen ich am liebsten gewisse Menschen und gewisse Orte verbrannt hätte. Ich glaube, sie warf sich Spillane in die Arme, weil sie ihre eigene Kleinheit spürte, eine Frau, aber im Herzen noch ein Kind, und auch das schmerzt mich, weil ich so viel von mir selbst in dem sehe, wie sie zu der Zeit war. Als hätte ich einen Pfad vorgegeben, dem zu folgen sie verdammt war.

Auch Jer kannte den Schmerz, mehr als nötig gewesen wäre, wegen einiger der Orte, an die es ihn verschlug. Mit achtzehn wurde er Soldat, wie man es ihm von Kindheit an vorhergesagt hatte, und gut aussehend in seiner Uniform machte er sich auf die Jagd nach Abenteuern, während ich zurückblieb, bange Tage und Nächte ertragen musste und mich an sein Versprechen einer sicheren Rückkehr klammerte, ein Versprechen, das er, gegen alle Wahrscheinlichkeit, auch halten konnte. Ein anständiger Kerl, wie er im Buche stand – was neben seiner Mutter auch noch viele andere sagten –, schaffte er es zwischen seinen vielen Einsätzen zu werben und zu heiraten, ein wunderbares Mädchen aus der Passage Road, Mary Carty, und auch ich verliebte mich sehr schnell in sie wegen ihrer Art, wie sie meinen Jungen liebte. Doch das ist ein anderes Kapitel, mitanzusehen, wie sie sich daranmachten, unser Haus Forge View zu füllen, zuerst Mata und jetzt Annie, die das Ebenbild meiner Mutter ist. Wenn ich sie anschaue, wird mir warm ums Herz wegen der Vorstellung – und auf merkwürdige Art, der Gewissheit –, dass niemand stirbt, nicht wirklich, wenn ihr oder sein eigenes Blut durch immer jüngere Knochen fließt. Sie hat die Augen meiner Mutter: genau das polierte Zinngrau des Ozeans an einem Wintertag, das ich seit fast fünfzig Jahren nicht mehr gesehen habe.

Für jemanden, der mit nichts angefangen hat und der die Wege genommen hat, die ich genommen habe, zieht mein Alter sanfter herauf, als ich es mir je hätte vorstellen können. Und doch fühlt sich manches Ende, auch wenn es natürlich und erwartbar ist, sehr unvermittelt an, sobald es vor der Tür steht, und schafft es, einem die Seele zu zerreißen. Ich denke jetzt an letztes Jahr, an einen späten Vormittag im Oktober, als es an unserer Tür klopfte. Ich war auf den Knien vor dem Feuer, das wir seit dem Frühstück hatten herunterbrennen lassen, und schürte die Asche mit der Absicht, frischen Torf und ein wenig Kleinholz aufzulegen. Mary saß mir gegenüber auf einem Hocker und schnitt Karotten in einen geschwärzten Topf für den Eintopf am Abend. Mata war erst ein paar Monate alt, und weil er Mary fast die ganze Nacht wachhielt, versuchte ich, ihr bei ihren Pflichten zu helfen. Doch bevor ich mich rühren konnte, stand sie auf und ging zur Tür, das Messer noch in der Hand. Ich blieb auf den Knien und sperrte die Ohren auf, doch die neue Stimme sprach so leise, dass ich nichts verstand, und nach der Begrüßung senkte Mary ihre Stimme ebenfalls. Dann kam sie von der Tür zurück, gefolgt von einer jungen Frau, die aussah wie Mitte zwanzig. Ein langes, dünnes Ding, hübsch, aber nicht wirklich schön, hätten die meisten gesagt, doch eindrucksvoll auf ihre Art, mit losen, schulterlangen gerstenblonden Haaren, die sie sich immer wieder mit derselben Hand, der linken, hinter die Ohren steckte, zuerst auf der einen Seite, dann auf der anderen, wobei sie den Kopf leicht drehte, um an diese Seite heranzukommen, eine ungewöhnliche und merkwürdig liebenswerte Geste, die jedoch von der schnellen Wiederholung so herabgewertet wurde, dass man sie nur als nervöse Zuckung deuten konnte. Ich lächelte zur Begrüßung, und sie versuchte, das Lächeln zu erwidern, schien dies aber dann als eine Art Verrat zu betrachten und senkte die Mundwinkel wieder.

»Bist du Nancy Martin?«, fragte sie, und ihre Nervosität wurde von der Stille im Raum nur noch verstärkt.

Ich sagte, dass ich es sei, und setzte mich in die Hocke.

Sie hatte einen langen, beigen Trenchcoat an, den sie weit offen trug, obwohl es schon so spät im Jahr war, eine Woche vor Winterbeginn, und die Art, wie er an ihrer schlanken Gestalt hing, betonte ihre Größe nur noch.

»Ich bin Liz«, sagte sie, den Blick auf mich gerichtet, »Liz Egan.«

Und plötzlich erkannte ich sie. Mit ihrer breiten Stirn und einem Mund, der wegen der vorstehenden Schneidezähne, einige würden sagen Pferdezähne, sofort ins Auge stach, war sie kein hundertprozentiges Ebenbild von Michael Egan, und die fahrige Art, wie sie ihre Hände bewegte, die langen Finger streckte und spreizte, als wollte sie die Steifheit aus ihnen vertreiben, hatte nichts von seiner aufreizenden Ungezwungenheit, aber da ich jetzt wusste, wer sie war, sah ich niemand anderen als ihn, der mich anschaute, mit diesem bohrenden Blick, der auch ihr eigen war. Als Mary ihr einen Stuhl anbot – was anderes konnten wir ihr nicht bieten, weil wir noch nicht genug Feuer hatten, um Milch für einen Kakao zu erhitzen –, nickte sie und murmelte einen Dank, blieb aber, wo sie war.

»Es ist Michael, nicht, weswegen du hier bist?«

Es fühlte sich merkwürdig an, über ihn zu reden, weil ich seinen Namen seit Jahren nicht mehr ausgesprochen hatte. Und ich konnte mich auch gar nicht erinnern, je seinen Vornamen ohne den Nachnamen verwendet zu haben. Ich wollte nicht unten in der Hocke sein, um zu hören, was sie zu sagen hatte, weil ich wusste, dass es nichts Gutes sein würde, und deshalb stützte ich mich an der Wand ab und richtete mich auf. Sie machte eine winzige Vorwärtsbewegung, wie um mir aufzuhelfen, hielt dann aber inne und sah sich stattdessen um.

Sie schaute kurz zu Mary, weil es ihr anscheinend widerstrebte, vor jemandem, der nicht direkt damit zu tun hatte, über vertrauliche Dinge zu reden. Doch nach ein paar Sekunden schien sie zu akzeptieren, dass es in Ordnung und nicht mehr wichtig war, denn sie räusperte sich und sagte, dass er in dieser Nacht gestorben sei, dass er schon eine ganze Weile, mehr als ein Jahr, krank gewesen sei und sein Zustand sich in den letzten zehn Tagen verschlimmert habe. Sie hätten ihn ins Krankenhaus bringen können, und mit einer anständigen Behandlung hätte er vielleicht noch ein wenig länger durchgehalten, Wochen, wenige Monate vielleicht, aber er habe davon nichts hören wollen und gemeint, er würde lieber zu Hause sterben, in seinem eigenen Bett. »Stur bis zum Ende«, fügte sie hinzu, und nach einem schweren Seufzer versuchte sie zu lächeln.

Ich durchschaute seinen Widerwillen sofort und verachtete ihn dafür. Der Gedanke an diesen Ort in Verbindung mit ihm erweckte plötzlich und unerwartet all die Schrecken wieder zum Leben, die ich so tief vergraben hatte. Das District Hospital stand auf den Überresten dessen, was bis vor zehn Jahren noch das Unions-Armenhaus gewesen war, in das man mich zweimal verbannt hatte, und mir fiel kein passender Ort für ihn ein, um dort zu liegen und zu leiden und schließlich seinen letzten Atemzug zu tun. Sicherlich wehen noch Geister durch diese Gänge und hallt das leise Pochen so vieler vergessener Schreie durch die Nächte. Die Zeit vergeht, und die Menschen vergessen, entweder aus freien Stücken oder aus anderen Gründen, aber ich weiß nicht so recht, ob Orte das können. Ich hatte schon längst aufgehört, Michael Egan zu hassen, oder ich glaubte es zumindest, und nun zu entdecken, dass diese Gefühle noch schwärten, und zu erkennen, dass ich mich nach all diesen Jahrzehnten noch immer nach einer Art Ausgleich sehnte, einer Hoffnung, dass er ein wenig dessen erleben möge, was ich durchgemacht hatte, erfüllte mich mit Scham.

Das Mädchen, die Frau, Liz, redete weiter, mit kalter Stimme und immer wieder seufzend, weil sie die Umstände seines Todes zum x-ten Mal an diesem Vormittag erzählen musste. Sie berichtete uns, er habe schon eine ganze Weile heftig gehustet, und nachdem sie ihn vor ein paar Wochen dabei ertappt hatte, wie er an der Pumpe an der Cove Lane, vor der dortigen Schmiede, Blut aus seinem Taschentuch wusch, habe er sie angefleht, Stillschweigen zu bewahren. Sie habe es ihm versprochen, ohne es zu wollen, weil sie eingesehen habe, dass seine Lunge kaputt und es wahrscheinlich schon längst zu spät war, um noch irgendetwas zu tun, das ihn retten könnte. Und weil sie ihn liebte. Niemand will einen Menschen betrügen, den man liebt, auch wenn es vielleicht zu dessen Bestem wäre. Sie bemerkte nicht, dass ich zu weinen angefangen hatte, weil sie mich nicht anschaute, und als ich den Kopf hob und mir die Augen mit aschigen Fingern wischte, sah ich, dass ihr Blick stier auf die Wand gerichtet war, mit jener Unschärfe, die nur Trauer verursachen kann.

»Mein Dad«, sagte sie, als müsse das gesagt werden, und dann war Mary neben ihr und führte sie behutsam zum Stuhl. Tränen hinterließen Spuren, als sie ihr aufs Mantelrevers fielen. »Ich weiß natürlich, wie er war«, sagte sie, als sie wieder sprechen konnte, und sie suchte meinen Blick und schaute nicht wieder weg. »Mit den Frauen, meine ich. Das muss man mir nicht sagen. Er war kein Heiliger, behauptete das auch nie. Ich bin wegen meiner Mutter hier. Sie meinte, du hättest ein Recht, es zu erfahren. Die anderen, meine Brüder und Schwestern, wollten damit nichts zu tun haben, und so blieb es mir überlassen.«

Es gab so viel zu sagen und so wenig, was wir über die Lippen brachten. Mary reimte sich, ohne zusätzlicher Erklärungen zu bedürfen, die wesentlichen Tatsachen zusammen, und als das Baby, Mata, im Schlafzimmer zu weinen begann, stand sie auf, um nach ihm zu sehen, und ließ uns in einem verlegenen Schweigen zurück.

Das Mädchen, Liz, drehte den Kopf zur Schlafzimmertür, die zugefallen war. »Junge oder Mädchen?«, fragte sie.

»Ein Junge«, sagte ich. »Mata.«

»Wie alt?«

»Vier Monate. Aber schon ganz schön anstrengend.«

»Mary ist deine Tochter, oder?« Das Zögern kurz vor dieser Frage war nicht zu überhören. Sie wusste also etwas von uns. Man hatte über uns gesprochen.

»Meine Schwiegertochter. Sie ist mit meinem Jer verheiratet. Aber ich habe eine Tochter, die auch Mary heißt. Mamie, wie wir sie nennen.«

»Sie ist nett. Diese Mary, meine ich. Sie scheint nett zu sein.«

»Ist sie. Jer kann sehr froh sein, dass er sie hat. Sie können beide sehr froh sein, einander zu haben.«

»Wusste mein Dad Bescheid? Über das Baby, meine ich.«

Sie schaute mich weiter unverwandt an.

Ich zuckte die Achseln und hoffte, dass meine Wut sich nicht in meinem Gesicht zeigte. »Ich kann dir nicht sagen, meine Liebe, was er wusste und nicht wusste. Ich habe ihn schon sehr lange nicht mehr gesehen.«

»Ist er dein erster Enkel?«

»Nein. Mamie hat einen Jungen, und mit einem weiteren Kind ist es jeden Tag so weit. Und bei Mary und Jer ist auch noch eins unterwegs.« Jetzt machte ich eine Pause. Ihr Gesichtsausdruck war ruhig, aber schwer zu deuten. »Ich habe schon vor vielen Jahren aufgehört, ihn zu benachrichtigen«, sagte ich. »Schätze, weil ich es müde war, nicht gehört zu werden. Tatsache ist, ich wollte nie viel, wenigstens ab dann nicht mehr, als ich merkte, wie alles laufen würde. Doch ich fühle mit deiner Mutter. Das tue ich aufrichtig. Und mit dir und deiner Familie. Euer Kummer tut mir leid.«

Das langsame Ausatmen des Mädchens klang, als würde Papier zerrissen werden. »Meine Mutter hat mir von dir erzählt«, sagte sie.

Ich nickte. »Ich habe mich oft gefragt, ob sie Bescheid wusste.«

»Spät eines Abends. Die anderen waren unterwegs, im Pub oder beim Tanzen. Ich bin die Jüngste. Ich weiß nicht, ob du das weißt, aber wir sind insgesamt fünf. Aber als ich aufwuchs, habe ich immer gedacht, dass irgendwas nicht stimmt. Ich habe es einfach gespürt. Mit meinem Vater war kein leichtes Auskommen.«

»Das glaube ich sofort.«

»Frauen klopften an unsere Tür. Nicht oft, aber zu oft für den Geschmack meiner Mutter. Und manchmal hörte ich in der Nacht Streit, vor allem ihre schrille Stimme, die fast das ganze Reden übernahm. Mein Vater erwiderte nicht viel, aber wenn er etwas sagte, tat er es mit Nachdruck. An den Wochenenden sahen wir nicht viel von ihm, weil er in den Pubs unterwegs war. Meine Mutter, die dann allein zu Hause saß, genehmigte sich dann manchmal einen Schluck Gin, und ich schätze, an einem dieser Abende erwischte ich sie einfach in Redelaune. Sie erzählte mir, dass es andere Frauen gegeben habe, dich vor allem, noch vor ihrer Heirat, aber auch, als sie bereits zusammen waren. Entweder kannte sie deinen Namen nicht oder wollte ihn nicht verraten, aber sie wusste, dass du ein ganzes Stück jünger warst als sie und dass du vom Land gekommen warst, um in einem der Herrenhäuser im Norden als Hausmädchen zu arbeiten. Und sie wusste, dass das noch eine ganze Weile lief, und dass er dich mindestens einmal in Schwierigkeiten gebracht hatte, denn dieses eine Mal hatte er zugegeben.«

Ich zögerte mit der Antwort. Ich hätte erklären können, was passiert war, aber das war der Teil meines Lebens, den ich niemandem preisgeben wollte, weil er mich so sehr beschämte und erniedrigte. Mich so zu öffnen, wie ich es mir seit Jahrzehnten versagte, hätte uns beiden nicht geholfen. Und obwohl dieses Mädchens bereits mehr wusste, als sie sollte, spürte ich doch, dass ich es bedauern würde, wenn ich ihr nicht wenigstens einen kurzen Blick in mein Herz gewähren, ihr ein paar aufrichtige Worte sagen würde, die sie mit sich nehmen konnte.

»Ich kann mich noch an eine Zeit erinnern«, sagte ich schließlich und spürte, wie meine Stimme wieder feucht wurde, »als Michael Egan der Dreh- und Angelpunkt meiner Welt war. Das war ein anderes Leben, und alles, was ich jetzt, in diesem, fühle, ist Traurigkeit, weil ich weiß, dass jemand, der mir einmal so viel bedeutet hat, von uns gegangen ist. Aber die Wahrheit ist, ich habe ihn schon vor langer Zeit verloren und als tot begraben. Ich bin traurig über diese Nachricht, und ich werde noch weitere Tränen vergießen, sowohl für deinen Vater als auch für mich, sobald ich allein bin und Zeit hatte, es auf mich wirken lassen. Aber ich empfinde einfach nicht mehr so deswegen, wie ich es früher getan hätte.«

Das Cottage fühlte sich plötzlich sehr klein an. Sie blieb auf dem Stuhl sitzen, und obwohl wir Fremde waren, ein paar Schritte voneinander entfernt, lag etwas von einer Umarmung in diesem Augenblick, was keiner

Worte bedurfte. Ich sah an der Art, wie sie mich anschaute, mit glühenden Wangen unter weit aufgerissenen Augen, dass auch sie es spürte. Diese Verbindung – ob wir sie nun wollten oder nicht.

Und dann kam Mary, leicht widerstrebend, weil sie spürte, dass sie nicht dazugehörte, aus dem Schlafzimmer zurück. Da sie alles mitgehört und gespürt hatte, was ungesagt geblieben war, schaute sie düster, weil sie nicht so recht wusste, was sie sagen und was sie empfinden sollte. Mata ruhte an ihrer Schulter, still jetzt und zufrieden, weil er die Brust gehabt hatte, und Liz, unsere Besucherin, betupfte wieder ihre Augen und stand auf, um zu ihnen zu gehen. »Was für ein gut aussehender Mann«, sagte sie und beugte sich über den Jungen, um ihn besser zu sehen, und Mata, überrascht von der fremden, aber sanften Stimme, drehte den Kopf und lächelte nach einem kurzen Zögern.

Als sie die Hand nach ihm ausstreckte, zögerte er nicht. »Hallo, Mata«, säuselte sie und kitzelte ihn unter dem Kinn. »Das ist ein hübscher Name, nicht? Ich glaube, ich habe ihn noch nie gehört.«

»Es ist ein Kosename.« Mary schaute wieder kurz zu mir. »Getauft wurde er Michael. Jer wollte es so. Er ist ein ganz schöner Racker, der Kleine. Nancy meint, er überspringt das Gehen und macht sich gleich ans Laufen. Wie sein Vater.«

Liz machte uns ihren Aufbruch so einfach wie möglich. Sie berührte Mary an der Schulter, wandte sich mir zu, spitzte die Lippen zu einem stummen und ein bisschen erleichterten Abschied und wandte sich dann zum Gehen. Das war alles. Kaum eine halbe Stunde war sie bei uns gewesen, aber es hatte sich viel länger angefühlt, und die Fragen, die sie nicht hatte stellen müssen, waren so gut wie beantwortet, so wie sie mit ihrer Art und ihrem eigenen Schweigen die meinen beantwortet hatte. Und indem ich erwähnt hatte, wie tief ich Michael Egan bereits begraben hatte, nachdem er für mich schon so lange wie tot gewesen war, hatte ich ihr die Mühe erspart, die richtigen Worte finden zu müssen für die Bitte, die sie so sehr beschäftigte, nämlich dass wir dem Begräbnis fernbleiben und sie alle, seine eigentliche Familie, in Frieden trauern lassen mögen.

Als wir dann wieder allein waren, setzte Mary zum Sprechen an, doch ich hörte sie kaum. Ich schaute auf meine Finger und sah, dass die Asche, in der ich gewühlt hatte, die Haut grau gefärbt hatte, anstatt sie aber abzuklopfen oder an meiner Schürze abzuwischen, verflocht ich sie und sank, damit der Kreis sich schloss, wieder auf die Knie.

III

NELLIE
(1982)

Als ich jung war, kamen mir die Tage unendlich lang vor, und die Zeit schien unendlich langsam zu vergehen. Ich hörte meinem Vater von all den Orten erzählen, an denen er gewesen war, und träumte davon, selbst die Welt zu bereisen, eines Tages in den Straßen von London und New York zu wandeln, in einem halben Dutzend Ozeanen zu schwimmen, Gedichte zu schreiben und wunderschöne Lieder zu singen, immer ein paar Shillinge mehr in der Tasche zu haben, als ich ausgeben konnte, und in einem Sturm der Liebe von jemand Großem, Gutaussehendem und Starkem auf all die Arten hinweggefegt zu werden, die ich mir ersehnte. Liebe wurde mir zuteil, und auch wenn ich mich damit begnügen musste, in Bächen zu planschen anstatt in Meeren, und nie weitergekommen bin als die Straße hinunter bis nach Kilkenny, habe ich trotzdem viel von der Welt gesehen und erlebt – mehr als mir zusteht, mögen einige sagen. Es war vielleicht nicht das Leben, das ich mir als Mädchen ersehnt habe, aber wir klammern uns an das Glück, das wir finden. Und jetzt, mit meinem Ende in Sicht und der Uhr, die ihre Stunden und Tage schneller vergießt, als ich zählen kann, habe ich begriffen, dass dem Akzeptieren Frieden innewohnt.

Jetzt bedeutet Glück für mich, dass ich dazugehöre. Ich wohne nur einen Steinwurf entfernt von dem Haus, in dem ich geboren wurde, mit meiner Tochter Gina und ihrem Ehemann Liam, einem von der stillen Sorte, die für die schwere Arbeit geboren scheinen und das häusliche Feuer mit langen Schichten in einer der Fabriken in Ringaskiddy am Brennen halten. Und ich habe meine Enkel, die mich beschäftigen – Bill, der jetzt sieben ist, und Martin, unser Jüngster, benannt nach den Leuten der Mutter meines Vaters. Meine anderen Kinder sind auch nicht weit weg, wir bleiben eng verbunden; und ich habe mein Dorf, ein Ort so vieler Vergangenheiten, alle miteinander verflochten, wo man mich sehr bald schon in die Erde legen wird.

Manchmal denke ich, ich sollte Angst haben vor dem Sterben, aber die habe ich nicht. Ich habe so viele gehen sehen, und ich finde Trost in dem Wissen, dass ich den gleichen Weg gehen werde. Falls der nirgendwohin führt, soll mir das auch recht sein. Aber falls es die Chance gibt, sie alle wiederzusehen, meine Lieben, meinen Ehemann Dinsy und meinen Vater und meine Mutter und den ganzen Rest, wer würde das dann nicht wollen? Das Leben danach, ganz gleich, wie man es nennen möchte, wird kommen oder eben auch nicht, und so oder so werde ich mit meinen Leuten wieder zusammen sein, ob das nun im Himmel ist oder nur im selben Fleckchen Erde.

In unserem Wohnzimmer lässt Billy sich von mir auf den Schoß ziehen, spielt zwar den Widerspenstigen, spürt aber, glaube ich, mein Bedürfnis, ihn bei mir zu haben. Ich drücke ihm einen Kuss auf die Stirn, den er mit gespieltem Abscheu wegwischt, zuerst mit der

Hand, und dann, als er ihn immer noch spürt, mit der Manschette eines Ärmels, und so wird er seiner Rolle in unserem Spiel gerecht, kann dabei aber ein Lächeln nicht ganz unterdrücken.

Weil ich ihn so nahe bei mir habe, die Tage und Nächte teile, wie wir es in diesem Haus tun, erkenne ich jeden einzelnen Hinweis, den ich je brauchen werde, dass mein Blut in ihm weiterlebt, angereichert mit allem, was mich ausmacht. Denn wenn ich ihn ansehe, sehe ich alle von uns gespiegelt, Züge von Gina und Liam, seiner Mutter und seines Vaters, und vom Rest von uns ebenfalls – meine Augen in einem gewissen Licht; Spuren davon, wie mein Vater den Kopf hob, um zu sprechen, oder die Freude, die seine Schultern straffte, wann immer sich eine Gelegenheit bot, eine Geschichte erzählt zu bekommen. Er ist gerade sieben geworden, das Beste vom Leben hat er noch vor sich, aber er ist auch die Summe all unserer Vergangenheiten. Und weil mir die Zukunft versagt bleibt, sind es die vergangenen Jahre, die für mich jetzt am hellsten leuchten.

Wenn ich jetzt zurückdenke, erinnere ich mich deutlicher als an alles andere daran, wie das Licht beschaffen war. Ich wachte allmählich auf, mit dem Gefühl, kaum geschlafen zu haben, in einer vollkommenen, goldenen Stille, und ich lag zwischen den warmen, schweißfeuchten Laken und fühlte mich, als hätte mich jemand die ganze Nacht hinter galoppierenden Pferden durchs Dorf geschleift. Hin und wieder erhob sich Gemurmel auf der anderen Seite der Schlafzimmertür: Nonie, meine Tante, und meine Schwestern, May und die arme Annie, die schon in ihren letzten Monaten war, nachdem die

Ärzte sie zerschnippelt hatten, zuerst die Brüste und dann die Eingeweide, in diesem Wettlauf gegen dieses andere Ding, den Krebs, von dem sie immer gewusst hatten, dass er ihr Ende sein würde. Erschöpft auch sie von einer äußerst strapaziösen Nacht an meiner Seite, redeten sie jetzt mit leisen Stimmen darüber, ob ich in der Verfassung wäre, mich dem zu stellen, was unvermeidlich war, oder ob man mich noch ein bisschen länger schlafen lassen sollte, da klar war, dass ich die Erholung brauchte. Der Glanz des Morgenlichts, das durch das Südfenster des Zimmers an der St. Columba's Terrace fiel, das Dinsy und ich als unser erstes Zuhause gemietet hatten, brachte die Wand hinter mir zum Leuchten und ergoss sich über das Bett auf eine Art, die den verbleibenden Schatten noch zu vertiefen schien, und ich streckte den nackten Arm aus der Dunkelheit und spreizte die Finger, um ein wenig von seiner Farbe einzufangen. Staubflusen schimmerten in dem Lichtkeil vom Fenster, auf der anderen Straßenseite ragten die Ahorne und Rosskastanien über der alten, hohen Mauer des protestantischen Friedhofs auf, die Vögel sangen, Zaunkönige und Spatzen und das langsame *Tie-tscha* der Tannenmeisen, die mit ihren Spielchen beschäftigt waren. Ein Morgen im April, am Himmel brannte ein Scheinsommer, und ich war seit fast drei Stunden Mutter, als Annie, mit den anderen hinter sich in der Tür, das Schlafzimmer betrat, um mir zu sagen, dass dem nicht so war.

»Mein armer Liebling«, sagte sie und versuchte zu lächeln, aber es wollte ihr nicht gelingen, und ich schaute sie nur an und seufzte, weil ein Teil von mir seit Wochen gewusst hatte, dass etwas nicht stimmte. Sie setzte sich auf die Bettkante, sah mich an, nahm mit beiden Händen meine Hand und sagte mir, wie leid es ihr tue, und ich schaute weiter zum Fenster hinaus, zu den Baumwipfeln und dem leeren Himmel, bis einige Minuten später Nonie das Baby hereinbrachte, in einen alten Schal gewickelt, eine winzige Gestalt, die sie mir in die Arme legte, damit ich seine Haut spüren konnte, kalt wie nasser Stein an meinem fiebrigen Fleisch. Ich weiß nicht mehr, ob ich geweint habe, weil ich dann vielleicht nie mehr aufgehört hätte, aber ich weiß noch gut, dass ich es küsste, meine Lippen immer wieder auf die erstaunlichen Details seines Gesichts drückte, seine Stirn und die Nase und die geschlossenen Augen und den winzigen Mund und sein Kinn mit dem gleichen Grübchen, das sein Vater hatte, mein einziger dummer Wunsch für ihn in meiner ganzen Schwangerschaft, hatte ich doch keine Ahnung von den wichtigeren Dingen. Das Grübchen seines Daddys, aus demselben Holz geschnitzt. Und noch immer strömte das Licht ins Zimmer und die Vögel sangen.

»Er hat ein Weilchen gelebt«, sagte Nonie, von irgendwoher im Zimmer. »Ein paar Stunden, gerade so lange, bis der Morgen anbrach, und länger, als er vielleicht hätte leben sollen. Aber wenigstens hat er das Tageslicht kennengelernt, so unwichtig das auch sein mag.« Ihre Worte hinterließen Furchen in mir. Während der Entbindung hatte ich viel Blut verloren, und am Ende, nach den vielen Stunden in Wehen, konnte ich nicht einmal mehr den Kopf vom Kissen heben, und falls ich ihn in diesen ersten Augenblicken nach der Geburt gesehen oder gehört hatte, dann wurde das alles, ich muss es leider sagen, verschluckt von der Schwärze, die mich übermannte. Doch was jetzt in meinem Armen lag, sah aus, als hätte es nie einen Atemzug getan. Leben füllt das Fleisch, ohne Leben ist einfach alles falsch. Die Gestalt, die ich in den Armen hielt, war nur, was von meinem Sohn übrig war, eine leere Hülle. Und doch war sie alles, was ich hatte, alles, was wir hatten, Dinsy und ich. Dies und der Name, John, bereits ausgewählt für den Fall, dass es ein Junge werden würde, auf Dinsys Wunsch hin, nach seinem Vater Jack Murphy. Anfangs hatte ich Jeremiah gewollt, nach meinem eigenen Vater, und sosehr ich es auch versuchte, konnte ich den Gedanken nicht abschütteln, dass es Unglück bringen würde, ein Kind nach jemandem zu benennen, der so tragisch jung gestorben war – nach einem Mann, dessen Herz mit kaum dreißig versagt hatte, sodass es der hilflosen Witwe überlassen war, zwei kleine Kinder aufzuziehen –, doch am Ende hatte ich aufgegeben, weil ich spürte, wie wichtig es meinem Mann war. Kein Foto hatte je von Jack Murphy existiert, und weder Dinsy noch seine Schwester hatten ein einziges Bild von ihm im Kopf, doch seine Abwesenheit in ihrem Leben hatte ein Denkmal aus ihm gemacht. Während des Großteils meiner Schwangerschaft waren Namen das wichtigste Thema unserer Unterhaltungen, bevor wir uns für John entschieden, für einen Jungen, und Mary, falls es ein Mädchen wurde, nach seiner Mutter und meiner, eine fröhliche und leichte Wahl. Nacht um Nacht lagen wir im Bett beisammen, ich fühlte mich sicher neben seinem hoch aufgeschossenen Körper, sein Mund war nur einen Atemhauch von einem Kuss auf meine Wange entfernt, und abwechselnd erzählten wir uns unsere Gedanken, murmelnd, obwohl wir noch niemanden hatten, den wir wach gehalten hätten; ich versuchte, ihn zum Lachen zu bringen mit einigen der ausgefalleneren Namen, die mir in den Sinn kamen, und lächelte zufrieden bei der Berührung seiner großen, schwieligen Hand auf meinem geschwollenen Bauch. Wir waren noch ganz frisch verheiratet, hatten sehr kurzfristig – wenn auch widerwillig angesichts meines Zustands – einen Termin vor dem Altar bekommen, wo wir beschämt die Köpfe senkten für das Sakrament durch den Priester, und ich musste mich noch immer an ihn gewöhnen. Er war neun Jahre älter als ich, und ich wurde oft noch überrumpelt von der Fremdheit seiner Nähe im Bett, seinen unerwarteten Berührungen und der Art, wie seine Worte in plötzlichen Ausbrüchen aus der Stille auf mich einprasselten. Dennoch war ich wahnsinnig glücklich. Wenn ich darüber nachdenke, kann ich nicht sagen, ob ich verliebt war oder nur so tat, aber in gewisser Weise war es dasselbe, weil allein schon das Leben als erwachsene Frau und die häusliche Gemeinschaft mit einem guten Mann mit der Verpflichtung, verantwortlich zu handeln, ein neuer und sicherer Kitzel war. Dinsys Wesen, still und ein wenig unsicher, bedeutete, dass meistens ich das Sagen hatte, doch kaum war die Lampe gelöscht und wir lagen beieinander, wurde der Altersunterschied deutlicher. Ich hatte schon längst alles hinter mir gelassen, was die Kindheit ausmachte, doch oft spürte ich mich auch auf eine hilflose Art mädchenhaft werden. Ich nehme an, wir alle sind immer mehr als eine Person.

Mein Vater hatte mich immer als Mädchen betrachtet, und ich weiß nicht so recht, ob ich in seiner Nähe je etwas anderes war, auch nachdem ich ihm die Enkel geschenkt hatte, nach denen er sich so sehnte. An dem Tag, als ich der Familie meine erste Schwangerschaft gestand, weinten alle und schrien, was für eine Schande ich sei, nur mein Vater blieb gelassen und stumm, auch wenn ich den Schmerz in seinen Augen sah und die Enttäuschung, und als er mich schließlich anschaute, war ich es, die den Blick abwenden musste, denn ich hasste mich, weil ich derartige Probleme an seine Türschwelle gebracht hatte. Trotz seines Ärgers nahm er meine Angst wahr und gestattete mir nur wenige Augenblicke des Weinens, bevor er sich räusperte, an Annie und May gerichtet auf seine gewohnt ruhige Art sagte, dass es genug sei, und mich dann an den Schultern fasste und in eine feste Umarmung zog. Ich versuchte, ihm zu sagen, wie leid es mir tat und wie sehr ich mich schämte, aber meine Worte wurden erstickt von der groben Wolle seines Arbeitshemds, und sehr schnell merkte ich, dass ich mich mit seinem Geruch, dem Raucharoma von Zigaretten und Torffeuern und dem Duft frisch gemähten Grases vervollständigte, mit alldem, was in mir, aus keinem logischen Grund, Liebe heraufbeschwor. Seine Umarmung wurde noch fester, als er meine Tränen durch die Wolle dringen spürte, und er flüsterte mir zu, dass alles gut sei, dass so etwas häufiger passiere, als irgendeiner je zugeben wollte, und auch wenn ich es besser hätte wissen müssen und auf die Warnungen hätte hören sollen, die man mir erteilt hatte, müsse das, was passiert sei, nicht das Ende der Welt bedeuten, jetzt nicht mehr, nicht mehr in der heutigen Zeit.

Meine Erinnerungen haben die Tendenz, sich zu überlagern, und dieser Augenblick der tröstenden Umarmung meines Vaters scheint verbunden mit jenem, als ich mit der Leiche meines Kindes in den Armen in meinem Bett lag, so als wäre beides am selben Tag geschehen und nicht mit einem Abstand von mehreren Monaten. Ich bin fast geneigt zu glauben, dass die Zeit mich als Teil der Luft umgibt, und meine reinsten Erinnerungen sind immer noch in jedem Atemzug enthalten. In jedem beliebigen Augenblick ist es mir möglich, die Augen zu schließen und mich wiederzufinden, als ich am glücklichsten war, oder aber in derselben Schwärze meine alten Gespenster lauern zu sehen.

Um mir diese kurze Zeit zu lassen, blieben die anderen, Nonie und meine Schwestern, an der Tür, und ich lag da, von Kissen und Mänteln gestützt, und hielt John fest in meinen Armen, und als ich ihn ein bisschen bewegte, damit er besser an mir lag, verstärkte der warme Schein des Morgens auf seinem Gesicht mein Weinen noch, bis ich nichts mehr sehen konnte außer Grau und mir vorkam, als würde ich langsam erblinden. Und dann war Annie wieder neben mir und May hinter mir, und ich spürte Hände nach dem Baby greifen, und unwillkürlich, wenn auch nur einen Augenblick lang, weigerte ich mich, es loszulassen. Als mir dann alles entrissen war, kniff ich die Augen fest zu, ließ mich in die Kissen fallen und wollte ebenfalls sterben.

Aber ich starb natürlich nicht, ich schlief nur. Unruhig und völlig erschöpft, doch mit rasenden Gedanken ließ ich an mir vorüberziehen, was ich falsch gemacht, welche Sünden ich begangen und wie viel Leid ich verursacht hatte, und ich fragte mich, ob ich verflucht sei. Bis zum frühen Nachmittag war ich wieder ein wenig ich selbst geworden, aber als ich versuchte, mich aufzusetzen, raubte mir ein heftiger Schmerz fast das Bewusstsein, und nachdem ich wieder ins Kissen gesunken war, fühlte mein Unterleib sich weiter an, als wäre alles aus mir herausgerissen worden, und ich wusste, dass die Feuchte zwischen meinen Oberschenkeln und unter mir Blut war.

In der Zeit, als ich ohne Bewusstsein war, hatte jemand einen kleinen Teller mit einer Scheibe Brot und Margarine auf den Stuhl neben dem Bett gestellt, aber ich brachte keinen Bissen hinunter. Draußen war der Himmel fahl geworden, gebleicht von einer feinen Wolkenhaut, und falls die Vögel noch sangen, wurde ihre Musik überdeckt von den Alltagsgeräuschen eines ganz normalen Tages. Wir alle hatten in den Nachrichten gehört, dass Belfast am vergangenen Dienstag aus der Luft bombardiert worden war, mit tausend Toten und ebenso vielen Verletzten, doch in diesem Augenblick schienen Belfast und der ganze Krieg eine Welt von Douglas entfernt zu sein. Abgeschnitten von allem, schloss ich wieder die Augen und konzentrierte mich auf den Schmerz, die geschwollenen und zerschundenen Muskeln meines Körpers, die auseinandergestemmten Knochen. In mir klaffte ein Loch, und ich fragte mich, ob es je wieder aufgefüllt werden könnte.

Nach einer Weile hörte ich die Haustür aufgehen und die schweren Schritte genagelter Stiefel auf der Treppe, und dann kam Dinsy ins Zimmer. Ohne die Augen zu öffnen, konnte ich ihn mir vorstellen, wie er an der Bettkante stand, bange und unsicher, ob er mich küssen oder nach meiner Hand greifen sollte. »Nellie«, sagte er, und ich konnte seinen Atem hören, gepresst nach dem Treppensteigen und dem hastigen Lauf von der Fabrik, weil er nur eine halbe Stunde Mittagspause hatte und sich nicht mehr als ein paar Minuten verspäten durfte, ohne dass ihm der Lohn gekürzt wurde. Und dieses Geräusch, dieses leichte Pfeifen bei jedem Atemzug, sorgte dafür, dass mich unverfälschte Traurigkeit durchströmte, und als ich die Augen öffnete, sah ich ihn genauso, wie ich es mir vorgestellt hatte: sein langes, blasses Gesicht schaute auf mich herab, seine rußschwarzen Haare standen ihm vom Kopf ab, weil er sie sich vor Sorge gerauft hatte. Sein Hemd stand bis zur Mitte der Brust offen, die Ärmel waren ungeschickt über die Ellbogen hochgekrempelt, und was er in meinem Gesichtsausdruck sah, ließ ihn, ungelenk in seiner Schlaksigkeit, auf ein Knie sinken, nach meiner Hand greifen und mir Knöchel und Fingerspitzen küssen. Weil er im Kesselraum der Fabrik arbeitete, war mir der Ölgeruch an ihm inzwischen vertraut, doch jetzt bestürzte mich, zum ersten Mal und mit plötzlichem Entsetzen, wie ähnlich er dem Geruch von Blut war, mineralisch, schwer und süßlich, und als er sich über mich beugte, die Hände unter meine Arme schob und mich anhob, um mich zu umarmen und zu küssen und mir zu sagen, dass Nonie an der Tür auf ihn gewartet und alles erklärte habe – und wie leid es ihm tue, aber das Leben sei nun mal so, seine tragische Wirklichkeit, und dass wir natürlich trauern dürften, aber es gemeinsam überstehen und im Lauf der Jahre das Haus mit Kindern füllen würden –, hatte ich den heftigen Drang, ihn wegzustoßen. Er küsste mich, und bei dem Blutgeschmack drehte sich mir der Magen um. Ich wusste, dass er mich zu trösten versuchte, aber wie er hier kauerte, auf einem Knie neben mir, sah ich auch, wie sehr er selbst damit zu kämpfen hatte, die Fassung zu bewahren.

»Du hast mich umsonst geheiratet«, sagte ich, als ich sprechen konnte, aus der tiefsten und verängstigtsten Schicht meines Ichs, und er schaute mich lange an, weil er mir zuerst nicht folgen konnte, bevor er sich dann wieder zu voller Größe aufrichtete.

»Das ist Unsinn«, sagte er. »Und außerdem ist es nicht wahr.«

Ich wandte das Gesicht ab. »Nicht? Wenn ich nicht schwanger geworden wäre, würde ich dann nicht noch bei meiner Familie leben?«

»Da spricht der Kummer aus dir, Nellie. Mir geht's doch genauso. Mein Gott, Liebling, am liebsten würde ich deswegen Wände einreißen. Ich möchte mich besaufen und nie wieder nüchtern werden, und ich möchte gegen das ganze Dorf kämpfen. Aber was passiert, passiert eben. Es sollte nicht sein, und mir wäre lieber, es wäre nicht so, doch es ist nun mal passiert. Ich sage es vielleicht nicht oft genug, und es tut mir leid, wenn dir das nicht bewusst war, aber dich zu heiraten war das Beste, was mir je passiert ist. Und das meine ich ernst.«

So unterwürfig ich in diesem Bett auch aussehen mochte, spürte ich doch das Feuer des Zorns in mir lodern. Ich brauchte Bestätigung, brauchte es, dass man so mit mir sprach, wie Dinsy es jetzt tat, aber ein Teil von mir wollte sich in meiner Bestürzung suhlen, wollte verantwortlich gemacht werden für das, was passiert war. Denn ich war mir sicher, dass ich das alles über mich selbst und über uns als Paar gebracht hatte. Ich wollte, dass er wütend war auf mich, dass er mich anschrie und weinte.

Ich hatte Dinsy immer nur stark erlebt. Jeden Morgen vor sechs wach und aus dem Bett und unterwegs in den stickigen Kesselraum der Fabrik, außer an Sonntagen, an denen er eine Stunde länger liegen blieb und versuchte, die vielen Porter wegzuschlafen, die er am Abend zuvor im Barrett's gekippt hatte und deretwegen er immer erst nach dem Angelusläuten zu Hause eintrudelte. Wenn er dann hundemüde heimkam, aß er das Wenige, was ich für ihn als Abendessen hatte, auf eine wilde, beidhändige Art, als würde er vielleicht tagelang nichts mehr vorgesetzt bekommen, und setzte sich mit einer Zeitung, die oft mehr als eine Woche alt war und die er kaum lesen konnte, vors Feuer. In seinen glücklicheren Momenten, wenn er am Sonntagmittag nach Hause kam, um das Ende der Sperrstunde abzuwarten, indem er ein paar gekochte Kartoffeln mit abgeschabten Kringeln von dem bisschen Butter, das wir uns leisten konnten, verschlang, konnte ich sein lautes, kollerndes Lachen hören, normalerweise, wenn er versuchte, irgendeinen albernen Witz nachzuerzählen, den er eben gehört hatte, und dieses Geräusch ließ mich immer lächeln, weil es so sorglos klang, so frei und unerwartet, auch wenn es mich ein wenig verwirrte, weil es ihn fast zu einem Fremden machte und eine Schicht in ihm bloßlegte, die ich noch nicht so recht erkundet hatte. Ich denke, die ersten Monate unserer Ehe waren ein Tanz, für den wir die Bewegungen des anderen erst noch lernen und uns an die Fehltritte gewöhnen mussten, und ich merkte sehr schnell, dass ich für die kleinen Offenbarungen lebte, die mir zeigten, dass der Mann, mit dem ich mich verbunden hatte, nicht ganz der war, den ich in ihm gesehen hatte, sondern oft auch so viel mehr. Bei seinem Anblick hatte ich erbeben und mein Blut heiß in meinen Adern spüren wollen. Stattdessen verkrampfte ich mich in seiner Nähe, war immer leicht angespannt vor Erwartung. Es war nicht unbedingt Angst, die ich verspürte, aber etwas in dieser Richtung. Es war seine Art, zu Hause meist stumm zu bleiben, während ich das Reden übernahm und mir den Kopf zerbrach, wie wir das Beste aus dem wenigen Geld machten konnten, das uns noch blieb, nachdem wir die Miete bezahlt hatten. Manchmal betrachtete ich ihn, wenn ich glaubte, dass er es nicht merkte, und sah etwas von dieser Angestrengtheit auch in ihm, an der steifen Art, wie er die Schultern hob, und der Anspannung, die seine Mundwinkel furchte. Da war dann ein gewisses Sichfügen wahrnehmbar, wenn auch immer nur kurz, doch wie er jetzt an meinem Bett stand und versuchte, seinen Schmerz auf eine Art zu verbergen, die ihn nur umso deutlicher hervortreten ließ, wirkte er so verletzlich wie nie.

»Tut mir leid, Liebling«, sagte ich. Groß und hilflos, wie er war, um Fassung ringend, weil noch Arbeit auf ihn wartete, hatte er keine Antwort. Ich wollte, dass er mich noch einmal in den Arm nahm, aber er tat es nicht. Seine Augen ruhten auf mir, doch sein Blick war irgendwie unscharf, und da er mich schon einmal geküsst hatte, kam es ihm, glaube ich, nicht in den Sinn, es noch einmal zu tun.

Schließlich seufzte er schwer und meinte, er müsse wieder zur Arbeit, weil sie mitten in einem Problem mit einem Kesselventil steckten, aber er werde versuchen, früher Schluss zu machen. Er wolle mit Timmy Dorney, dem Vorarbeiter, sprechen, ob man nicht jemanden finden könne, der den Rest seiner Schicht übernehme. Dennoch zögerte er, und erst als ich die Augen schloss, schien er erlöst. Er verließ das Zimmer, und als er die Tür leise hinter sich schloss, murmelte er ein paar Worte, die als Trost gemeint waren, doch ich konnte sie nicht verstehen.

Mein Vater kam am späten Nachmittag. Als ich mich aufzusetzen versuchte, winkte er ab, schob einen Holzstuhl ans Bett, setzte sich und suchte meinen Blick. Er trug ein kragenloses Hemd und sein gewohntes, altes Anzugsjackett, und als er sich über mich beugte, um mich auf die Wange zu küssen, merkte ich, dass er schon ein paar Drinks gehabt hatte – Whiskey, weil der Tag schon so weit fortgeschritten war. Die Haut unter seinen Augen war gerötet. Ich hatte ihn noch nie weinen gesehen, auch nicht, als seine Mutter starb, oder als vor ein paar Jahren auch mein Bruder Jimmy von uns genommen wurde. Doch nun hatte seine Stimme beim Sprechen eine gewisse Belegtheit, die darauf hindeutete, dass er meinetwegen ein paar Tränen vergossen hatte.

»Ich hab dazu nichts zu sagen, Nellie, außer wie traurig es ist. Aber Worte werden dich sowieso nicht heilen. Nichts wird das, außer vielleicht die Zeit. Aber es wird schon wieder, Liebling. Die meisten von uns sind doch, wer wir sind, wegen dem, was wir durchgemacht haben.«

»John war sein Name.«

»Annie hat's mir gesagt. Es tut mir sehr leid für dich, Mädchen. Und auch für Dinsy.«

»Hast du ihn gesehen?«

»Den Kleinen? Hab ich. Hübscher kleiner Kerl. Sieht ein bisschen aus wie deine Mutter, finde ich. Sie hat immer gesagt, in Babys sehen wir immer, wen wir sehen wollen, aber warum sollte das Kind nicht etwas von seiner Sippe haben?«

Wir waren uns immer nahe, mein Vater und ich, und diese Verbindung war in den acht Jahren, seit der Krebs meine Mutter geholt hatte, noch enger geworden. Vielleicht war das so, weil wir uns stärker aufeinander verlassen mussten. Ich weiß noch, wie in der Schulzeit die Lehrerin, Mrs Hanley, die uns den Katechismus einprügeln wollte, sagte, dass es eine Sünde sei, einen anderen als Gott zu verehren, aber ich verehrte meinen Vater und entschuldigte mich nicht dafür. Er war ein Mann in allen Dingen, und er lebte für uns. Ich war die Jüngste, und weil ich in sein Leben getreten war, als er seine Kriege bereits gekämpft und so viel von den Schrecken der Welt durchlebt hatte, nahm er, glaube ich, in mir ein gewisses Licht wahr. Und ich war von meinem Wesen her empfindsam, auf eine Art und Weise, die meinen Brüdern und Schwestern abging, trotz all ihrer anderen Tugenden, was den Beschützer in ihm weckte. Ich will damit nicht sagen, dass ich schwach oder still war, sondern nur feiner eingestimmt auf die Gefühle der Menschen und die Dinge, die ungesagt blieben. Ich glaube, neben meiner Mutter kannte niemand meinen Vater besser als ich, nicht unbedingt die Tatsachen seines Lebens, die man auf einem Blatt Papier auflisten konnte, sondern wer er als Mann wirklich war. Von Kindheit an bettelte ich ihn bei jeder Gelegenheit an, mir von seinen Reisen mit der Armee zu erzählen. Einiges von dem, worüber er sprach, war so abwegig, dass es beinahe lächerlich wirkte; doch vieles davon brachte mich sehr schnell zum Weinen. So oder so, ich genoss alles, was er zu erzählen hatte, ob von der Nacht, in der er auf dem Nil

Wachdienst hatte, nachdem sie zuvor durch den Suezkanal gekommen war, und dort eine Nixe sah, die ihm winkte und fröhlich im Wasser schwamm, mit langen aalschwarzen Haaren, die ihre Nacktheit nur zum Teil verdeckten, und den Schuppen ihres großes Schwanzes, die im Mondlicht glänzten wie Perlen; oder wie er einmal eine Woche mit einer böse ausgerenkten Schulter auf der Krankenstation verbringen musste, weil er, als er unter der Äquatorlinie hindurchging, nach dem Bücken zu schnell aufgestanden war; oder von der Zeit in Belgien, als er mitansehen musste, wie Nonnen erschossen wurden – *niedergemäht*, wie er es nannte –, einige alt, andere kaum mehr als Mädchen, die ihr Kloster vorübergehend als Lazarett geöffnet hatten, indem sie die Verwundeten und die Sterbenden zusammenflickten und ihnen Trost spendeten, nur um selbst abgeschlachtet zu werden, als eine Kompanie des Feindes durchzog. Wenn er über diese Erinnerungen sprach, saß ich auf einer Fußbank ihm direkt gegenüber, auf der anderen Seite des Feuers, und schaute hoch in sein Gesicht, mit fünf Jahren genauso wie in meinen Zwanzigern, als ich bereits ans Heiraten dachte; und es war immer die scheinbare Ergebenheit meines Schweigens, die ihn zum Reden brachte, denn so ließ ich ihn wissen, dass Raum und Stille vorhanden waren für sein Erinnern, dass er nicht unterbrochen werden würde und sagen konnte, was er wollte, ohne dafür abgeurteilt zu werden. Natürlich gab es sehr viel, was ungesagt bleiben musste, vor allem zwischen einem Vater und einer Tochter, doch ich wusste, dass er an diesem Feuer mehr sagte, als es ihm je in einer Beichte möglich gewesen wäre, mit so leiser Stimme, dass ich mich manchmal zu ihm vorbeugen musste, um ihn zu verstehen, und ich wandte den Blick ab, wann immer ich spürte, dass er darauf zählte.

Weil Annie darauf bestand, dass ich mich ausruhte, hatte sie mir Johns Leichnam schon nach wenigen Minuten wieder abgenommen. Der Schal, in den er gewickelt war, war in einem Grauton, der einmal schwarz gewesen war, und er war so fest eingepackt, dass ich nichts sah außer brüchiger Wolle. Und als ich jetzt meinen Vater über Familienähnlichkeit reden hörte, merkte ich, dass ich kein Bild von meinem Baby im Kopf hatte. Die reine Erwähnung meiner Mutter ließ mich ihr Gesicht sehr deutlich sehen, aber Vergleiche waren sinnlos. Ich strengte mich an, um meinen Jungen vor meinem inneren Auge zu sehen, konnte aber nicht heraufbeschwören, was ihn zu meinem machte.

»Nellie?«, fragte mein Vater. »Was ist los? Stimmt was nicht?«

Ich versuchte zu sprechen, konnte aber anfangs nur den Kopf schütteln. Er stützte sich mit der Hand an der Stuhllehne ab und richtete sich ein wenig auf.

»Dieses Bett ist wie ein Käfig«, sagte ich schließlich. »Ich kann nicht hier liegen bleiben. Ich muss aufstehen.«

»Nein, Liebling.« Jetzt beugte er sich über mich. »Noch nicht. Gib dir noch einen oder zwei Tage. Das ist früh genug, und es wird dir zumindest etwas besser gehen.«

Ich hörte nicht auf ihn, sondern schlug die Decke zurück, schob meine nackten Füße über die Kante der Matratze und versuchte, mich aufzusetzen. Sofort durchfuhr mich ein stechender Schmerz, ein schriller Schrei drang aus meiner Brust. Das Bedürfnis, mich wieder hinzulegen, war enorm, doch ich kniff die Augen zusammen und zählte die Sekunden, bis mein Körper sich an die neue Haltung gewöhnt hatte. Als ich dazu fähig war, ließ ich meine Zehen den Boden finden und bewegte die Füße Zentimeter um Zentimeter vorwärts, bis ich mir sicher war, dass meine Beine das Gewicht tragen konnten.

»Kannst du nicht einfach stillhalten, Nellie?«, fragte mein Vater, kam aber ums Bett herum und hielt mich an den Ellbogen aufrecht. »Die Ruhe tut dir doch nur gut.«

Ich schaute ihn an und schüttelte den Kopf. »Ich komme mit dir«, sagte ich ihm und spuckte die Worte fast, weil sie gesagt werden mussten. »Du hast keine dumme Kuh aufgezogen, Dad. Man muss mir nicht sagen, was jetzt passieren wird. Du wartest auf Dinsy, und ihr werdet erst spät aufbrechen, aber es muss heute Nacht passieren. Und ich komme mit.«

Flehentlich wiederholt er meinen Namen, sagte aber weiter nichts, bis das Schweigen zwischen uns klaffte.

»Nimm mir das nicht, Dad«, sagte ich. »Und verlange nicht von mir, dass ich einfach hinnehme, was du selbst nie zulassen würdest, wenn es um dich ginge.«

Seine Augen glänzten, und wie so oft war ich verblüfft von seiner Größe und seiner Kraft, Brust und Schultern wie der Stamm einer Eiche, so breit und stark. Gebaut, um zu ertragen und um uns alle zu beschützen und bewahren. Das mittlere Alter näherte sich seinem Ende, doch sein Kern wollte noch nicht bröckeln.

»Du wärst besser dran, wenn du liegen bleiben würdest«, sagte er mir, weil er noch immer das Richtige tun wollte, und wandte das Gesicht dann dem Fenster zu. Die erste Ahnung der Dämmerung legte sich übers Land, aber wir hatten bereits den Teil des Jahres erreicht, in dem die Tage lange sind, und deshalb war die Nacht, deren Schutz unentbehrlich war für das, was getan werden musste, noch weit weg. »Oder wenn du nicht hierbleiben willst, bringe ich dich zu uns nach Hause, damit May dich verwöhnen kann. Mitanzusehen, was getan werden muss, wird dir ganz und gar nicht guttun, Liebling. Dinsy und ich können uns um alles kümmern.« Am Klang seiner Stimme hörte ich jedoch, dass er in der Tiefe seines Herzens bereits weich geworden war. Wahrscheinlich erkannte er auch, dass das, was er sagte, keinen Sinn ergab.

Ich versuchte zu stehen, aber es ging nicht. Als er sah, dass ich gleich fallen würde, stützte er mich und führte mich zum Fuß des Betts, fand meine Kleider, die über der Rückenlehne eines Stuhls hingen, setzte mich behutsam hin und half mir beim Anziehen. Scham war unangebracht, in diesen wenigen Minuten war er ich und ich er, und während ich die Hände über den Kopf hob, wie ich es als kleines Mädchen gemacht hatte, bewegte er sich ungezwungen um mich herum, zog mir das Nachthemd aus, streifte mir das weite Leibchen und meine Bluse über und schließlich, nachdem er mir einen Augenblick Ruhe gegönnt hatte, meine Kittelschürze.

Für den Großteil des Jahrzehnts nach seiner Rückkehr aus dem Krieg war er mit einer Nonne befreundet gewesen, einer Frau aus Clare, die für einige Jahre nach Cork versetzt worden war, die er aber schon in Frankreich kennengelernt hatte, als er in einem Feldlazarett lag. Schwester Bríd. Ich war damals noch ein Kind und sah sie kaum mehr als drei- oder viermal, aber ich erinnere mich, dass ihre linke Gesichtshälfte entstellt war, das

Auge blind, mit einer Haut wie umgegrabene Erde und einem Mund, der nach unten hing, wie von einem Dornenstrauch aufgerissen. Sie schien vor allem und jedem Angst zu haben, konnte aber lachen und fühlte sich aus irgendeinem Grund wohl in seiner Nähe. Das Kloster setzte sie als Krankenschwester in der *North Infirmary* ein, und alle paar Wochen hatte sie Nachtschicht, und weil dieser Umstand sie fürchterlich aus der Fassung brachte, aus Gründen, die ich mir nicht hätte vorstellen können, ging mein Vater hin – ich glaube, eher als Geste der Kameradschaft und der Bestärkung denn als tatsächliche Unterstützung – und begleitete sie auf ihren Runden. Ich kann mich noch an einen Tag erinnern, als meine Mutter, die sonst so still und gelassen war, ihn anging, weil sie wissen wollte, warum er sich eine solche Mühe machte. Sie wusste nur zu gut, dass diese andere Frau keine Bedrohung war, ihr Vorwurf war deshalb nicht von Eifersucht getrieben, und sie versuchte, ihre Worte zu mäßigen, damit sie eher verletzt als wütend klangen, aber sie konnte nicht anders, als sich darüber zu ärgern, dass er neben seiner Familie jemanden in seinem Leben hatte und jene Nächte weg von uns, weg von ihr verbrachte. So jung ich war, sah ich doch die Enttäuschung in seinem Gesicht, aber er unterbrach meine Mutter nicht, während sie sich ihre Enttäuschung und ihre Ängste von der Seele redete. Als sie ihre Meinung gesagt hatte, erwiderte er ihr, dass er aushelfe, weil er darum gebeten worden sei, von jemandem, der nie leichtfertig um etwas bat, weder ihn noch andere. Und, sagte er, er habe herausgefunden, dass er gut mit Kranken und Verwundeten umgehen könne, weil er in den Gräben von Frankreich und Flandern notgedrungen bei der Pflege mitgeholfen habe, mehr als es seine Pflicht gewesen wäre, und da er zu den Glücklichen gehöre, die es zurück nach Hause geschafft hatten, habe er das Gefühl, dass er ein wenig von sich hergeben müsse, diese wenigen Stunden ein paarmal im Monat, denn andere hatten viel mehr gegeben und zu einem viel höheren Preis. Meine Mutter weinte, als sie ihn so offen reden hörte, weil er ihr einfach erklärte, wie er sich fühlte, anstatt sie anzugehen oder zu schelten, und dabei hinnahm, dass sie nie ganz verstehen konnte, worüber er sprach, dass das niemand konnte, der es nicht durchgemacht hatte. Ich wusste, dass sie sich nun schämte für die Gedanken, die ihr durch den Kopf gegangen waren, und ich bin mir sicher, dies war auch der Grund dafür, warum Streits zwischen ihnen nie lange dauerten und die Versöhnung immer so einfach war.

Mir begegnete er jetzt auf dieselbe sanfte Art, und ich erlebte an ihm jene fürsorgliche Seite, die sich um die Verwundeten in diesen Gräben und die Schwindsüchtigen hier in Cork gekümmert hatte. Er half mir beim Anziehen, und als ich anfing zu weinen, drückte er mir die Lippen auf die Wange und versicherte mir, dass ich mit der Zeit schon darüber hinwegkommen werde, dass ich noch viele gute und glückliche Tage vor mir habe, ich und Dinsy, wir beide. Ich wünschte mir, dass seine Worte wahr werden würden, und lachte ihn durch meine Tränen an, stieg dann mit nackten Füßen in die Sandalen, die er vor mir bereitgestellt hatte, und stand mit wackeligen Knien noch einmal auf.

In Forge View kam uns die Wartezeit bis Mitternacht unendlich vor. Annie hatte das Feuer entzündet, und obwohl niemandem kalt war, saßen wir alle darum herum, ich im Sessel meines Vaters, May und Annie auf der Sitzbank mir gegenüber. Dinsy und mein Vater standen eine Weile draußen im Hof, zusammen mit meinem Bruder Dixie, der auf dem Heimweg von der Arbeit vorbeigeschaut hatte, doch sie redeten nur hin und wieder, da sie sich mit Schweigen wohler fühlten als mit Worten.

Um uns die Zeit zu vertreiben, tranken wir Kakao aus Bechern, mit Milch, die wir in einem Blechtopf über dem Feuer erwärmten, und füllten dann für die Männer Becher mit Porter aus einem großen Kupferkrug. Dinsy kippte seinen, wie er war, kalt und mit einer Schaumkrone, weil das Bier einige Tage in der angebauten Vorratskammer gestanden hatte, doch mein Vater stellte sich dicht ans Feuer, schob den Schürhaken für eine Weile in die Glut und tauchte die glühende Spitze dann in sein Getränk. Das Zischen des heißen Eisens, das die schwarze Flüssigkeit erhitzte, war im Zimmer so laut wie ein abfahrender Zug und erinnerte mich an all die Weihnachtsabende, an denen ich das erlebt hatte, und ich lächelte, als ich sah, dass ein wenig Dampf aus dem Becher stieg, was nur wegen des Feuerscheins zu sehen war.

John war nicht das erste Baby in unserer Familie, das starb. Dixie und seine Frau hatten Ähnliches schon ein paarmal durchgemacht, ein tot geborenes Mädchen spät im ersten Jahr ihrer Ehe, und dann noch einmal, nach ihrem ersten Kind, das lebte, ein zweites Mädchen, das als kleine, schwache Frühgeburt nur etwa eine Woche überlebte. Doch war sie wenigstens getauft worden, dafür war Zeit gewesen, wenn auch nur knapp, aber das machte den Unterschied.

Ich versuchte, den Blick nicht vom Feuer zu nehmen, den verschiedenen Farben der Flammen, die sich durch die Torfbriketts auf den lang glimmenden Holzscheiten fraßen, und war mir doch die ganze Zeit der Schlafzimmertür bewusst, keine drei Meter von mir entfernt und auf eine Art zugezogen, wie sie es in meinem ganzen Leben eigentlich nie gewesen war. Sechs Kinder einschließlich mir selbst waren zwischen den Wänden dieses Zimmers geboren worden, und drei Menschen hatte dort ihren letzten Atemzug getan – mein armer Bruder Jimmy, meine Mutter und die Mutter meines Vaters, die aus England zurückgekehrt war, als ich noch klein war, um im Kreis derer, die sie liebte, und an dem Ort, wo sie am glücklichsten gewesen war, zu sterben. Nun wartete dort mein Baby, allein in der Stille des Zimmers, in einer offenen Sperrholzkiste, die heute am späten Nachmittag hastig zusammengenagelt worden war, aus Holzresten von der Schmiede auf der anderen Straßenseite.

Die Nacht wurde tiefer, und allmählich fühlten wir uns alle gefangen in einer Art Vorhölle, zugleich sehnsüchtig darauf wartend, dass dieser Tag zu Ende gehen würde, und voller Angst wegen dem, was wir bald tun würden, davor, was der neue Tag bringen würde.

»Wie spät ist es eigentlich?«

Ich beugte mich im Sessel vor und schaute zur Uhr auf dem Kaminsims. Die ständige Hitze hatte das Glas über die Jahre fleckig werden lassen, sodass das Zifferblatt fast nicht mehr zu erkennen war.

Ich drehte mich zu Dinsy um.

»Kurz nach elf, glaube ich, Liebling.« Das Ticken hatte eine so steife Monotonie, dass man schon nach wenigen Minuten taub dafür wurde, aber da es mir jetzt wieder bewusst geworden war, wirkte das Geräusch erneut langsam und sehr laut.

»Würde sagen, das ist spät genug.« Er räusperte sich, aber seine Stimme blieb abwesend. »Was meinst du, Jer?«

Mein Vater meinte, er sehe das genauso, dass zu dieser späten Stunde nicht mehr viele auf der Churchyard Lane unterwegs sein würden. Die Ecke des Zimmers, in der er stand, hatte ihn völlig verschluckt, und ich sah nur seinen Umriss, bis ein wenig vom Schein des Feuers auf ihn fiel. Als Reaktion auf seine Bewegung erhob ich mich aus dem Sessel. Ich spürte, wie meine Schwestern mich beobachteten, und wusste, dass ihnen dasselbe durch den Kopf ging, aber sie sagten nichts, weil ich der Vernunft nicht mehr zugänglich war. Da ich zu hastig aufgestanden war, musste ich mich gegen das Auflodern des Schmerzes stemmen, der erneut durch meinen Körper brannte, und auch wenn es sonst niemand bemerkte, glaube ich, dass mein Vater es spürte, denn er kam schnell zu mir und streckte mir seinen Arm hin, damit ich mich einhaken konnte. Ich war dankbar für seine Stärke, hatte aber auch Angst, denn diesmal verging das Gefühl der Schwäche nur langsam. Hinter uns räusperte Dinsy sich noch einmal, als wollte er etwas sagen, doch als keine Worte kamen, ging er ins Schlafzimmer und kam ein oder zwei Minuten später mit der kleinen Holzkiste in den Armen wieder heraus. Mein Vater und ich ließen ihn vorbei und folgten ihm dann auf die Straße.

Zwei Schaufeln standen schon an der Vorderseite des Hauses bereit, und mein Vater nahm eine, während Dinsy die Holzkiste, so leicht sie war, ein wenig bewegte, damit er die linke Hand frei bekam und nach der zweiten greifen konnte. Dann machten wir uns auf durch das Hall Field auf die New Road. Wir bewegten uns umsichtig und schweigend, um die späte Stunde nicht zu stören und weil wir alle drei mit unseren eigenen Gedanken beschäftigt waren, und ich kam mir zwischen den beiden Männern zwar klein, aber geschützt vor.

Weiter weg vom Haus, unter freiem Himmel, blieben wir kurz stehen, um unsere Lage zu begutachten. Der Himmel, der fast den ganzen Tag klar wie Glas gewesen war, hatte sich bewölkt, was der Dunkelheit eine bedrohliche Schwere verlieh und den Dreiviertelmond verdeckte. Heute Nacht war das allerdings genau der richtige Himmel für uns. Und wir kannten den Weg so gut, dass wir weder Mond noch Sterne brauchten, um uns zu leiten.

Eine alte Mauer trennte die Straße von der geweihten Erde. Auf unsere Seite war sie nicht besonders hoch, sie reichte mir nur bis zum Kinn, doch der Friedhof im Inneren lag einige Meter tiefer.

»Wie sollen wir das angehen?«, fragte Dinsy.

Es gab zwei Wege zur Eingangspforte des Friedhofs: entweder auf der Straße zurück ins Dorf und an der St. Columba's Terrace entlang, wo Dinsy und ich lebten und wo wir durchaus noch gesehen werden konnten, oder in die entgegengesetzte Richtung, nach links und über die Bow Wow Bridge und die Chapel Steps hinunter, was bedeutete, dass wir an der Kirche vorbeimussten und, schlimmer noch, am Pfarrhaus mit seinem riesigen Wolfshund, der im vorderen Garten eingepfercht war, ein Vieh mit einem Bellen, das auch die am längsten Begrabenen aus der Erde holen konnte. So oder so hatten wir noch zehn oder fünfzehn Minuten Fußmarsch vor uns, vor allem wenn man berücksichtigte, wie langsam ich vorwärts kam.

Mein Vater lehnte sich an die Mauer. Hunderte Grabsteine ragten ohne Ordnung bleich und hässlich wie schiefe Zähne aus der Schwärze, doch ich hätte unsere kleine Grabstätte mit verbundenen Augen und ohne einen Augenblick des Zögerns finden können. Halb versteckt unter einem nach vorne geneigten Weißdorn, die Erde bereits angefüllt mit den Knochen meiner Großmutter, meiner Mutter und meines Bruders.

»Steig du drüber und fang an, Junge, und Nellie und ich gehen außenrum zum Tor. So tragen wir nichts bei uns, wenn wir gesehen werden. Es wird einfach aussehen, als würde ich sie nach Hause bringen.«

Dinsy murmelte seine Zustimmung, drückte Jer den kleinen Sarg in die Arme, packte den oberen Rand der Mauer und wollte sich eben hochstemmen und darüber schwingen. Doch bevor er es tun kannte, bekam ich ihn am Jackenärmel zu fassen.

»Warte.« Ich schaute ihn an und dann meinen Vater. »Ich will nicht, dass wir uns trennen. Wir können alle auf diese Art rein.«

»Du bist nicht in der Verfassung, um über Mauern zu klettern, Nellie.«

»Nein, wahrlich nicht, mein Mädchen«, stimmte mein Vater ihm zu. »Du wirst dir selbst Schaden zufügen.«

»Werde ich nicht«, sagte ich, denn ich hatte mich schon dazu entschlossen, wenn auch gerade erst in diesem Augenblick. »Da unten an der Ecke ist die Mauer ein bisschen niedriger. Steig du vor uns hinein, Dad. Dinsy kann mir auf die Mauer helfen und mich dann zu dir herunterlassen. Wir gehen es langsam an, dann passiert mir nichts. Aber so ist es besser. Wir riskieren nicht, gesehen zu werden, und mir bleibt der Fußmarsch erspart.«

Die Arbeit, am Fuß der Grabstelle bis in eine Tiefe von über einem Meter zu graben, war anstrengend, vor allem wegen der späten Stunde und weil so leise vorgegangen werden musste. Trotz der sinkenden Temperaturen zog Dinsy sich bis zum Unterhemd aus und mein Vater bis zum Hemd, damit sie sich freier bewegen konnten und weil sie – vor allem mein Vater – aus Erfahrung wussten, wie schweißtreibend diese Betätigung war. Sie stellten sich zu beiden Seiten des Grabes auf und machten sich an die Arbeit. Nach einigen Mühen fanden sie einen Rhythmus, bei dem sie sich in ihren Schaufelbewegungen abwechselten, beide in dem Bewusstsein, dass sie mit ihren Kräften haushalten mussten, aber auch erpicht darauf, so schnell wie möglich fertig zu werden. Ich stellte mich unter den Weißdorn und schaute ihnen zu, froh um die Äste über mir und um mich herum, die beladen waren mit Blüten, ein rosiger, nach Sommer riechender Pelz, der seine Leuchtkraft auch in der Dunkelheit nicht verlor, und als mir vom langen Gehen und Stehen die Füße wehtaten, setzte ich mich, lehnte den Rücken an den Stamm und drückte mir Johns Leichnam an die Brust. Abgesehen von den Grabgeräuschen beherrschte eine kalte Stille die Nacht, doch nach einiger Zeit hörte ich das Rasseln des zunehmend angestrengten Atmens meines Vaters, ein Röcheln am Ende jedes Ausatmens. Bevor ich etwas sagen konnte, stieß mein Mann das Blatt seiner

Schaufel mit seiner Stiefelsohle in die Erde und richtete sich langsam auf, auf eine Art, die meinen Vater zwang, ebenfalls innezuhalten.

»O Mann«, keuchte Dinsy und tat erschöpfter, als er es war. »Das macht einen vielleicht fertig.«

Mein Vater stützte die Hände auf den Schaufelstiel und drückte ihn sich an die Brust. Er wusste, was Dinsy da tat, sagte aber nichts und konzentrierte sich aufs Luftholen, bis sein Atmen die Rauheit verloren hatte. Dann machten sich beide wieder ans Graben.

Keiner von uns hörte den Priester, bis er uns schon fast am Kragen hatte. Später sollte ich mir die Schuld dafür geben, denn die Männer waren durch ihre Arbeit freigesprochen. Weil es in jener Nacht auf dem Friedhof so finster gewesen war und der Tag so lang und so quälend, hatte ich Mühe, meine Augen offen zu halten. Auch deshalb schämte ich mich – dass ich zu schwach war, mich dem Sog des Schlafes zu widersetzen, während kaum eine Armeslänge entfernt mein Vater und mein Mann schwitzten, um meinem Sohn ein Grab zu graben, und ich nur seinen Leichnam in einer Kiste auf dem Schoß hatte.

Dinsy war der Erste, der den Kopf hob, als Reaktion auf das leise Scharren von Schritten auf dem Kiesweg irgendwo hinter mir. Er streckte die Hand aus und fiel meinem Vater in den Arm, und ich beugte mich ein wenig vor, und nach einigen Sekunden hörten wir es wieder und dann noch einmal, jetzt schon laut und immer näher, das unmissverständliche Knirschen von Absätzen, deutlich und gemächlich und ohne sich die Mühe zu machen, sich heimlich anzuschleichen.

Wir rührten uns nicht, weil es kein Entrinnen gab.

Und ich wusste, dass in einer solchen Situation weder Dinsy noch mein Vater zum Türmen neigten.

Die Schritte kamen näher, und nach ein paar Sekunden tauchte der Priester zwischen den Gräbern auf. Pfarrer Field war ein breiter Mann mit runder Brust, so groß wie die beiden Männer, denen er jetzt gegenüberstand, aber bekleidet mit einer solchen Schwärze, dass sein im Vergleich bleiches Gesicht wie körperlos wirkte, und auch seine Hand, als er sie hob und etwas mit seinen Fingern machte, eine Art Flattern, war merkwürdig weibisch, eine Geste, deren Bedeutung, ob als Gruß oder Drohung gemeint, uns verborgen blieb.

»Was ist denn hier los?«, fragte er, eher neugierig als erbost, als wäre er bei einem gemächlichen Spaziergang gänzlich unerwartet auf uns gestoßen. Seine Stimme klang ungewöhnlich hoch, weil ihr die Tiefe des sicheren Echos der Kanzel fehlte. Wir starrten ihn an, doch keiner sagte etwas, während er uns einen nach dem anderen musterte und sein Blick zuletzt auf mich fiel, jedoch nicht lange verweilte. Dann fing mein Vater, der etwa zwei Meter entfernt stand, an, das Blatt seiner Schaufel mit dem Absatz zu reinigen.

»Was wollt Ihr, Hochwürden?«, fragte er.

»Jer, nicht? Jer Martin?«

»So ist es.«

»Was treibst du denn hier draußen, so spät in der Nacht, Jer? Hast du kein Zuhause?«

Wieder konnte ich die Atmung meines Vaters hören, nicht angespannt von der Arbeit, sondern weil er versuchte, ruhig zu bleiben.

»Findet Ihr das lustig?«

 Er sagte das auf eine Art, dass der Priester, weil er

nicht sicher war, ob er richtig gehört hatte, einen kleinen Schritt näher kam.

»Lustig?« Der Pfarrer schien verwirrt. »Wie meinst du das?«

»Ich meine das Grinsen. Das Lachen in Eurer Stimme.«

Wir waren ertappt worden, und ich zitterte. Doch jetzt stieg eine tiefere Angst in mir auf, nicht nur wegen dem, was mein Vater sagte, sondern auch wegen seines bedächtigen Tons. Ich stützte mich seitlich auf den rechten Arm und drehte den Kopf vom Pfarrer weg, weil ich mir sicher war, mich gleich übergeben zu müssen. Dinsy ließ seine Schaufel fallen und kniete sich neben mich.

»Ich weiß, was ihr da treibt«, sagte der Pfarrer, eher an niemandem im Besonderen gerichtet, denn er hatte seine Autorität wiedergefunden und versuchte, ein Schutzschild daraus zu machen, indem er seine Stimme deutlich tiefer und lauter werden ließ. »Ihr habt hier nichts zu suchen. Ihr seid unbefugt hier eingedrungen. Ihr seid alle drei unbefugte Eindringlinge.«

Mein Vater hielt die Schaufel quer, und nur das nervöse Hin und Her seiner Finger strafte seine Gelassenheit Lügen. Hatte ich bisher geglaubt, ihn im Gespräch sehr gut zu kennen, erkannte ich jetzt zum ersten Mal in meinem Leben eine Andeutung des Soldaten in ihm, der er einmal gewesen sein musste. »Nein«, sagte er, ohne die Stimme zu heben oder den Blick abzuwenden. »Das sind wir nicht. Dieses Fleckchen Erde gehört uns, und mir soll keiner kommen und mir sagen, dass das nicht stimmt. Meine Toten sind hier begraben, meine Frau, meine Mutter, meine Schwester und mein Kind. Und was wir vorhaben, geht die Kirche nichts an. Nicht heute Nacht.«

»Jer Martin«, sagte der Priester noch einmal, laut, als wollte er sich den Namen vormerken. Aber sein Gepolter verfing nicht mehr so recht, ich spürte seine Angst und wusste, dass sie nicht unberechtigt war. »Ich werde deinen Namen am Altar nennen, und ich werde dir in der Früh die Polizei an die Tür schicken. Allmächtiger, du bist bei Weitem nicht der Erste, der so was versucht, Mann. Glaubst du wirklich, wir hatten über die Jahre nicht andere Männer, die hier ihre Bastarde begraben wollten?«

Die Schaufel in den Händen meines Vaters hob sich schlagbereit. »In Eurer Kirche könnt Ihr mich nennen, wie Ihr wollt«, sagte er, und seine Stimme senkte sich ein wenig und klang noch bedrohlicher. »Das ist ja alles, was Ihr könnt. Aber wenn Ihr es wagt, mir dieses Wort noch einmal hinzuwerfen, dann haue ich Euch ein Grinsen auf den Mund, das Ihr nie wieder loswerdet.«

Dinsy an meiner Seite richtete sich auf, als wollte er dazwischengehen, aber mein Vater schickte ihn mit einem schnellen Seitenblick wieder in die Hocke. »Nein, Junge. Das muss gesagt werden. Diese Priester halten sich für Könige, aber die schlimmsten von ihnen sollte man an die Wand stellen und erschießen für das, was sie den Leuten antun.«

»Du machst einen Fehler.« Pfarrer Field versuchte, wieder zu lachen. »Ihr alle. Einen großen Fehler. Und der wird euch noch leidtun.«

Ohne das Rascheln des Winds im Weißdorn über mir hätte ich fast geglaubt, die Welt wäre stehen geblieben, bis mein Vater wieder etwas sagte.

»Ich kenne Euresgleichen schon mein ganzes Leben lang«, sagte er zu dem Priester. »Schickt mir doch die

Polizei auf den Hals, wenn Ihr müsst. Ich bin auf alles gefasst. Aber jetzt, in diesem Augenblick, müsst Ihr eine Entscheidung treffen. Ihr könnt Euch umdrehen und weggehen, wieder nach Hause und in Euer Bett, oder Ihr könnt gehen und die Gebete sprechen, die Eurer Meinung nach gesprochen werden müssen. Ihr könnt aber auch hierbleiben und zusehen, was passiert. Denn in dieser Erde ist Platz genug für noch einen. Und wenn Ihr mich auch nur ein bisschen kennen würdet, dann wüsstet Ihr, dass ich nicht zögern werde.«

»Du bist verrückt«, sagte der Priester und wiederholte die Worte laut schreiend, als wäre er ein ganzes Feld entfernt und nicht nur ein paar Schritte. Er trat einen großen Schritt nach hinten und dann noch einen, und in seiner Hast, zurück auf den Weg zu kommen, stolperte er auf dem unebenen Boden und fand sein Gleichgewicht erst wieder, als er gegen die Kante eines schiefen Grabsteins prallte. Dann knirschte der Kies erneut unter seinen Füßen, und mit dem zunehmenden Abstand zu uns fasste er neuen Mut, blieb kurz stehen und wiederholte, dass wir einen großen Fehler machten, wir alle, dass wir in der Hölle brennen würden für das, was wir vorhatten, die Entweihung des Friedhofs mit unserer dreckigen Todsünde. Von meinem Platz aus konnte ich ihn nicht mehr sehen, doch als mein Vater die Schaufel wieder hob, wie um einen Schlag anzudeuten, konnte ich mir seine Reaktion vorstellen, die plötzliche Heftigkeit seines Zuckens, und binnen Sekunden wurde dieses Bild durch die Geräusche seines hastigen, panischen Rückzugs bekräftigt.

Keiner von uns sagte etwas. Der Klang der Schritte wurde schwächer, das kleine Friedhofstor quietschte, und mein Vater stellte sich ans Grab und stieß das Blatt seiner Schaufel wieder in die Erde. Dinsy hob seine Schaufel vom Boden auf und nahm seinen Platz auf der anderen Seite ein. Über Lärm brauchten sie sich keine Gedanken mehr zu machen. Und als sie eine Tiefe erreicht hatten, in der dieses Schaufeln im Tandem nicht mehr möglich und im Loch nur Platz war für einen Mann, wechselten sie sich alle fünf oder zehn Minuten ab, ohne auch nur ein Wort darüber zu verlieren, der eine stieg hinein, während der andere sich auf die Schaufel stützte und zuschaute. Doch sie ruhten sich niemals wirklich aus, und ihre Gesichter waren – soweit ich das sehen konnte – gemartert und voller Wut. Schließlich richtete mein Vater, schultertief in der Erde, sich auf und drückte sich eine Hand ins Kreuz.

»Das ist tief genug, meinst du nicht auch, Dinsy?«

»Ich würde sagen, ja.«

Er nahm meinem Vater die Schaufel ab und half ihm aus dem Loch. Ich stellte die Kiste neben mir aufs Gras und richtete mich mühsam auf. Nach dem langen Sitzen schoss der Schmerz an vielen Stellen gleichzeitig durch mich durch, und als ich nach dem Baum griff, um mich abzustützen, packte mich die tiefe und gewisse Angst, dass meine Eingeweide jeden Augenblick aus mir heraus und auf den Boden plumpsen würden. Den Männern zuliebe war ich froh, dass es noch dunkel war.

»Alles in Ordnung mit dir, Liebling?«

Ich schloss die Augen und kam mir vor, als würde ich gedreht werden.

»Alles bestens«, sagte ich und verkniff mir ein Schluchzen. »Nur ein Stich. Hab mich zu schnell bewegt. Ist gleich wieder vorbei.«

Um mich abzulenken, konzentrierte ich mich auf Dinsy, der ums Grab herumgekommen war und die Kiste vom Boden aufhob. Vor meinen Augen tat er nun etwas völlig Unerwartetes: Er wischte sich die Hände am Hosenboden ab, zog den Schal, der John bedeckte, auseinander und küsste unserem Jungen Stirn und Wangen, bis ihn die Tränen übermannten.

»Wir sollten sehen, dass wir fertig werden«, sagte mein Vater. Er murmelte die Worte, richtete sie an keinen von uns direkt, wusste aber, wie wir auch, dass sie gesagt werden mussten. »In diesen Tagen wird's schon früh hell.« Er zögerte, und räusperte sich noch einmal. »Ich würde sagen, es ist Zeit.«

Dinsy drückte sich mit den Fingern die Tränen aus den Augenwinkeln und schaute uns an, als würde ihm gerade erst klar, worum es ging, nickte dann und zog unserem Kind mit großer Behutsamkeit den Schal wieder übers Gesicht. Was mit uns von da an auch noch passieren sollte, ich wusste, dass ich diesen Anblick als etwas Kostbares in mir behalten würde. Diese Seite an ihm, die er, weil er stark sein wollte und es nicht ganz schaffte, mich zum ersten Mal richtig sehen ließ. Ich glaube, die Erkenntnis, dass sein Herz ebenso verletzt werden konnte wie meines, veränderte etwas zwischen uns.

Mit dem Sarg in den Armen kletterte er ins Grab und legte unser Baby ab. Ich kam unter dem Weißdorn hervor und schaute zu, wie er die Hand meines Vaters packte und sich wieder in die Welt ziehen ließ. Dann standen wir dicht zusammen, wir drei, wie zuvor und doch nicht mehr ganz dieselben, denn wir fühlten uns für immer und ewig weniger als vorher. Und als ich, weil keiner etwas sagte, fragte, ob man ein Gebet sprechen solle, seufzte mein Vater und meinte, ich sollte ruhig eines sprechen, wenn ich wollte und wenn ich glaubte, dass es mir dann besser gehen werde; er für sich aber glaube, wenn es einen Gott gebe, der zuhöre, einen, der sich auch nur einen Deut um uns schere, dann werde Schweigen ebenso gut gehört wie jedes Wort. Ich zitterte, und da Dinsy keine Jacke hatte, die er mir umlegen konnte, schlang er seinen Arm um meine Schultern, und mein Vater nahm meine Hand in seine, und so blieben wir eine Weile, reglos beieinander, jeder den eigenen Gedanken nachhängend und in die offene Erde starrend, und ließen, wie er angeregt hatte, das Schweigen unser Gebet sein.

»Bring du Nellie jetzt nach Hause, Dinsy.« Die Stimme meines Vaters, als sie dann kam, war wie eine leer gekratzte Hülse. »Ich bringe das hier zu Ende. Ihr seht erledigt aus, ihr zwei.«

»Nein«, sagte ich, ohne den Kopf zu heben, stur bis zum Ende. »Ich gehe nicht weg. Außer wir gehen alle.«

Was er gesagt hatte, stimmte; Dinsy und ich waren völlig erschöpft. Ich schaffte es irgendwie, aufrecht stehen zu bleiben, konnte aber nur in Seufzern atmen und wollte lieber nicht daran denken, dass ich noch den Weg zurückgehen musste. Die wenigen Minuten Entfernung bis zu unserer Mietwohnung und dann noch einmal so weit bis Forge View kamen mir unmöglich weit vor.

Dinsy hob die Schaufeln auf und gab eine meinem Vater. »Wir bleiben«, sagte er. »Lohnt sich nicht, jetzt zu gehen.« Als er sich umdrehte und seine Schaufel in den Haufen ausgehobener Erde stieß, fiel mir auf, dass in dem klaren Stück Himmel über uns der Mond nun sichtbar war – ein Fragment davon, glänzend wie Buttermilch – und ein paar Flecken Sternenlicht. Sein Schein erhellte Dinsys Rücken, die schweißbedeckte Haut seiner Schultern, gerundet von der Last des Tages und der Nacht. Er warf die erste Schaufel Erde in das Loch, und der dumpfe Schlag, mit dem sie auf dem Grabgrund auftraf, konnte den leicht gedämpften Aufprall der Krumen auf dem verhüllten Leichnam nicht verhehlen. Die zweite Schaufel war das genaue Echo der ersten, und als er sich diesmal wieder dem Haufen zuwandte, hört ich ihn schluchzen, ein schreckliches Tränengrunzen. Ich beneidete ihn um diese Erleichterung und spürte meine Scham noch tiefer werden, denn er sah in seinem Geiste, was auch ich sah, wie es eben war, unser Baby unter einem Regen aus Erde, doch er konnte weinen, und ich, in diesem qualvollsten Augenblick, konnte es nicht.

Die einzige Hoffnung, die uns jetzt noch blieb, war, schnell zum Ende zu kommen, für eine halbe Ewigkeit schien das Loch jedoch immer noch groß aufzuklaffen, seine Schwärze ein Abgrund, den das Mondlicht nicht durchdringen konnte. Die Männer machten weiter, und das laute, schwere Geräusch der geschaufelten Erde wurde allmählich schwächer und das Loch flacher.

Wenn wir nicht bereits ertappt worden wären, hätten wir die Erde sorgfältig planieren müssen, damit Paddy Reilly, der Totengräber des Friedhofs, nicht bemerkte, dass das Grab geöffnet worden war. Solche Vorsichtsmaßnahmen erschienen jetzt unnötig, doch mein Vater bestand darauf, die letzten Schaufeln übriger Erde so glatt und gleichmäßig zu verteilen wie irgend möglich, nicht für diejenigen, die den Boden nach Grabspuren absuchten mochten, sondern weil es unser Grab war und er wollte, dass es ordentlich aussah.

Wir machten uns auf den Rückweg zum Haus meines Vaters und mieden dabei den Dorfkern, indem wir der Straße folgten, die am Pfarrhaus und der Kirche vorbeiführte, dann über das Sträßchen zum Finger Post und an der Schmiede entlang. Auf dieser Route war es nicht nur unwahrscheinlicher, dass wir gesehen wurden, wir wussten auch, dass diejenigen, die uns durch die Fenster der wenigen Häuser, an denen wir vorbeikamen, sehen mochten, es für sich behalten würden.

Dinsy führte uns über den Friedhof, die Schaufel wie ein Gewehr auf der rechten Schulter, so dass das Blatt die Luft hinter ihm verwirbelte, entlang des schmalen Kieswegs, zu dessen Seiten sich die Grabsteine entweder zu uns oder von uns weg neigten, zu demselben Tor, durch das der Priester vor wenigen Stunden vor uns geflüchtet war. Die Angeln quietschten, als ich hindurchging, und mir lief es kalt über den Rücken. Solange wir innerhalb seiner Mauern waren, war der Friedhof nichts anderes gewesen als ein Feld mit Gras und Steinen. Als wir ihn jetzt verließen, fühlte es sich an, als würden die Toten gleich auferstehen. Und zu dieser frühen verhexten Stunde war es, als würde die ganze weite Welt und alles darüber hinaus dabei zusehen.

»Schätze, wir kriegen noch Regen, bevor es richtig hell wird«, sagte mein Vater. »Und danach wird der Boden aussehen, als wäre er nie angerührt worden.«

Ich drückte seinen Arm fester.

»Was meinst du, was Pfarrer Field machen wird?«

»Der? Nichts? Der wird sich hüten, einen Aufstand zu

machen. Darüber brauchst du dir nicht den Kopf zu zerbrechen.«

Unser langsames Tempo verringerte sich noch mehr, als wir uns dem Pfarrhaus näherten und uns gefasst machten auf das donnernde Kläffen des Wolfshunds am vorderen Gartenmäuerchen. Aber diese eine Mal war von dem Tier nichts zu sehen, und ohne seine Abwesenheit zu hinterfragen und weil wir dieses kleine Glück nicht zu sehr strapazieren wollten, eilten wir vorbei und versuchten, so viel Abstand wie möglich zwischen uns und unsere Probleme zu bringen.

»Aber er wird reagieren müssen«, sagte Dinsy, als wir an der Kirche vorbei und in Sicherheit waren. »Glaubst du nicht auch? Ich meine, sonst würde er sein Gesicht verlieren.« Er redete nur wegen des Klangs der Worte, das wusste ich; so war er manchmal. Entweder ein Wortschwall oder Schweigen. Er hatte gerade unser Baby begraben, aber über den Pfarrer zu reden war einfacher, als sich unserer Verwüstung zu stellen.

»Er wird nicht reden«, sagte mein Vater. »Und er weiß, dass wir es auch nicht tun werden. Wenn es herauskommt, wäre es für ihn genauso schlimm wie für uns. Er müsste dann mit dem Sergeant sprechen, nur um mir Angst einzujagen. Aber er weiß, dass ihm Herumzetern nichts bringen würde, egal, wie er sich dabei fühlt. Noch mag die Kirche die Herrin im Hause sein, aber er hatte recht, als er sagte, dass wir nicht die ersten waren, die so etwas getan haben.«

»Du glaubst also, die Sache ist ausgestanden?«

»Ja, Junge, das glaube ich. Er wird ein paar Tage vergehen lassen, und dann werde ich eines Morgens die Tür öffnen und er wird dort stehen und warten. Er wird durchblicken lassen, ohne es direkt auszusprechen, dass er sehr wohl weiß, was der Kummer mit den Menschen machen kann, und ich werde nicken und zerknirscht tun, weil er sehen will, dass ich noch weiß, was meine Stellung ist. Und im Weggehen wird er noch was von den Missionen erwähnen und nach einer kleinen Spende fischen. Und wir beide wissen, dass meine paar Pennys dafür sorgen werden, dass es unter der Decke bleibt.«

Ich schätzte, dass es nach drei Uhr war, aber keiner von uns hatte eine Uhr bei sich, und nichts am Himmel deutete darauf hin, wann die Dämmerung die Nacht vertreiben würde. Die Regenvoraussage meines Vaters war wohl mehr ein frommer Wunsch als wahrscheinlich, aber vermutlich war das eher unwichtig, falls auch nur ein Körnchen Wahrheit in dem lag, was mein Vater sonst noch gesagt hatte. Inzwischen war ich taub geworden für fast alle meine Schmerzen, aber ich musste alle vierzig oder fünfzig Schritt kurz stehen bleiben und mir die Finger zwischen die Schenkel pressen, denn ich brauchte diese Stütze gegen das Gefühl, dass meine Eingeweide auseinanderbrachen.

Die Männer warteten dann links und rechts von mir und taten abgelenkt davon, wie die Sterne die immer blanker werdenden Stellen des Himmels erhellten oder von der stillen Straße mit den riesigen und uralten Rosskastanien ein Stückchen vor uns, die jetzt, da der Wind sich gelegt hatte, in Schweigen erstarrt waren. Schließlich erreichten wir die Bäume und die alte, von Efeu überwucherte Mauer, die sie umgab, und mit jedem Schritt rückte der Finger Post größer ins Sichtfeld wie der Mast eines Schiffs, das über den Horizont kam und sich in den Himmel reckte, und ich stellte mir vor, was das für ein erfreulicher Anblick für Gestrandete gewesen sein musste, die auf Rettung warteten. Unser hoher Wegweiser an dieser Kreuzung versprach ebenfalls eine Art Rettung, der erste Hinweis darauf, doch er reichte aus, um meinen Mut zu stärken und mir noch ein Quäntchen Kraft zu verleihen, zeigte er doch an, dass wir schon fast zu Hause waren. Unsere Schritte beschleunigten sich nicht, aber ich spürte meines Vaters und Dinsys Erleichterung bei dem Gedanken, bald wieder vertraute Wände um uns zu haben.

Ich hatte gar nicht bemerkt, wie kalt mir war, bis ich das Cottage betrat und die Wärme des Raums mich umschloss. May, die aufgeblieben war und das Feuer am Brennen gehalten hatte, führte mich zum Lehnsessel. Bis auf den schwachen Widerstand der Flammen war das Zimmer dunkel. Ich lehnte mich im Sessel zurück, und die Welt senkte sich auf mich herab, was mir das Denken schwer machte. Dinsy lehnte die Schaufel draußen an die Hauswand, trat dann als Letzter ein und rieb sich die Hände am Feuer. Die Haut gelb getönt vom Feuerschein, die Falten seines Gesichts vertieft von Schatten, drehte er sich nicht um, als Annie zwischen uns trat und ihm ein Glas in die Hand drückte und mir ein zweites in meine.

Es war das erste Mal, dass ich Whiskey kostete. Jetzt, gute vierzig Jahre später, im Alter von vierundsechzig Jahren, sitze ich wieder da mit einem Glas in der Hand, diesmal ein großer Spritzer Powers mit zwei gehäuften Teelöffeln Zucker gegen die Bitterkeit von zwei zerdrückten Schmerztabletten. Ich bin noch immer weniger als hundert Meter von der alten Haustür meines Vaters entfernt, wenn auch in einem Gemeindebau, einer Tür in einem Block aus achtundzwanzig, die die Fläche vor der Flussmündung auf eine Art füllen, die mir als kleines Mädchen unvorstellbar war. Unser Haus steht an der Main Road, neben dem, was in meiner Kindheit die Schmiede war, eine längst verschwundene Werkstätte, die hundert Jahre vor meiner Zeit auf unserer Straßenseite errichtet worden war, die aber jetzt ein kleiner, muffiger, nach Wolle riechender Laden ist, der Teppiche für Böden verkauft, die nicht mehr aus gestampfter Erde bestehen. Und jetzt ist von denen, die sich in dieser längst vergangenen, traurigen Nacht ums Feuer drängten, nur noch May übrig, wie ich seit Jahren verwitwet, aber noch da, noch immer in Forge View zu Hause, dem Cottage, dessen Name Fremden und den Jungen inzwischen erklärt werden muss, das aber, abgesehen vom fließenden Wasser und elektrischen Licht, noch immer völlig unverändert ist.

Es vergeht kein Tag, an dem May und ich uns nicht gegenseitig besuchen, doch seit ein paar Jahren, seit meine Zeit sich dem Ende nähert, ist es normalerweise sie, die die Straße überquert. Sie ist sechs Jahre älter als ich, also siebzig, doch auch wenn sie allmählich ihr Alter spürt, bin ich diejenige, die sich von der Zeit besiegen ließ. Unsere Tür ist immer nur eingeklinkt, und auch wenn ich döse, erkenne ich sie an ihrem Schritt. Sie setzt sich in den Lehnsessel, und wir unterhalten uns, halten jedoch den Klatsch klein und schwelgen lieber in Erinnerungen.

Ich habe Schwierigkeiten, mein Essen zu behalten, und ich weiß, was alle denken und worauf sie vermutlich warten. Aber da wir uns so nahestehen, können May und ich schweigend beieinandersitzen, während wir über meinen Enkel Bill wachen. Die Schule hat ihn noch nicht gezähmt und wird es vorerst auch nicht tun, und er greift immer nach Sachen, von denen er die Finger lassen sollte, und hat allen möglichen Unfug im Sinn: auf Stuhllehnen zu klettern und auf Fensterbretter zu hopsen, kleine Sachen ins Feuer zu werfen – Zeitungsfetzen und Zweige und Blätter, die er im Garten gesammelt hat –, einfach nur wegen des aufregenden Gefühls, sie brennen zu sehen, oder auf der Kamineinfassung wie auf einem Drahtseil im Zirkus zu balancieren, in seinem dramatischen und wackeligen Fersen-Zehen-Gang von einer Seite zur anderen torkelnd. May, die herzensgute Seele, die aber selbst nie Kinder hatte, redet sich oft den Mund fusselig, um ihn zu ermahnen und ihn um der Liebe Gottes im Himmel willen anzuflehen, von der Anrichte herunterzukommen oder nicht rücklings und mit dem Kopf voraus die Treppe herunterzurutschen, und ihm die – natürlich erfundene – Geschichte von dem Jungen in Rochestown zu erzählen, der sich dabei das Genick brach, oder von dem Mädchen oben in Scairt, das sich vor ein paar Jahren an den Schnüren der Jalousie aufhängte, weil sie Tarzan spielen wollte. Normalerweise verhält er sich so ungestüm, doch in letzter Zeit fällt mir auf, dass er ein wenig zurückhaltender ist. Entweder hat seine Mutter, meine Gina, mit ihm gesprochen, oder er hat die Stimmung im Haus in sich aufgenommen und gespürt, dass etwas los ist, ohne recht zu wissen, was. Und jetzt liegt er, während der Wind im Kamin rumort, im Wohnzimmer lang ausgestreckt bäuchlings auf dem alten Linoleum zwischen unseren Füßen und spielt seine Kriegsspiele, redet in hektischem Gemurmel mit sich selbst und mit seinen wenigen Spielzeugsoldaten, die in seinen kleinen Fingern lebendig werden, und May und ich erkennen und spüren eine Art geteilter Traurigkeit darüber, wie unnatürlich dieser Zustand für ihn ist, wie sehr er sich bemüht, brav zu sein, ohne dass es ihm aufgetragen wurde.

Es gibt keine Anfänge, hat mein Vater mir einmal gesagt, und keine Enden. Es sei seine Erfahrung, meinte er, dass es, bis das Herz zu schlagen aufhört, nur das gibt, was dazwischen liegt, und das ist eine Zeit des Krieges und sonst nichts. Ich denke oft darüber nach, und ich glaube, ich weiß, was er meinte, auch wenn es mir schwerfällt, den Gedanken auf eine Art zu erklären, dass er einen Sinn ergibt. Man muss es gespürt haben. In der letzten Woche war ich in meinen Gedanken mit einem einzigen Tag beschäftigt, damals im Jahr 1963, als Dinsy nach einer langen Schicht nach Hause kam und blass und müde aussah und – weil unser karges Abendessen noch nicht ganz fertig war – beschloss, sich in unser Bett zu legen, um für eine halbe Stunde die Augen zu schließen. Er hatte die Haustür und die Tür zum Schlafzimmer weit offen gelassen, weil man nur so Frischluft in das Zimmer bekam. Ich war in der Speisekammer, die er vor ein paar Sommern angebaut hatte, damit beschäftigt, Butterbrote zu schmieren, und hörte von dort das Quietschen der Bettfedern, als er sich draufsetzte, um seine Stiefel aufzuschnüren, und dann noch einmal lauter, als er sich hinlegte. In den nächsten Minuten wirkte seine Atmung sehr laut in dem ansonsten stillen Haus, und plötzlich änderte sie sich, klang belegter, als würde er durch Sackleinen atmen. Weil ich so lange mit diesen

Geräuschen gelebt hatte, spürte ich den Unterschied sofort, das Falsche daran, und ich ließ alles fallen, was ich in den Händen hatte, und rannte, bereits zu spät, zu ihm. Fast sofort war auch Gina, die auf dem Stuhl am Fenster saß und sich den Kopf über Mathe-Hausarbeiten zerbrach, bei mir, angetrieben von meiner Panik, und weil ich nicht wusste, was ich tun sollte, sank ich auf die Knie, packte Dinsys Gesicht mit beiden Händen und fing an, schluchzend seinen Namen zu rufen. Ich versuchte, ihn aufzuwecken, denn ich konnte oder wollte der Wahrheit nicht ins Auge blicken, bis schließlich, da mein Geheul draußen gehört worden oder Gina hilfesuchend aus dem Haus gelaufen war, eine unserer Nachbarinnen von der anderen Straßenseite mich auf die Füße zog, in die Arme nahm und mir sagte, dass ich aufhören müsse, dass der Kleine in der Tür stehe und zuschaue, alles mitbekomme. In meinem Kopf ist alles präsent, bestürzend in seiner Klarheit, eine wahllos ausgesuchte Szene aus einem Film, bei dem ich die Kamera bin. Ich weiß, dass in den Minuten danach auch andere Nachbarn herbeieilten, Männer wie Frauen, die sich alle in dem kleinen Haus drängten. Doch dieser Teil liegt wie in einem Nebel, denn da Dinsy nicht mehr da war, war die Gegenwart ihrer wesentlichen Farben beraubt.

Vielleicht steckt eine gewisse Wahrheit in dem Gedanken, dass die Zeit heilende Eigenschaften hat, aber man kann auch nicht leugnen, dass das Leben gelegentlich auf eine Art zerbricht, die nicht mehr repariert werden kann. Wir sehen zu und warten und drücken die Hände unserer Sterbenden, versuchen, sie zu trösten, wenn es nichts mehr zu sagen gibt, und dann legen wir sie in die Erde und weinen eine Weile um sie und um uns. Und wenn genug Zeit vergangen ist, suchen wir, weil wir keine andere Wahl haben, in den Fragmenten dessen, was uns geblieben ist, nach einem Grund zum Weitermachen, und dann treten wir wieder hinaus in eine Welt, die sich, ungeachtet unserer Sorgen, die ganze Zeit weitergedreht hat, und wir atmen weiter, bis auch uns die Luft ausgeht. Diese Verluste, der Tod eines Partners oder eines Kindes, sind nie wirklich zu überwinden, aber sie müssen ertragen werden. Und gewiss sind die Verluste, die ich durchlitten habe, in keiner Weise einzigartig.

Forge View, das Heim meiner Kindheit, steht am Rand einer inzwischen stark befahrenen Straße, die kein Kiesweg mehr ist, sondern aus zwei asphaltierten Fahrspuren besteht, ansonsten aber so verläuft wie seit ihrem Bau, damals noch mit Kutschpferden im Sinn. In diesem Haus kamen wir alle auf die Welt, und mehr als ein paar verließen sie in ihm auch wieder, aber es gehörte unserer Familie nie wirklich, und die Miete kostet May immer noch einen großen Teil ihrer Pension, Geld, das sie wöchentlich an Two-Bob Barrett zahlen muss, dem Wirt des Pubs an der nahen Ecke des östlichen Dorfes. Die Familie Barrett erhebt seit Langem den Besitzanspruch auf Forge View wie auch auf andere Häuser und Grundstücke, deren Besitz nicht durch einen Grundbucheintrag geregelt ist, denn es sind Leute, die sich mit solchen Sachen auskennen und die richtigen Verbindungen ins Rathaus haben. Ich muss nicht dabei sein, um mir vorzustellen, wie es abläuft, denn ich habe sie im Verlauf der Jahre oft genug begleitet und mit eigenen Augen gesehen, wie Two-Bob dann an der Wand hinter dem Tresen lehnt, die stockdünnen Arme vor der Brust verschränkt, scheinbar lässig, aber den prüfenden Blick auf May und das langsam wachsende Häuflein gerichtet, während sie die Münzen und Scheine in ihrer Hand abzählt, sein kauender Mund ein geduldiges Grinsen, mit klammheimlicher Freude darüber, dass die Männer, die zu dieser Mittagsstunde mit ihren Pints voll Stout an der Bar sitzen, gar keine andere Wahl haben, als zuzusehen, auch wenn die meisten meiner Schwester zuliebe so tun, als wäre das nicht der Fall.

Aber ganz gleich, wessen Name über dem Cottage hängt, die Luft in Forge View dieser Tage ist ausschließlich Mays, die Stimmung in den Zimmern gedämpft und muffig, gewürzt mit längst vergangenen Augenblicken, und die Wände selbst wissen, wer hier dazugehört und wer nicht. May, die dasitzt und lauscht, wie die Uhr die Tage in Scheiben schneidet, hält ihre Geister dicht bei sich, und es vergeht selten eine Woche, hat sie mir einmal erzählt, in der sie nicht etwas hört, das Plätschern von Kinderlachen oder ältere Stimmen in gedämpfter Unterhaltung im anderen Zimmer, und ob das mit Gespenstern zu tun hat oder nur in ihrem Kopf stattfindet, in dem sich verbrachte Augenblicke entfalten, ist ohne Bedeutung, sagt sie, denn so seien Heimsuchungen eben.

So nahe May und ich unseren Eltern standen, so nahe steht Gina mir. Mit ihr zu reden, ist wie laut zu denken, so sehr sind wir Teile voneinander geworden. Sie war diejenige, auf die ich mich am meisten stützte in den ersten Jahren nach Dinsys Tod und die mir am meisten von sich selbst gab, wahrscheinlich mehr, als ich hätte annehmen dürfen. Und jetzt, da ich Pflege brauche, bin ich wieder eine Bürde geworden, obwohl sie mit Bill und Martin doch genug zu tun hat. Sie würde einen solchen Gedanken abstreiten, weil sie niemals die Gefühle anderer verletzen will, auch wenn es bedeutet, ihre eigenen zurückzustellen, aber ich bemerke die Belastung, sie zeigt sich in ihrem Gesicht und in den verzweifelten Bahnen, die ihre Gedanken häufiger einschlagen.

»Kannst du nicht zu einem Arzt gehen?«, fragte sie flehend an einem Morgen, als ihr mein Anblick zu viel wurde. Ich saß in meinem Leibchen im Wohnzimmer, versuchte, mich in einer Schüssel mit Seifenwasser zu waschen, und sah dabei aus wie eine Vogelscheuche nach einem stürmischen Monat.

»Kein Arzt«, sagte ich, während mir das Wasser in Rinnsalen den Hals hinunterlief und sich in den Senken meiner Schlüsselbeine sammelte. »Ich sehe doch schon genug von ihm. Mehr von ihm, als mir lieb ist, wenn du mich fragst. Er ist doch eh schon fast jeden zweiten Tag da.«

»Nicht Brett, Ma. Ich meine einen Spezialisten. Jemanden, der sich damit auskennt und vielleicht was für dich tun kann.«

Während sie redete, zermahlte sie meine Schmerzmittel zu Pulver. Sie gibt mir die Pillen mit Whiskey, zwei jeden Morgen und noch zwei am Abend, was bereits doppelt so viel ist wie angeordnet, doch wenn ich dann anfange zu glauben, dass mein Ende nah ist, verdoppelt sie meine Dosis noch einmal, zerdrückt sie sorgfältig zwischen zwei Löffeln, immer nur eine halbe Pille auf einmal, damit nichts verloren geht. Ich weiß, dass sie mir die ganze Flasche Pillen geben würde, wenn ich sie darum bitten würde.

»Ich rede nicht vom Krankenhaus«, sagte sie. »Ich will nur, dass du ein bisschen Linderung bekommst.«

»Brett ist so gut wie jeder andere Quacksalber«, erwiderte ich und schüttelte ein wenig den Kopf darüber, wie wenig solche Worte noch bedeuteten. »Habe ich denn nicht seine Tabletten? Was soll der Mann mir sonst noch geben? Wenn ich ihm auch nur die kleinste Chance gebe, fängt er damit an, dass sie mich aufschneiden. Nur, um mal nachzuschauen, zu sehen, was eigentlich los ist. Aber das haben sie mit Annie gemacht, und das war ihr Ende. Nein, meine Liebe, mir geht's gut, wo ich jetzt bin. Ich bin in meinem eigenen Haus und habe meine Familie um mich. Was könnte man sich mehr erhoffen? Aber wenn du nichts dagegen hast, lege ich mich vielleicht ein bisschen hin und kriege vielleicht ein oder zwei Stunden Ruhe. Ich habe in der Nacht keinen Augenblick geschlafen, und jetzt überfällt mich eine bleierne Müdigkeit.«

Bis vor Kurzem schlief ich noch oben und schaffte es morgens dann nach unten, indem ich mich hinsetzte und vorwärtsrutschte, langsam Stufe um holpernde Stufe. Aber eines Tages mischte Liam, der Mann meiner Tochter, sich ein und meinte, es sei nicht richtig, dass ich den ganzen langen Tag auf der Couch liege, und er nahm mein Bett auseinander und baute es hier im Wohnzimmer direkt unter dem Fenster wieder auf.

Gina ließ ihren Blick auf mir verweilen. Die Sorge stand ihr ins Gesicht geschrieben, und ihre Augen, vom selben kalten Blau wie meine eigenen, sahen aus, als wären sie sehr klein geworden. Schließlich zuckte sie resignierend die Achseln und ging in die Küche, um einen Kessel mit Wasser aufzusetzen. Nach einigen Minuten kam sie mit einer in ein Geschirrtuch gewickelten Wärmflasche wieder zurück. Besser als jede Krankenschwester half sie mir ins Bett und legte mich auf die Seite, schob mir dann ein Kissen unter den Kopf und drückte mir die Wärmflasche in die Mitte des Rückens, genau dorthin, wo ich sie brauchte. Ich stöhnte auf wegen der plötzlichen Hitze und wartete, bis das Brennen nachließ, und dann schloss ich die Augen. Das Radio auf der Anrichte war auf Radio Éireann eingestellt, mit niedriger Lautstärke, ein Schwall aus Wörtern, der nur hin und wieder von Musik unterbrochen wurde, in meinen Ohren neue Sachen, die aber bereits als alt betrachtet werden, und ich habe nichts gegen Rock 'n' Roll, aber Balladen sind mir lieber. Bevor wir es zu den stündlichen Nachrichten schafften, döste ich bereits, doch auch noch im Schlaf hörte ich Gina durchs Haus flitzen, auf die Knie gehen und mit der Handschaufel unter dem Feuerrost fegen, und dann das Rieseln von Asche und Holzresten, die sie auf Zeitungspapier schüttete, und das Knistern des frischen Feuers, das sie aus Torf und Kleinholz und ein paar Kohlebrocken entfachte. Das oder die Geräusche aus der Küche, wenn sie den Kessel füllte und für Tee aufsetzte, oder Bill mit Cornflakes oder einer Scheibe Toast versorgte und dabei murmelnd mit ihm sprach, in dem Bemühen, das Haus leise zu halten, sowohl für mich wie für Liam, der erst kurz zuvor von einer zwölfstündigen Nachtschicht nach Hause gekommen war und sich jetzt oben in seinem eigenen Bett herumwarf.

Das ist die einzige Art von Schlaf, die ich jetzt noch kriege. Geräusche stören mich nicht; ich komme besser zur Ruhe, wenn ich weiß, dass andere Menschen in meiner Nähe sind. Ich nehme an, ich werde, wenn meine Zeit da ist, einfach davongleiten, doch der einzige beunruhigende Gedanke an dieser Vorstellung ist, dass ich allein bin, wenn es passiert, dass ich mitten in der Nacht gehe, wenn alles im Dunkeln liegt. Ich verlange keine Tränen, keine Gebete, nur, dass eine geliebte Person bei mir ist, die mir das Gefühl gibt, dass mein Leben auf irgendeine Art von Bedeutung war, dass ich nicht nur ein x-beliebiges Blatt bin, das in einem Oktobersturm von einem Baum gerissen wird. Meine Augen sind geschlossen, aber mein Geist ist äußerst rege, und ich glaube nicht, dass ich je wirklich das Bewusstsein verlieren werde. Ich halte die Welt nahe bei mir, das Murmeln des Radios, das geschäftige Treiben im Haus, und dieses seltsame Dahindösen wird durchströmt von Erinnerungen, von Gesichtern, die ich jeden Tag sehe, und anderen, die ich seit einem halben Leben nicht mehr gesehen habe, aber jedes so lebendig und real wie die anderen. Meine Mutter ist jetzt oft anwesend, immer häufiger, kommt es mir vor, so zurückhaltend, wie sie zeit ihres Lebens war, aber mit einem Lächeln im Gesicht, und auch mein Vater, die beiden gemeinsam wie früher, als ich noch ein kleines Mädchen von neun oder zehn Jahren war und sie am dringendsten brauchte, und manchmal frage ich mich, ob es eine Bedeutung hat, dass ich sie so oft sehe, ob es ein Zeichen ist, aber wenn die Wirkung der Pillen, die ich eingenommen habe, langsam verfliegt, und mich der Schmerz wieder durchfließt, bin ich nicht in der Lage, mich sonderlich darum zu scheren, was vor mir liegt. Solange ich ein Fenster habe, durch das ich hinausschauen kann, brauche ich niemanden, der mir sagt, aus welcher Richtung der Wind bläst, und wenn das Ende dann unweigerlich kommt, bin ich entschlossen, dass es hier stattfinden wird, in meinem eigenen Haus.

Der Priester, der aus Pflichtbewusstsein einmal die Woche vorbeischaut, sitzt dann da und trinkt den Tee, den Gina ihm anbietet, oder das Gläschen mit etwas Stärkerem, falls es spät genug ist, und er spricht über den Himmel und wie es dort ist, mit einer Gewissheit, die er sich unmöglich verdient haben kann, beantwortet alle möglichen Fragen, die ich nicht gestellt habe, und schwadroniert, als wäre der Tod ein Geschenk und nicht etwas, wogegen man sich so lange wie möglich wehren sollte. Pfarrer Crowley ist ein Zugezogener, seit zehn Jahren in Douglas, aber ursprünglich aus Clare, aus einem Weiler namens Moyasta, der zumindest in seiner Jugend so klein war, dass es kaum einen Nieser dauerte, ihn zu durchqueren. Ich hatte es noch nie so mit den Männern Gottes, und ich habe sie immer mit Argwohn betrachtet, aber ich muss zugeben, dass Pfarrer Crowley für mich ein recht anständiger Kerl ist. Er hat eine entspannte Art, ist im mittleren Alter und, wie ich meine, inzwischen ein wenig aus der Form geraten – was bei einem Priester nicht schaden kann, wenn es ihm gottlose Gedanken aus dem Kopf bläst. Aus der Form geraten und danach zu urteilen, wie entspannt er sich mit einem Glas Whiskey fühlt, wohl auch ein wenig heruntergekommen. Er geht mit seinen Himmelssprüchen schon so lange hausieren, dass er gar nicht mehr anders kann, als so weiterzumachen und sich für sie zu engagieren, aber für mich sind sie nicht mehr als Hintergrundgeräusche. Wie Zikaden im Sommer. Um nicht unhöflich zu sein, lasse ich ihn sein Glas austrinken, bevor ich die Augen schließe, und inzwischen bin ich so weit, dass es mir völlig egal ist, auch wenn er unrecht hat und der Tod nichts anderes ist als die perfekte Stille. Was auch kommt, wird mir genügen, denn ich habe aufgehört, den Tod als ein Ende zu betrachten. Ich sitze mit Bill zusammen, erzähle ihm von meinem Aufwachsen, von meinem Vater in den Kriegen oder von Geistern und Feen und Banshees und von der Zeit der Blacks and Tans, und wenn ich mich so sehe, wie er mich sieht, staune ich über diese unglaublich alt gewordene Frau, nur noch Haut und Knochen, mit Runzeln und Spinnweben überzogen und kaum mehr zu erkennen. Seine Augen haben, sobald das Licht auf die richtige Art hineinfällt, genau denselben und sehr eigenwilligen Farbton der Augen meines Vaters, ein Blau, das fast grau wirkt und zugleich beinahe grün ist; und einige der Angewohnheiten, die Bill hat, dass er kein Hemd tragen kann, ohne die Ärmel schlampig bis über den Ellbogen hochzukrempeln, oder dass er beim Zuhören die Lippen schürzt oder das Kinn hebt, bevor er ausspricht, worüber er gerade nachgedacht hat, verbinden sich auf eine Art, sodass Dinsy plötzlich wieder vor mir sitzt.

Anscheinend haben die Tabletten geholfen, denn ich habe zum ersten Mal seit Tagen wieder tief geschlafen. Ich öffne nicht gleich die Augen, weil ich es offensichtlich nicht kann, aber ich spüre, dass ich nicht allein bin im Zimmer, und am Gewicht der Stille merke ich, dass May bei mir ist. Ich atme sehr langsam und fühle mich weit weg von mir selbst. Aber May merkt, dass ich aufgewühlt bin, und fragt mit leiser, behutsamer Stimme, ob es mir gut gehe, ob ich etwas bräuchte. In den ersten Augenblicken versuche ich, mich nicht zu bewegen, denn der Schmerz ist zurückgekehrt, schlimmer als eine ganze Weile zuvor. Die Luft schmeckt wie Asche auf den Lippen und lässt mich schaudern, und als ich schließlich die Augen öffne, sehe ich, dass das Tageslicht schon fast verschwunden und das Zimmer in Dämmerung getaucht ist.

May steht auf und hilft mir in einen Sessel vor dem Feuer. Sie braucht keine Kraft, um mich zu stützen, ich bin eine Feder in ihren Armen. Die Bewegung schmerzt auf eine neue Art, und als sie mich auf die Füße hebt und mich zum Sessel führt, mich hält, als würden wir tanzen, verschwimmt mein Blick, und ich spüre die kalte Spur der Tränen auf meinen Wangen. Sie ist kein bisschen grob mit mir, als sie mich mit Kissen abstützt und mir die Decke um die Schultern legt, aber als sie mich anschaut, um nach Anzeichen einer neuerlichen Verschlechterung zu suchen, sage ich ihr, eher ermattet als verärgert, sie solle aufhören, einen solchen Wirbel zu machen. Und als sie dann sicher ist, dass ich in Ordnung bin, kehrt sie zu ihrem eigenen Sessel zurück, der nur eine Armeslänge entfernt neben meinem steht.

Ich habe gelernt, dass es hilft, wenn ich mich nicht bewege. Nach ein paar Minuten lässt der Schmerz nach, auch wenn im Unterbauch noch ein Krampf bleibt, und mein Atem kommt so entspannt, wie es in letzter Zeit noch möglich ist, sodass ich schließlich fast mit meiner normalen Stimme sprechen kann.

»Wie spät ist es?«, frage ich und schaue zum Fenster, wo der Himmel sich hinter dem regenbeperlten Glas abmüht und doch schnell an Licht verliert.

 »Nach fünf«, sagt May. »Du hast geschlafen. Ich bin

eine Stunde hier, und ich habe mich schon gefragt, ob du überhaupt aufwachst oder ob du gleich für die Nacht liegen bleibst. Aber du hast die Erholung gebraucht. Jetzt wird's dir besser gehen.«

Das Feuer, der einzige Anflug von Helligkeit, zieht meinen Blick immer wieder auf sich, der rote und orange Schein der Scheite erinnert mich daran, was ich sah, wenn ich über die Straße in die Schwärze der alten Schmiede spähte.

»Ist Liam auf?«, frage ich und versuche, mich zu erinnern, ob er heute Nachtschicht hat.

»Schon eine ganze Weile«, sagt Mary. »Sie sind alle zum Quinnsworth gegangen, für ein paar Besorgungen. Um mal aus dem Haus zu kommen, denke ich. Der Regen treibt Bill die Wände hoch. Und Gina wollte, dass du schläfst.«

Ich nicke, antworte aber nicht. Quinnsworth ist der Supermarkt in einem Einkaufszentrum, das viel zur Modernisierung von Douglas beigetragen und, wie ich vermute, die Entbehrungen vieler Leute gelindert hat. Es existiert mittlerweile seit zehn Jahren, aber in meiner Vorstellung ist und bleibt es die schon ewig da gewesene Heuwiese. Wenn ich dort eingekauft habe, solange ich das noch konnte, dachte ich jedes Mal an die heißen, langen Herbsttage, als ganz Douglas fürs Dreschen zusammenkam und die Männer Flaschen mit kaltem Milchtee herumgehen ließen, sooft sie eine Verschnaufpause einlegten und die Kinder auf den Heuhaufen herumturnten oder im Fluss planschten, mit leeren Marmeladengläsern in den Händen, die sie aus den Vorratskammern ihrer Mütter stibitzt hatten und mit denen sie versuchten, Sprotten und andere Kleinfische zu fangen. Diese Tage sind längst vergangen, allerdings nicht für mich.

Wieder habe ich das Gefühl, in Nebel zu treiben. Ich rede mir ein, dass mir das mit jedem Herzschlag schwächer werdende und der Nacht zustrebende Zwielicht dieses Gefühl vermittelt. Doch das stimmt nicht.

»Nellie, geht's dir gut? Brauchst du etwas – eine Tasse Tee oder ein Schlückchen von was auch immer?«

»Nein«, sage ich und will die Augen schließen und wieder dort sein, wo ich war, in beruhigendem Schlaf, doch ich widerstehe dem Drang, weil ich Angst habe, dass ich von dort so leicht nicht mehr zurückkomme. »Nein, Mädchen, ich brauche nichts. Im Augenblick nicht. Aber vorhin war mir gewaltig zum Lachen zumute, weißt du. Unser armer Vater saß da drüben neben der Tür auf einem niederen Hocker und klagte über seine Füße, und als Annie ihm eine Schüssel mit heißem Wasser brachte, hätte er sie sich beinahe verbrüht. Seine Soldatenfüße, wie er immer sagte. Weißt du noch? Das ganze Marschieren und das Herumwaten in den Gräben, oft bis zu den Schienbeinen im Wasser. Bis zu den Achseln, wie er uns immer sagte.«

Ich wende den Blick vom Feuer ab, um zu May zu schauen, und sehe, dass sie ein wenig vorgebeugt in ihrem Sessel sitzt und mich anschaut. Ihr zuliebe strenge ich mich an zu lächeln und merke, dass es sich auf meinem Mund absurd anfühlt, als würde ich eingestehen, dass ich Unsinn plappere. Nur dass es gar kein Unsinn ist. Die Bilder von ihnen allen noch frisch in meinem Kopf, spüre ich Angst und Traurigkeit.

»Sind doch nur Geister«, sagt sie aus der Stille heraus. »Weißt du, auch ich sehe sie die ganze Zeit. Es ist der

Verstand, der einem Streiche spielt. In unserem Alter tun wir doch nichts anderes mehr, als uns zu erinnern.« Doch vielleicht spürt sie, dass ich noch mehr Beruhigung brauche, denn sie greift nach meiner Hand. Ihre Haut ist wie Papier, kühl und glatt und sehr trocken, und ihre Finger sind so verkrümmt wie die meinen. »Wie auch immer«, fügt sie hinzu, »ist es denn kein Trost zu wissen, dass sie nie weit weg von uns sind?«

Ich lächle noch einmal, wieder ohne es ernst zu meinen, doch inzwischen ist die Dämmerung so dicht geworden, dass die Geste ungesehen bleibt. Ich habe noch mehr zu sagen, noch mehr, worüber ich sprechen will, zum Beispiel, wie Annie an mein Bett gekommen war und mich auf die Wange geküsst hatte, der Augenblick so lebendig, dass ich die Bewegung der Matratze spürte, als sie sich mit beiden Händen darauf abstützte, und wie mein Vater in der Tür stehen geblieben war, groß und aufrecht wie in seinen besten Tagen, in Hosenträgern und die beiden obersten Knöpfe seines kragenlosen Hemds offen, wie er mich unverwandt anschaute, während Annie versprach, dass sie mich bald wieder besuchen würden, dass es nicht mehr lange dauern würde. Und ich will May sagen, dass ich, auch wenn nur mein Vater und Annie zu mir gekommen waren, mir sicher war, dass ich draußen im Gang auch unsere Großmutter Nancy hören konnte, wie sie etwas Tröstliches und sehr Altes und Liebevolles sang, und wie man mir übermittelte, ohne es aussprechen oder aufzeigen zu müssen, dass die anderen auch da waren und warteten. Aber ich spreche nicht von diesen Dingen, weil ein solches Gerede ihr nur Angst machen würde.

Es ist das zweite Mal in den letzten Tagen, dass ich meine Toten gesehen habe, und das erste Mal hatte sich eher angefühlt wie ein Traum, weil die Begegnung draußen stattfand, in dem hohen Gras des Hall Field hinter unserem alten Garten, mit Annie, wie sie als Mädchen mit etwa fünfzehn Jahren gewesen war und mir die Schritte eines Tanzes beibringen wollte, den sie selbst perfekt zu lernen versuchte. Mit meinem Vater, der mit einer Hüfte an der Mauer lehnte, die unser Grundstück von der Wiese trennte, und mit seinem Bariton, der kaum die Melodie halten konnte, »The Black Velvet Band« sang, nur damit wir etwas hatten, wozu wir uns bewegen konnten, mit meiner Mutter und dem jungen Mata neben sich, die im Rhythmus eines schnellen Walzers mitklatschten. Die Sonne schien, und eine leichte Brise bewegte das Gras um uns herum, und von Annie kam viel gutmütiges Gelächter über meine falschen Schritte, und keinem von uns kam es merkwürdig vor, dass ich diese alte Krähe in den Armen meiner Schwester war und nicht das junge Mädchen, das ich eigentlich hätte sein sollen.

Als ich aufwachte und Gina kam, um nach mir zu schauen, erzählte ich ihr keuchend, dass ich aus diesem Traum nicht hatte zurückkommen wollen, und sie weinte – eine längst überfällige Befreiung. Sie hatte angefangen, sich durch ihre Tage treiben zu lassen, beschäftigte ihre Hände mit kleinen Tätigkeiten, schien aber sonst mit ihrer Umgebung nicht mehr im Einklang zu stehen. Sie wollte von diesem Traum hören, und ich musste darüber reden, auch wenn ich ihn später als reine Fantasie abzutun versuchte, als Wunschdenken oder Albernheit, hervorgerufen vom Whiskey und den

Tabletten. Ich weiß, was ich gesehen habe, ich weiß, wo ich war und mit wem, und auch noch die kleinsten Details, bis zum Geruch des Grases oder dem Kitzeln der Schweißtropfen auf den Rückseiten meiner nackten Beine oder der gewichtigen Ruhe des Atems meines Vaters beim Singen oder dem Gefühl der warmen Brise, die an Annies langen Haaren zerrte, diese und noch Dutzende andere, die ich aus diesem Moment hervorziehen könnte, hören nicht auf, sich ganz und gar real anzufühlen. Mein Aufwachen, als das Tanzen noch in vollem Gange war, hielt alles lebendig, und in meinem Kopf höre ich weiterhin Annies Stimme und ihr lautes Lachen, und sie versichert mir, dass das alles sehr mühelos vonstattengehen wird und sie alle da sein und warten werden.

Ich bin es gewöhnt, sporadisch einzuschlafen, doch in diesen letzten Tagen habe ich darum gekämpft, wach zu bleiben. Und immer wieder geht mir dieser eine Satz durch den Kopf, der Satz, den ich so oft von Priestern gehört habe: *Von dem Tag aber und von der Stunde weiß niemand.* Ich warte, das ist alles, und die Zeit hat ihr eigenes Tempo. Von meinem Bett aus höre ich die gedämpften Unterhaltungen meiner Familie, doch es geht nicht darum, was tatsächlich gesagt wird, das Gemurmel der Stimmen reicht mir, die verschiedenen Tonlagen sind so wärmend für mich wie das Prasseln des Feuers, das zurzeit den ganzen Tag brennt. Das Wetter ist schlecht geworden, stürmisch, und der Wind kracht gegen die Hausfront und schreit manchmal im Kamin, aber zu spüren, dass die Welt so grimmig geworden ist, beruhigt mich, denn ich weiß, wie sicher wir alle hier drinnen sind. Und wenn ich wach bin, ob nur für eine Minute oder ein Weilchen länger, ist das Zimmer um mich herum immer dasselbe. Ich habe mich verabschiedet, nicht mit Worten, sondern auf eine Art, die erst später einen Sinn ergeben wird, wenn sie alle an diese Tage zurückdenken. Und viel muss nicht mehr gesagt werden.

Im Augenblick rauscht irgendwo über mir eine Toilette, Wasser läuft, und dann kommen Schritte auf der Treppe, und alles fühlt sich langsam und weit entfernt an, wie im Nebel verschwindend. Als ich mich wieder ins Bewusstsein hebe, wartet ein neuer Morgen auf mich, gekörnt vom selben Sturm, der uns seit Tagen unbarmherzig peitscht. Und ich sehe Liam, der in der Tür ins Leere schaut, mich gar nicht sieht, bis er merkt, dass ich ihn beobachte. Es muss früh sein, weil er noch schläfrig ist, aber bereits fertig angezogen für den bevorstehenden Tag mit einer Cordhose und einem engen Pullover mit V-Ausschnitt. Sorgen und vor allem die Prüfungen dieser letzten Jahre haben ihm das Alter ins Gesicht gezeichnet. Seine schwarzen Haare sind länger, als er es eigentlich mag, und zeigen bereits einen Anflug von Grau. Obwohl dies einer seiner seltenen freien Tage sein muss, ist er schon früh auf, vermutlich, weil er eine lebenslange Gewohnheit nicht ändern kann. Er hält eine selbst gedrehte Zigarette zwischen Daumen und Zeigefinger, und als er mich bemerkt, scheint er irgendwie überrascht, mich hier zu finden, aber nach einem kaum merklichen Zögern nickt er mir einen Guten Morgen zu. Es ist eine kleine Geste, nur ein ganz knappes Senken des Kopfes, aber ich bin dankbar dafür und reagiere entsprechend.

»Wie fühlst du dich, Nellie?«, fragt er und macht einen Schritt ins Zimmer, damit er nicht mehr im Flur steht. Wegen des Freiraums, den er so geschaffen hat, dringt sofort die Geschäftigkeit der Küche durch, und zu meiner Überraschung ist sie trotz der frühen Stunde bereits voller Leute. May und Gina sind schon auf, und meine anderen Kinder und ihre Partner scheinen zu Besuch gekommen zu sein, ihre Stimmen vertraut, aber nicht gleich erkennbar in den Geräuschen ihres Frühstücks. Doch in diesen wenigen Sekunden, bis die anderen auf uns aufmerksam werden, können wir ihr Eindringen ausklammern. »Hast du wenigstens ein bisschen geschlafen?«

Mit einiger Mühe setze ich mich auf. Er kommt auf mich zu, aber ich spüre noch die Wirkung meiner letzten Spritze und schaffe es allein.

»Habe ich«, sage ich ihm. »Aber ich bin nicht diejenige, die Schlaf braucht. Ich werde bald lange genug schlafen.«

Da ist noch mehr, was ich sagen will und was wir vielleicht einander sagen wollen, aber bevor wir es können, kommt Billy ins Zimmer gerannt, als wäre er der führende Läufer in einem olympischen Sprint. Flink wie eine Fliege huscht er zwischen seinem Vater und dem Sessel durch, macht dann kehrt, ohne langsamer zu werden, und kreischend vor Lachen wirft er wie ein Sieger die Arme hoch, bevor er wieder durch die Tür verschwindet, hinaus in den Flur und die Treppe hoch.

Danach tröpfeln die anderen aus der Küche herein, weil sie bemerkt haben, dass ich wach bin, jeder mit einem Becher Tee in den Händen. Gina kommt als Letzte ins Zimmer, mit Martin in den Armen; Liam ist für die Neuankömmlinge beiseitegetreten und steht jetzt neben dem Kamin, und seine Augen und die meiner Tochter treffen sich kurz über das kleine Gewusel der Leiber hinweg, das sie trennt, doch das Lächeln, das sie versucht, erlischt zu schnell. Sie hat sich das Gesicht gewaschen, und die Spitzen ihres Ponys sind noch feucht und kleben ihr auf der Stirn, aber sie wirkt benommen, als wäre sie eben aufgewacht. Sie drückt sich an den anderen vorbei, und obwohl es noch nicht nötig ist, sinkt sie vor dem Feuer auf ein Knie und legt eine Torfsode und ein paar Kohlen auf die bereits lodernden Flammen. Dann kommt sie zu mir, setzt sich auf die Bettkante, nimmt meine Hand und streicht mit der kühlen, trockenen Haut ihrer Finger über meine Innenfläche.

Ich entspanne mich wieder, sinke aufs Kissen, lächle sie an und schließe die Augen.

DANK

Dieses Buch verdankt seine Existenz einer Reihe von Leuten.

Meine Lektoren Robin Robertson und Daisy Watt verdienen meinen zutiefst empfundenen Dank, weil sie mich so unermüdlich dazu drängten, es in eine anständige Form zu bringen. Alle noch vorhandenen Fehler sind zurückzuführen auf meine Sturheit. Daisy ermutigte mich zu versuchen, es besser und dann noch einmal besser zu machen, auch wenn ich wahrscheinlich dachte, ich hätte schon genug getan, und Robin habe ich es zu verdanken, dass ich nicht länger in solcher Verborgenheit vor mich hinarbeite.

Besonderen Dank verdienen auch alle bei Jonathan Cape and Vintage, von jenen, die mit der Gestaltung bis hin zu den Rechten und den Verkaufsangelegenheiten zu tun hatten. Deren Anstrengungen geben einer Geschichte wie *Was das Leben uns gibt* einen Platz in der Welt, in den Regalen und hoffentlich einen Platz in den Händen von Lesern.

Eine intensive und kritische Umarbeitung erfuhr der Text während eines einmonatigen Aufenthalts als Writer in Residence am KU Leuven's Irish College, auf Einladung von Hedwig Schwall, Direktorin des Leuven Centre for Irish Studies. Hedwig und ihr Gatte Mel sorgten dafür, dass ich alle die Wunder sah, die Belgien zu bieten hat, alles von Waterloo bis zu den Feldern von Flandern, und zusammen mit ihrem Mitbewohner Rob verwöhnten sie mich (und meine Schriftstellerkollegin und Kneipenbegleiterin Rosemary Jenkinson, die zu der Zeit ebenfalls dort wohnte) mit reichlich Speis und Trank.

Die Unterstützung meiner Familie war von entscheidender Bedeutung. Meine Eltern Liam und Gina waren immer ein offenes Buch für mich und von Anfang an in ihrer Förderung meines Schreibens so konstant wie die Sterne. Dafür werde ich ihnen immer dankbar sein. Dankbar bin ich auch meinem Bruder Martin, seiner Frau Kate, den Wilden Liam und Ellen und der Wildesten von allen, Jazz.

Mit *Was das Leben uns gibt* hat man eine fiktive Membran vor sich, die über eine beträchtliche Menge an Fakten und Wahrheiten, die man mir im Lauf der Jahre erzählt hat, ausgebreitet wurde. Für einen Großteil des Rests verließ ich mich auf die fähigen (und manchmal atemberaubenden) Nachforschungen von Yann und meiner Schwester Irene. Ich weiß nicht so recht, ob sie in Erwägung gezogen haben, dass ich ihre Faktenfischerei zu diesem Zweck verwenden würde, aber beim nächsten Mal wissen sie es besser.

Die irische Originalausgabe erschien 2021 unter
dem Titel »Life Sentences« bei Jonathan Cape, Vintage,
Penguin Random House UK, London.

FSC www.fsc.org
MIX
Papier | Fördert gute Waldnutzung
FSC® C104608

Penguin Random House Verlagsgruppe FSC® N001967

1. Auflage
Deutsche Erstausgabe April 2025

Neumarkter Str. 28, 81673 München
produktsicherheit@penguinrandomhouse.de
(Vorstehende Angaben sind zugleich
Pflichtinformationen nach GPSR)

Covergestaltung: LNT Design, Köln
Covermotiv: Padraig McCaul | www.padraigmccaul.com,
A Quiet Morning, 2024 (Ausschnitt) © VG Bild-Kunst, Bonn 2024
Satz: Uhl + Massopust, Aalen
Druck und Einband: Nørhaven Book A/S, Viborg
MA · Herstellung: KH
Printed in Denmark
ISBN 978-3-442-77381-7

www.btb-verlag.de
www.facebook.com/penguinbuecher

Billy O'Callaghan

Die Liebenden von Coney Island

Roman

288 Seiten, ISBN 978-3-442-75859-3

»So etwas ist selten: eine ebenso romantische wie realistische Liebesgeschichte.«
The Times

An einem bitterkalten Winternachmittag treffen sich Michael und Caitlin auf Coney Island. Schon seit 25 Jahren ist der nostalgische Vergnügungspark einmal im Monat das heimliche Refugium der Liebenden. Danach kehren sie jedes Mal wieder zu ihren Ehepartnern zurück, denen sie sich verpflichtet fühlen. Aber diesmal, während draußen vor dem verlassenen Hotel ein fürchterlicher Schneesturm tobt, erscheint ihnen ihr Zufluchtsort wie das Ende der Welt. Und in beider Leben sind Veränderungen eingetreten, die womöglich eine endgültige, lang hinausgeschobene Entscheidung verlangen ...

»Die heimliche Begegnung zweier Liebender wird zu einer aufwühlenden Geschichte über das Altern und das Verstreichen der Zeit.«
The Guardian

btb